MW00568719

COLLECTION FOLIO

Anne Wiazemsky

Marimé

Gallimard

© *Éditions Gallimard, 1991.*

Anne Wiazemsky s est fait connaître comme comédienne dès sa dix-septième année : elle a tourné avec Bresson, Pasolini, Jean-Luc Godard, Marco Ferreri, Philippe Garrel des rôles aussi inoubliables que celui de *La Chinoise* ou de la jeune fille de *Théorème*. Elle a également créé au théâtre *Le drame de la vie* et *Vous habitez le temps* de Valère Novarina. Elle a publié un recueil de nouvelles, *Des filles bien élevées* (1987), et *Mon beau navire*, son premier roman, en 1989.

Comment on doit quitter la vie et tous ses maux,
C'est vous qui le savez, sublimes animaux.

Alfred de Vigny

Les murs n'avaient pas été repeints depuis long-temps. Peut-être étaient-ils gris, beige foncé ou vert clair ? Comment savoir avec cette lumière électrique ? Pourtant, en définir la couleur devenait tout à coup important. Mais pouvait-on seulement parler de couleur ?

— Votre nom ?

Elle paraissait ne pas avoir entendu et il répéta sa question. Avec ce même air morne, cette même façon de ne pas la regarder en face. A croire qu'elle n'avait guère plus de couleur, guère plus de relief, que les murs qui les entouraient.

— Catherine Chevalier.

— Mon collègue ne va pas tarder à prendre votre déposition.

Puis sur un autre ton, plus alerte, plus amical :

— Moi, j'ai fini ma journée. C'est la relève.

A peine avait-il prononcé ces mots qu'une sorte d'agitation spontanée s'empara de tous les hommes présents dans la pièce. Des gendarmes quittaient leur bureau, d'autres arrivaient, encore en imperméable ou blouson de cuir. Mais la fatigue, le sentiment insupportable du malheur, écrasèrent de nouveau Catherine. Ses yeux se fermèrent, sa nuque se renversa sur le dossier de la chaise. Quelques phrases seulement l'atteignaient. Des phrases attendues, normales, si normales. « Heureusement qu'on a eu toute cette eau ! », « Pensez donc, un été entier sans pluie ! », « La terre est desséchée ». Des odeurs de nourriture chassaient maintenant les odeurs du dehors, ce mélange de terre et de macadam, d'herbe et d'iode. Des odeurs si distinctes qu'elles en devenaient écœurantes : café, saucisson, bière. Les nouveaux gendarmes s'installaient pour la nuit avec leurs sandwichs et leurs boissons. Il y eut encore quelques accolades, quelques plaisanteries, puis la porte, une dernière fois, se referma.

Catherine ouvrit les yeux. Sur le mur en face, au milieu des photos des gendarmes « morts en service », une horloge indiquait minuit dix.

Un gendarme, une canette de bière à la main, reprenait l'audition d'un couple, à un mètre à peine de Catherine. Quelle importance, ces gens ? Pourtant elle tendit l'oreille. Comme si se distraire quelques secondes était sa seule chance de survie. S'accrocher à ces mots qui pour elle sonnaient si bizarrement. Se concentrer sur eux. Oublier le reste. Un couple en vacances en Bretagne à qui on venait de voler tous les bagages. Seul l'homme parlait. Il s'exprimait clairement, sans bafouiller ni hésiter. Mais on le sentait indigné. C'était un Noir d'environ vingt-cinq ans, très grand, en jean des pieds à la tête. Sa compagne était blanche et semblait à peine sortie de l'enfance.

— D'où êtes-vous originaire ? demandait le gendarme.

— De Bouillon, dans les Ardennes.

« Etre originaire de Bouillon, dans les Ardennes, et avoir la peau aussi noire, incroyable ! » pensa Catherine. Elle se demandait si le gendarme partageait son étonnement. Mais non. Il posait de nouvelles questions, sérieux, attentif juste ce qu'il fallait, achevant de boire sa bière.

Mais un autre gendarme s'asseyait en face d'elle. De nouveau il lui fallut se nommer.

— Catherine Chevalier.

— Age ?

— Trente-huit ans.

— Profession ?

— Photographe.

D'autres questions suivirent auxquelles elle s'efforça de répondre. Cela devenait difficile. Il semblait s'en rendre compte car il lui parlait avec douceur, lentement, soucieux d'elle en quelque sorte. Peut-être sa famille avait-elle été liée avec sa famille à elle, peut-être avait-il entendu parler de Manon Chevalier, la grand-mère de Catherine. On l'avait aimée dans la région.

— L'arme vous appartenait ?

— Oui.

— Un modèle peu courant... Une carabine 7,65 ? Bricolée à partir d'un pistolet de l'armée allemande ?

— Oui.

— Parlez-moi de vos rapports avec la victime ?

A le voir hésiter dans l'allée, un pas après l'autre, un peu comme un aveugle, Catherine se sentit prise de remords. Elle n'aurait pas dû le laisser s'en aller, il fallait qu'elle l'appelle, qu'elle le retienne à dîner. Et l'aspect convenu de cette formule : « le retenir à dîner », l'enchanta. C'était comme ça dès qu'elle se retrouvait à Marimé. Des mots, des phrases venues d'une autre époque, se substituaient à son langage à elle, son langage de tous les jours.

La veste en toile bleu de Chine du vieil homme se détacha un instant sur le roux des fougères qu'un été trop chaud avait prématurément brûlées. Puis la veste disparut, cachée par les pins et les mûriers sauvages.

« Simon ! » fut tentée de crier Catherine. Mais il risquait de ne plus l'entendre, et puis pourquoi troubler ce silence si délicat de fin d'après-midi ? Bientôt les cloches des églises voisines sonneraient. Les derniers tracteurs passeraient sur la route et le bruit de leur moteur annoncerait que la journée était finie, que chacun rentrait chez soi. A la mi-septembre, en Bretagne, la nuit tombe vite. D'ailleurs le soleil disparaissait et Catherine commençait à avoir froid.

La veste bleue resurgit plus loin, entre les troncs des pins. Le vieil homme se rapprochait du portail. Après, il ne lui resterait plus que huit cents mètres à faire pour atteindre sa maison. Huit cents mètres de cailloux et de sable. Heureusement, le chemin descendait. Qu'il ait peiné en sens inverse pour venir la saluer, elle, Catherine, arrivée depuis peu de Paris, la décida : elle lui devait au moins de l'escorter.

Simon n'était pas de cet avis.

— Tu ne devrais pas laisser la maison ouverte !

Elle rougit, prise en faute. Quand elle était petite, une remarque de lui la désarçonnait davantage que bien des reproches. Il est vrai qu'il lui en faisait rarement. Elle voulut glisser son bras sous le sien, il s'y refusa. Il insistait.

— Vous n'avez plus de gardiens et tu as tout laissé ouvert : la cuisine, le vestibule... et même les fenêtres du salon !

— Mon amie Annie ne va pas tarder à rentrer. Elle est allée vers le cap Bathurst...

Catherine sourit de ce nom qui venait de lui échapper et qui pour le vieil homme ne signifiait rien. Elle se reprit, corrigea.

— Vers la pointe. Et moi j'y retourne dans cinq minutes... Le temps de vous raccompagner chez vous.

— En cinq minutes, on cambriole une maison. Moi, ils m'ont tout volé alors que je jardinais près de la chapelle.

D'une voix que le chagrin rendait geignarde — une voix de vieillard qu'il n'avait pas auparavant et que Catherine découvrait avec un mélange d'irritation et de pitié, il raconta : ses petites économies dissimulées au fond d'un paquet de farine, les deux obus en cuivre, si souvent astiqués et qui durant plus de cinquante ans avaient orné sa cheminée, le gobelet en argent de son baptême, l'alliance et les médailles de sa femme...

— Je n'ai plus rien de la pauvre Mamie, plus rien.

Il appelait Mamie sa femme morte trois ans auparavant, quelques jours après la mort de Manon, la grand-mère de Catherine. Personne n'avait été frappé par cette coïncidence. Catherine, si. Elle frissonna. Pour la deuxième fois, le vieil homme reprenait l'histoire de son cambriolage. Elle lui coupa la parole.

— De toute façon, si cette maison cesse d'être à nous, autant qu'on la cambriole !

Elle craignait de le choquer, regrettait déjà ses paroles. Elle se trompait.

— Pauvre petite, dit-il simplement.

Cette compréhension à laquelle elle ne s'attendait pas, lui serra le cœur. Des larmes lui venaient et avec elles l'envie de crier tout ce qu'elle avait tu jusque-là.

— Si ma famille vend la maison, j'en ai rien à faire qu'on la dévalise, qu'on la brûle...

— Ne dis pas des choses pareilles, murmura le vieil homme.

Et en bon Breton superstitieux, il se signa.

— Rien à secouer... Rien à cirer...

Catherine essuya rageusement une larme.

— Une demoiselle comme toi ne devrait pas utiliser de pareilles expressions. J'ai toujours dit que tu parlais mal ! Combien de fois ta grand-mère te l'a reproché !

Il se calma soudain, fixa la bague que Catherine portait à la main droite.

— Tiens, ça me fait drôle de te voir la bague de Madame !

C'était une opale de Hongrie, d'un blanc laiteux et bleuâtre, que Manon avait portée toute sa vie et qu'elle avait léguée à Catherine.

— Oui, la bague de Madame, répéta Catherine aussitôt adoucie.

La masse des pins cachait la mer et l'horizon. Mais à leur ombre qui gagnait le chemin, elle devinait que le soleil avait disparu. La nuit était proche, maintenant.

— Vous allez rater le début de vos actualités régionales, dit-elle.

L'expression qu'il employa n'était guère éloignée de celle qu'il lui avait reprochée. Catherine se souvint de sa première inspiration.

— Et si vous veniez dîner avec nous ? Vous feriez la connaissance d'Annie. Elle vous plaira beaucoup... Aussi sauvage que vous...

Le regard du vieil homme se fit malicieux.

— J'espère qu'elle sait cuisiner, ton amie. Parce que toi, ma petite...

Catherine rougit.

— Il y a des œufs et du jambon. Demain j'irai faire de vraies courses.

Il riait de son embarras. « Il se moque de moi », pensa Catherine. Mais qu'il se moque d'elle était plutôt réconfortant. Elle n'aurait pas à feindre d'être ce qu'elle n'était pas : une femme d'intérieur, une bonne ménagère, bref une fée du foyer. Elle insista.

— Vous avez toujours apprécié mes amis. Surtout mes ami-ies ! Rappelez-vous Marie-Paule !

— Ah, Marie-Paule, c'était autre chose !

Un sourire timide, très doux et très triste, éclaira brièvement son visage. Le temps d'un été son cœur de vieux solitaire avait battu pour une brune jeune femme de trente ans, une « Parisienne », comme il disait. Mais déjà il se reprenait.

— Je te remercie mais je ne mange rien, le soir. Juste un bol de soupe. Mme Andrieu m'en fait une casserole pour toute la semaine.

Sa main maigre, usée par le soleil et le sel et que des rhumatismes maintenant tordaient, se posa sur le bras de Catherine.

— Viens me rendre visite, Cathie. Je suis si seul !

Déjà la main quittait le bras, soulevait le loquet du portail. C'était bien une main vieille et fatiguée, mais elle ne tremblait pas. Catherine l'attrapa au vol, la porta à ses lèvres. Le tout très rapidement. Parce que enfin il l'avait appelée « Cathie ».

— Je vous aime beaucoup, Simon.

Mais il fit semblant de n'avoir rien entendu. Catherine referma sur lui le portail et s'y accouda un instant. Le bois était rugueux. « Il faudrait le gratter et le repeindre », pensa-t-elle. Les ombres progressaient. Au bout du chemin, la silhouette du vieil homme devenait incertaine.

En remontant vers la maison, elle pressa le pas. L'humidité gagnait ses pieds, nus dans des tennis de toile, ses jambes. Quelque chose détala sous les fougères. Un lapin, ou un écureuil, ou un oiseau. A moins que ce ne fût la chatte. Par précaution elle appela, d'une voix sourde, volontairement déformée.

— La Mouffette ? La Mouffette rayée ?

Mais rien ni personne ne se manifesta. La chatte devait se trouver dans les environs immédiats de la maison. Des années de vie en appartement l'avait rendue craintive. Il lui fallait un temps d'adaptation. Après elle se risquerait dans les fougères, férait sienne la prairie aux herbes trop hautes que personne n'était venu faucher, gagnerait les pins, qui sait. Mais la plage et les rochers, non. Jamais la Mouffette n'avait consenti à descendre sur la plage. La Mouffette appréciait l'eau de pluie, détestait l'eau de mer. Catherine lui trouvait du génie. Elle était la seule.

— Ohé !

Annie l'attendait assise sur les marches du perron. Elle essorait une serviette-éponge tout en frottant l'une contre l'autre ses jambes nues. Ses cheveux mouillés renseignèrent aussitôt Catherine.

— Tu t'es baignée ? dit-elle interloquée.

Annie hocha vigoureusement la tête. Elle avait les joues lisses et rondes d'un enfant. Un enfant qui aurait tenté une escapade et l'aurait réussie. Son rire éclata, haché, triomphant.

— Je n'ai jamais vu une pareille mer! J'ai dû marcher longtemps dans la vase et quand je l'ai atteinte...

— A marée basse, la baie est vide. Ici, tu devras tenir compte des marées si tu veux te baigner. Tu n'es plus au bord du lac Léman, figure-toi!

S'il y avait un peu de condescendance dans ses paroles, dans le ton de sa voix, Annie ne s'en formalisa pas. Catherine était son aînée de six ans. Souvent elle se moquait ou plus exactement faisait semblant. Annie avait grandi à Evian. Que Catherine raille son amour pour la Savoie, son lac et ses montagnes, lui paraissait dans l'ordre des choses. C'était sa manière détournée, un peu bougonne, de lui manifester son affection.

— Chut!

Catherine avait posé un doigt sur ses lèvres. Des craquements parvenaient du massif d'hortensias. On écrasait délicatement des fleurs séchées, des branches, on se faufilait, on avançait. La tête d'une chatte pointa d'abord entre les feuilles, puis un corps gris rayé de noir et pour finir une queue si fournie qu'on l'aurait prise pour celle d'un écureuil.

Catherine s'agenouilla dans l'allée.

— La Mouffette, murmura-t-elle.

Et elle répéta plusieurs fois son nom, et elle se mit à lui parler, des mots sans suite, destinés à elle seule, des mots d'amour comme on n'en adresse qu'aux chats. La chatte la fixait de ses yeux vert béryl. De sa gorge sortait un sourd « Rrrrrrrou » qui semblait répondre aux paroles de Catherine. Entre elles deux l'habituel dialogue commençait.

— Je rentre me changer, annonça Annie.

« Je te rejoins », allait répondre Catherine mais un brutal et soudain et effroyable cocorico l'en empêcha. La chatte s'enfuit, Annie se leva, effrayée.

— Qu'est-ce que c'est ? demanda-t-elle.

— Le coq !

Catherine ramassa les espadrilles et la serviette-éponge que son amie avait laissée tomber.

— Je croyais qu'il était mort. Mme Andrieu doit continuer à les nourrir, les poules et lui. Demain nous irons le voir...

Elle désigna une direction.

— Il y a un poulailler, près de la remise.

Annie essayait en vain de distinguer quelque chose dans l'obscurité.

— Il est méchant comme la gale, un vrai démon...

Catherine s'assombrit, ne termina pas sa phrase. Annie qui s'apprêtait à entrer dans la maison, attendit quelques secondes puis la relança.

— Et... ?

— Et j'ai horreur de l'entendre. C'est un coq qui porte malheur !

Elles avaient mangé tout ce qu'il y avait à manger et n'avaient plus faim. Mais elles tardaient à quitter la cuisine. Comme chaque fois qu'elles se retrouvaient, elles évoquaient leurs métiers respectifs. Annie était comédienne. Elle racontait les dernières représentations du spectacle qu'elle avait joué au festival d'Avignon. Catherine, présente tout au début, avait fait beaucoup de photos. Mais elles ne lui plaisaient pas et elle refusait de les montrer. Malgré les prières répétées d'Annie.

— S'il te plaît, tu es toujours si exigeante !

— Non.

Annie, déçue, changea de sujet.

— Je boirais bien encore quelque chose, dit-elle.

21

Catherine sourit. Il y avait beaucoup d'Annie dans ce
« encore ». Elle lui indiqua le placard.

— Cherche par là.

Elle ne se trompait pas. Dissimulée derrière des
paquets de riz se trouvait une bouteille. Annie s'en
empara et fit sauter le bouchon.

— Eau-de-vie de prune ! annonça-t-elle avec enthousiasme.

Elle voulut rincer les verres qui jusque-là avaient
contenu du vin mais Catherine s'y opposa.

— Laisse, on mérite mieux.

Elle passa dans la salle à manger, ouvrit le grand
placard où se trouvaient entassés des services entiers
de porcelaine de Limoges, de Saxe et de Chine, des
verres en cristal de toutes les tailles et pour toutes les
occasions, des plats en argent, toute une vaisselle que
Manon avait acquise lors de son mariage, puis lors
d'héritages divers et qu'elle avait jugée d'emblée trop
précieuse et que personne jamais n'utilisait. En femme
économe, Manon avait imposé une autre vaisselle,
moins raffinée, plus solide, mais que Catherine appréciait, sans doute parce qu'elle l'avait toujours connue.
Elle choisit deux minuscules verres en cristal, si
délicats, si fins, qu'on craignait pour eux le moindre
souffle de vent.

Dans la cuisine, Annie s'impatientait. Elle ne comprenait pas que Catherine veuille utiliser d'autres
verres que ceux qui se trouvaient là, et dont elle se
fichait bien qu'ils fussent des « verres à moutarde ».

— Ne fais pas ta tête de petite-Annie-sans-son-chien-
Zéro, dit Catherine en revenant.

— Hein ?

— Rien, bois.

Elle la servit, se servit. Mais déjà Annie lui retendait
le petit verre.

— Ça ne contient rien... Un dé à coudre, dit-elle en
guise d'excuse.

Mais Catherine ne l'entendait plus, ne la voyait plus. Elle était retournée à ses pensées d'avant le dîner, des pensées très noires, les mêmes depuis plusieurs semaines, depuis que sa famille avait évoqué la possibilité de vendre Marimé. Elle en concevait un chagrin si intense, si brutal, que cela lui crispait la bouche, lui creusait deux rides au coin des lèvres. Annie devina.

— Ils n'oseront pas vendre. Pourquoi le feraient-ils ?

— La maison a souffert, l'hiver dernier... Sans parler des tempêtes d'il y a deux ans. Il faudrait entreprendre des travaux et personne ne veut payer...

Annie promena un regard heureux sur les murs de la cuisine. Des murs qu'éclairait mal l'unique ampoule suspendue au-dessus de la table.

— Quels travaux ? Tout est neuf, ici !

Son parti pris, ses pommettes enflammées par l'alcool de prune, amenèrent un semblant d'apaisement chez Catherine. Pas assez, toutefois.

— Mon oncle Gaétan est venu cet été avec un architecte. Son verdict est que la maison tombe en ruine.

— La maison est parfaite, ton oncle est un escroc !

« Non, mon oncle n'est pas un escroc. C'est même le moins escroc de tous. Il a aimé cette maison autant que je l'aime. Les travaux de ces dernières années, c'est lui qui les payait », pensa Catherine. Elle s'en expliqua à Annie. Ou plus exactement tenta de le faire. C'est compliqué à retracer une histoire de famille et la sienne, en cela, ressemblait à bien d'autres. Annie l'écoutait, attentive, tendue de bonne volonté.

— Marimé a toujours été la propriété de ma grand-mère. Elle y a quasiment vécu jusqu'à son mariage. Elle y est revenue ensuite tous les étés et souvent à l'automne et au printemps. Son mari et ses enfants

23

suivaient. A la mort de mon grand-père, elle a failli s'y installer définitivement. Mais il aurait fallu tout refaire, mettre un chauffage central. Ce n'est pas une maison pour l'hiver...

— Il est mort quand? demanda Annie que cette information affligeait.

— Mon grand-père? Tout au début de la dernière guerre. Je ne l'ai pas connu.

Annie se rappela que le père de Catherine, lui, était mort alors qu'elle avait douze ans. Catherine en parlait rarement, disait n'en avoir conservé que peu de souvenirs.

— A la mort de ma grand-mère...

C'était de plus en plus triste, toutes ces morts. Annie se resservit coup sur coup deux verres d'eau-de-vie. Elle devait résister, ne pas se laisser gagner par l'humeur sombre de son amie. Elle voyait son visage éclairé par l'ampoule, les traits fins, les yeux gris et écartés. Elle suivait le mouvement des lèvres, les mains qui traçaient des dessins dans l'espace, ponctuaient, argumentaient. Leur agilité étourdissait Annie qui depuis un moment déjà n'écoutait plus. Mais le silence tout à coup la frappa. Catherine avait cessé de parler et elle ne s'en était pas rendu compte. Elle s'empressa de poser une question. La première qui lui venait.

— Qu'en pense ta mère?

— Je viens de te le dire. Elle s'en fiche. Elle n'a jamais aimé Marimé... Elle est une des premières à vouloir vendre.

— Je suis sûre que tout va s'arranger!

Annie s'exprimait avec fièvre. Elle avait peu d'amis, n'aimait que quelques personnes — quatre ou cinq en tout. Mais ceux qu'elle aimait, elle les aimait avec passion et Catherine était de ceux-là. Annie croyait en eux, en leur talent, en leur bonne étoile. Sa confiance peu à peu touchait Catherine. Au point qu'elle se mit à regarder la cuisine avec les yeux d'Annie.

— Tu as raison, dit-elle soulagée, la cuisine est en bon état. Finalement Marimé se porte bien. Il faut toujours que ma famille dramatise...

Mais maintenant qu'elles avaient gagné le salon, maintenant qu'elles avaient allumé toutes les lampes, fermé les volets et les fenêtres, tiré les vieux rideaux en taffetas rouge, maintenant et maintenant seulement, Catherine était frappée par l'aspect désolé de la pièce. Ce n'étaient pas tant les murs qui portaient de grandes et nouvelles taches d'humidité, ni le papier qui se décollait par endroits. C'était plus diffus et plus effrayant. Cela avait à voir avec une odeur de moisi, un affaissement des canapés, la cheminée vide et noire, le silence alentour. Catherine, quand elle était petite, prétendait que du salon on entendait toujours la mer. Parce qu'elle l'avait cru, elle le croyait encore. Mais ce soir, elle ne l'entendait pas. Peut-être la mer s'était-elle retirée très loin. Il faudrait qu'elle vérifie dans l'almanach l'horaire des marées. Elle s'étonnait aussi de l'absence d'oiseaux de nuit.

— Annie ?

Sa propre voix la troubla, minuscule, un filet. Si peu audible qu'elle ne parvint pas jusqu'à Annie. Celle-ci lisait, étendue à plat ventre sur un petit divan bas recouvert de velours vert. On ne voyait que ses courts cheveux hérissés par le sel et son dos moulé dans un gros pull-over de ski — un pull-over avec des rennes et des sapins, et Catherine, un instant s'en amusa : des rennes et des sapins à Marimé ! Une première ! Annie lisait avec beaucoup d'application *Les Torrents spirituels* de Mme Guyon. Tant de concentration découragea Catherine.

— La Mouffette ?

La chatte tressaillit, ses pattes avant griffèrent la laine. Elle reposait sur un coussin brodé par Manon, le dernier auquel elle ait travaillé. Un point de croix ordinaire, sérieux, sans charme ; de la laine grise sur un fond rouge qui se voulait proche de celui des rideaux en taffetas.

— La Mouffette rayée ? La somptuosité chatte ?

La chatte se retourna sur le dos et lui présenta le plus ravissant des spectacles : un ventre gris lui aussi — mais quel gris ! traversé de zones plus claires, de dégradés subtils de jaunes et de roses, un ventre doux comme de la soie, un ventre de chatte angora.

Catherine regarda de nouveau le coussin, puis la chatte, puis les autres coussins et les dossiers des fauteuils, pareillement brodés. Décidément, Manon se répétait. Partout le même savoir-faire, partout la même absence d'imagination. Mais avec quelle ardeur elle brodait, tricotait, cousait ! Deux longues mains étroites, sans cesse en mouvement, qui parfois après les repas se posaient bien à plat sur ses cuisses, et que Catherine, alors, admirait. Malgré Manon qui feignait de protester : « Jolies, mes mains ? Je les trouve moi très ordinaires. » Avant d'avouer qu'elle les confiait tous les mardis à une manucure. Les blanches mains de Manon sur le noir de la jupe, sa coquetterie à presque quatre-vingts ans. Et ces affreux coussins, son œuvre, sa fierté.

— Fais tes griffes, la Mouffette, ils sont trop moches.

Sa propre désinvolture surprit Catherine. Elle avait tendance à considérer comme sacré tout ce qui restait de Manon, que ce soit la cape en tweed suspendue dans l'armoire du vestibule, le chapeau de soleil en paille noire ou la canne sur laquelle elle s'était appuyée tant d'années avant de devenir petit à petit une vieille femme paralysée. Catherine se rappelait cet affreux mois de septembre, le dernier, où une infirmière

26

brutale et bornée, adepte de la vie au grand air, l'installait de force dans une chaise longue, devant la maison. Elle revoyait le désespoir de sa grand-mère, jadis si active, si autoritaire et qui ne parlait plus que de mourir. Plus rien n'avait grâce à ses yeux. Ni les bords de mer, ni les prairies, ni l'ombre de ses pins. Elle aurait souhaité qu'on la laisse à l'intérieur, volets clos, à l'abri de cette lumière d'automne qu'elle avait tant aimée tout au long de sa vie. On le lui avait refusé.

— A quoi penses-tu ? demanda Annie.

Elle avait parlé sans se retourner, profitant d'un début de chapitre un peu compliqué.

— A Manon.

Catherine regretta sa réponse. Annie devait juger qu'elle pensait trop à sa grand-mère. Mais comment pouvait-il en être autrement ? Catherine se trouvait dans sa maison, dans son salon, bientôt elle monterait à l'étage et dormirait dans son lit. Car elle avait fait sienne la chambre de Manon.

— Qui sont ces deux jeunes garçons ?

Annie désignait deux portraits qui se faisaient face.

— Celui de droite avec la casquette qui a l'air si candide, c'est l'oncle Gaétan. Celui de gauche, c'est mon père.

Annie referma avec précaution *Les Torrents spirituels* et alla se poster entre les deux portraits. Le jeune homme de gauche ressemblait-il à Catherine ? Sans savoir pourquoi, elle l'espérait. Il avait du charme et quelque chose de nonchalant qui peut-être évoquait son amie. Elle le lui dit.

Mais Catherine ne releva pas. Elle gardait un souvenir épouvanté de l'espèce de pitié qu'elle avait suscitée, enfant, lors de la mort brutale de son père ; pitié machinale, distraite, qui l'avait suivie pendant des années et qu'elle détestait. Ces phrases qui commençaient toutes par : « Ton pauvre papa », l'avaient tellement blessée qu'elle avait conservé l'habitude, à trente-huit ans, de n'en jamais parler. Manon n'avait pas agi différemment. Elle avait pleuré son fils en silence et seule, gardant pour elle son chagrin, le protégeant de toute tentative de consolation. Mais elle en avait aimé Catherine davantage, l'avait ouvertement préférée à ses autres petits-enfants.

A l'époque, l'amour de cette femme en deuil avait embarrassé Catherine. Elle se voulait pareille à ses cousins et cousines. Plus tard, bien plus tard, elle avait aimé sa grand-mère en retour. Une amitié pudique et jalouse qui les avait surprises autant qu'elle avait surpris les autres. Ensuite elles avaient pris l'habitude de se retrouver chaque année à Marimé. Un tête-à-tête d'une semaine au printemps ou à l'automne. Parfois les deux.

— Cela a duré huit ans.

— Qu'est-ce qui a duré huit ans ?

Catherine venait de parler à voix haute, distraitement, comme cela lui arrivait quand elle se croyait seule.

— Mes séjours à Marimé avec Manon. Après sa mort, je suis revenue avec des amies, des amants, des amis...

— Et avec ta famille ?

— Non, jamais.

Annie était retournée sur le divan vert. Son corps déjà se mettait en position de lectrice, creusait le matelas, écartait les coussins. Ses doigts avaient ouvert le livre et cherchaient la bonne page, qu'elle n'avait pas cornée tant était grand son respect des livres. Elle lisait avec passion, voracité, intransigeance et parti pris ; méprisait les romans policiers, les magazines féminins et tout ouvrage qu'elle soupçonnait de n'être que distrayant. Catherine dont les goûts étaient plus éclectiques, la taquinait sur ses lectures. « Un peu de futilité ! » prêchait-elle. Annie alors achetait *Marie-Claire* et s'y plongeait avec sérieux. Le même que pour

28

Les Frères Karamazov. Dostoïevski en sortait grandi et Annie plus convaincue que jamais.

Catherine, ce soir-là, se trouvait très loin de toute idée de lecture. Elle refaisait connaissance avec sa maison, comme lorsqu'elle était petite, comme chaque fois. Mais il lui semblait que ce soir-là, justement, la maison tardait à l'accueillir. « Elle m'en veut parce que je ne suis pas venue cet été », pensa-t-elle. Elle se mit à arpenter le salon, à regarder plus soigneusement chaque meuble, chaque bibelot.

La pendulette sur la cheminée était arrêtée. Catherine consulta sa montre et remit la pendulette en marche. Dix heures trente-cinq. Elle étouffa un bâillement. Quitter le salon, gagner la chambre de Manon et se coucher. A Marimé, on dormait tôt. Catherine aimait à se réveiller de bon matin. Elle descendait alors sur la plage et si le temps s'y prêtait, si la marée s'était retirée suffisamment loin, elle traversait la baie à pied. Elle revenait de ces promenades confiante et apaisée. L'avenir serait ce qu'elle déciderait, tout était entre ses mains. « Personne jamais ne touchera à Marimé », pensa soudain Catherine et cette évidence lui fit tout reconsidérer. Cette maison n'était pas hostile, elle était inhabitée. Demain, elle ramènerait du bois et ferait du feu. Demain, elle ouvrirait en grand les fenêtres pour que toutes les pièces se réchauffent. Demain, elle composerait des bouquets comme il y en avait jadis, du temps de Manon. De nouveau elle se sentait chez elle. Comme si elle n'était jamais partie.

— Annie ? Je monte me coucher.

Mais Annie dormait déjà, recroquevillée sur le divan vert. Elle avait ramené un bras pour se protéger de la lumière. L'autre reposait sur le livre. Catherine le lui enleva et le posa à portée de main, sur le guéridon. Elle savait Annie capable de s'endormir n'importe où, n'importe quand. Il suffisait qu'elle ait un peu plus bu que de coutume ou qu'elle soit très fatiguée. Rien alors ne la rebutait : ni un refuge en montagne, ni les salles d'attente des gares, ni les rives du lac Léman. Elle dormait aussi profondément, aussi calmement, que dans le plus confortable des lits. L'humidité du salon ne la gênerait donc pas. Toutefois Catherine alla chercher la cape en tweed de Manon et en recouvrit son amie. Non sans lui avoir au préalable retiré ses espadrilles. Puis elle se recula pour admirer son œuvre : Annie, bordée dans la cape, entourée de petits coussins et de meubles vieillots, sortait tout droit d'une gravure de Foulquier. *L'Auberge de l'Ange gardien*, décréta Catherine avant d'éteindre une à une toutes les lampes du salon.

Il faisait encore nuit et déjà le coq criait. Des cris prolongés, répétés, si horribles que Catherine se réveilla en sursaut, dit : « Je vais le tuer » et retomba endormie. La chatte, sur ses pieds, se rendormit aussi. Un peu plus tard, ce fut les cris perçants des martinets. Ils tournaient follement devant la maison, autour de la prairie, rendant dérisoire toute nouvelle tentative de sommeil. « Il est temps de se lever », pensa Catherine.

Assise au bord du lit, les bras ballants, les pieds posés bien à plat sur le plancher, elle laissait ses yeux s'habituer en douceur à la demi-obscurité. Paresseusement. Délicieusement. Rien ne pressait, rien n'exigeait qu'elle fît ceci ou cela. Une journée commençait. Une de ces longues journées comme elle les aimait, comme il n'en existait qu'à Marimé. S'occuper de la maison, suivre les bords de mer par les rochers, lire sur la plage à l'abri des dunes, montrer à Annie le calvaire dont elle lui avait tant parlé, que beaucoup jugeaient laid mais qu'elle trouvait, elle, romanesque et mystérieux. Envisager de faire des photos, peut-être. Le terme « envisager » convenait exactement à son état d'esprit. Depuis plusieurs semaines, elle « envisageait » de photographier Marimé, de raconter par des images les liens qui l'unissaient à la maison. Ce n'était d'ailleurs pas son idée mais celle de Florence de Coulombs qui dirigeait une galerie d'art, à Paris.

Florence de Coulombs avait beaucoup admiré une série de photos faites par Catherine lors des grandes tempêtes d'octobre 1987. Elle les avait réunies en une exposition qui avait obtenu un certain succès, avant de se déplacer en province et en Belgique. Depuis, Florence espérait produire et exposer d'autres photos de Catherine. Celle-ci hésitait, proposait un sujet, puis un autre, sans parvenir jamais à se décider. Un an s'était écoulé, rien n'avait été mis en œuvre, mais les deux femmes étaient devenues amies. « Et pourquoi pas Marimé ? lui avait récemment suggéré Florence de Coulombs. — Parce que c'est trop près de moi », avait répondu Catherine. Mais l'idée faisait son chemin. Son Leica se trouvait encore dans sa valise mais elle venait de penser à lui, dès le réveil. C'était un début.

Un premier miaulement la tira de ses réflexions. Collée à la porte, la chatte réclamait qu'on la libère, qu'on la nourrisse.

— Minute, la Mouffette, minute.

Catherine alla jusqu'à la fenêtre, l'ouvrit. Elle poussa les volets, qui d'abord grincèrent. Un peu de brume flottait au ras de la prairie, en dessous, et sur la baie, qui se dissiperait avec la venue du soleil. Une question de quelques minutes. Catherine prit une longue respiration. L'odeur très forte des goémons ne parvenait pas à chasser celle plus subtile de l'herbe. Il faudrait que Catherine l'arrose. De même que les roses blanches qui grimpaient le long du mur, sous sa fenêtre, et dont elle commençait seulement à discerner le parfum sucré, et les massifs d'hortensias qui encerclaient la maison en un large ruban bleu, rose et violet. Elle s'étonna de la présence de toutes ces plantes, de toutes ces fleurs. L'exceptionnelle sécheresse de l'été aurait dû en venir à bout. Tout un été sans pluie ! Du jamais vu en Bretagne ! Elle soupçonna Simon d'être venu s'en occuper. Par fidélité au temps passé, quand il venait jardiner pour Manon. A moins que ce ne fût

Mme Andrieu, l'ancienne gardienne de Marimé qui poursuivait une retraite heureuse, à quelques kilomètres de là. Catherine se promit de vérifier, de leur rendre visite à l'un comme à l'autre.

Un deuxième miaulement, excédé, furieux, la décida. Elle enfila son jean de la veille et un vieux pull-over d'homme en cachemire gris qui ne la quittait jamais et dans lequel elle vivait dès qu'elle se trouvait à Marimé. Un coup d'œil à la glace de l'armoire lui renvoya une image plutôt satisfaisante : elle était pâle comme souvent, mais les traits de son visage paraissaient reposés.

— Oui, la Mouffette, on y va.

Quand elle ouvrit la porte-fenêtre du vestibule, la chatte se jeta dehors.

Les brumes achevaient de se dissiper, le soleil montait dans le ciel et l'ombre de la maison disparaissait de la prairie. Une lumière dorée, délicate, gagnait tout le paysage, annonciatrice de chaleur.

Catherine traversa la prairie encore humide et atteignit le chemin qui suivait le bord de mer par le haut des rochers. Un passage en pente raide menait à la petite plage qui se trouvait en dessous et que Manon avait toujours considérée, à tort, comme faisant partie de la propriété. La mer montait, d'ici quelques heures elle serait haute. Annie, sûrement, voudrait se baigner.

Annie dormait. Un souffle irrégulier faisait trembler ses lèvres, soulevait ses fins cheveux d'enfant.

— Annie ? appela Catherine.

Mais on ne lui répondit pas. Alors elle tira les rideaux, ouvrit les fenêtres et les volets : la lumière du jour la réveillerait bien mieux que Catherine ne saurait le faire.

Il fallait toujours que la journée commence dans la cuisine. C'était une nécessité, un rite. Du temps de Manon, Catherine avait obtenu qu'on l'y laisse prendre seule son petit déjeuner. Cela n'avait l'air de rien, et pourtant... Manon prenait le sien au lit, à six heures quarante-cinq, servi par Mme Andrieu. Quand Catherine à son tour se levait — souvent bien plus tard, le café l'attendait dans la cuisine. Un café noir, amer, qu'elle réchauffait au bain-marie en faisant griller des tartines. Manon, déjà habillée et toilettée, téléphonait à ses enfants et connaissances, composait les menus du jour, bousculait Mme Andrieu. On l'entendait claquer les portes, monter et descendre l'escalier, parcourir toutes les pièces de la maison, ponctuant chacun de ses pas de violents coups de canne dans le plancher. Et Catherine prenait un malin plaisir à prolonger son petit déjeuner, à ignorer les signaux de plus en plus impatients que lui envoyait sa grand-mère. Elle rêvait en contemplant le jardin de l'autre côté de la porte vitrée, feuilletait des journaux vieux de plusieurs mois et qui servaient à allumer le feu.

Ce jour-là, peu d'imprimés traînaient près de la cheminée. Une revue oubliée sur une chaise attira son attention. C'était une revue éditée en province, pauvre en illustrations, riche en textes et qui concernait uniquement les oiseaux. Les journaux dans la cuisine renseignaient toujours Catherine sur les va-et-vient de sa famille, la durée de leur séjour à Marimé. Tel quotidien prouvait le passage de son cousin Michel, tel autre celui de sa tante Marie. Une revue de mode ou de décoration ? C'était sa cousine Patricia. Avec *Oiseaux de mer et des rivages*, aucun doute n'était possible. Seul son oncle Gaétan se passionnait pour les oiseaux. Il lui arrivait même de donner des conférences, d'écrire des articles. Dans des revues de ce genre, sérieuses, bien documentées, mais ignorées du grand public. Elle consulta la table des matières. Page quinze, un article sur les limicoles était signé Gaétan Chevalier. Mais même aidée par une tasse de café noir, elle n'avait pas envie de le lire.

Annie se réveilla brusquement, le cœur battant. Elle venait de faire un cauchemar dont elle avait déjà tout oublié mais qui la laissait tremblante et hébétée. Elle tenait un coussin serré entre ses genoux et un autre collé contre son ventre. Son regard se promena prudemment sur le paravent chinois, descendit sur un petit guéridon, remonta vers les gravures romantiques et s'arrêta sur le portrait d'un jeune homme. Elle reconnut le père de Catherine et seulement alors comprit où elle se trouvait. Elle en gémit de honte. Elle s'était endormie comme une malpropre, pensait-elle. Dans un salon. Loin de cette chambre que Catherine lui avait spécialement aménagée. C'était l'eau-de-vie de prune. Elle en avait abusé comme souvent. Si au moins cela avait eu lieu le second soir. Mais elle s'était enivrée dès leur première soirée. Qu'allait croire Catherine ? Comment l'affronter, maintenant ? Jamais elle n'oserait. Dans ce salon tout semblait déjà l'accuser : les dames en crinoline des gravures romantiques, le père de Catherine et l'oncle Gaétan, la matinée radieuse. « Si au moins j'avais la migraine ! » se lamentait Annie. Elle détestait cette santé qui la faisait sortir indemne de tout, des pires beuveries comme des plus douloureux chagrins d'amour.

— Tant d'histoires pour quelques malheureux petits verres...

Catherine se moquait de son amie assise en face d'elle, les coudes loin sur la table, le dos voûté, poignante incarnation du remords et de la désolation.

— Des verres minuscules... Des dés à coudre !

Annie repoussa ses cheveux en arrière et lui présenta un visage chiffonné, contrit, mais néanmoins plein d'espoir.

— Vraiment ? Tu ne m'en veux pas ?

— Mais de quoi ?

— De... De...

— Je t'ai vue faire pire, tu sais...

Et comme de nouveau le visage disparaissait sous les mèches brunes :

— Je veux dire... *Nous* avons fait pire.

Le « nous », bien appuyé, eut raison des derniers scrupules d'Annie et elle osa enfin regarder son amie en face.

— Je ne boirai plus jamais, dit-elle avec sérieux.

Catherine ne releva pas. Elle faisait griller du pain, surveillait le café. Elle allait et venait dans la cuisine avec une grâce qui surprenait Annie. Catherine, partout ailleurs, se déplaçait avec gaucherie, se heurtait à tout, aux gens comme aux meubles. On l'aurait crue myope, elle n'était que maladroite. « Comme souvent les grands », pensa Annie. L'observer chez elle l'amusait. La Catherine de Marimé devait ressembler à la Catherine photographe qu'Annie savait précise, mesurée et rapide.

— J'aimerais bien que tu me racontes ton reportage de l'année dernière.

— Quel reportage ? demanda Catherine.

Son visage se renfrognait comme chaque fois qu'on lui demandait de « raconter ». Elle détestait parler de ses voyages. « C'est aussi ennuyeux que des récits de vacances. Mes photos sont là pour ça. Si on veut en savoir davantage, c'est qu'elles sont ratées ! » disait-elle. Une fois, une seule, elle avait évoqué un séjour de six mois à Beyrouth, la vie au quotidien dans le secteur chrétien, ses incursions dans les montagnes autour de la ville. Annie l'avait écoutée avec passion. Sa longue et blonde amie, si nonchalante, serait-elle une héroïne ? C'est pourquoi, aujourd'hui, elle était décidée à poursuivre.

— Ton reportage au Tibet !

Catherine eut un grand geste de la main qui signifiait tout à la fois qu'elle ne se souvenait plus, que c'était du passé et que ces questions l'importunaient. Puis elle mordit dans une tartine et s'extasia sur la qualité de la confiture.

— De la prune ! Les pruniers, ici, donnent tant de fruits que Manon faisait faire des confitures, de l'eau-de-vie. Elle craignait toujours que ses prunes ne se perdent. Maintenant plus personne ne les ramasse et elles pourrissent dans l'herbe. Tu devrais en reprendre. Je te fais une tartine ?

— Cette expédition au Tibet... Tu as tout de même risqué ta vie !

— Beuh...

— Mais enfin, mais enfin !...

D'indignation, Annie bafouillait. La mauvaise foi de Catherine, ses grimaces et ses onomatopées, ses airs faussement angéliques, tout chez elle la mettait en colère. Jusqu'à cet appétit matinal manifestement exagéré.

Les bruits du dehors s'interposaient entre elles : un vélomoteur passait et repassait sur la route, de l'autre côté du portail ; un chien aboyait, se calmait puis recommençait avec plus de fureur encore. « Un chien attaché. Tant mieux pour la Mouffette », pensait Catherine en feuilletant à dessein *Oiseaux de mer et des rivages*. Feindre de s'intéresser à cette revue lui permettait d'échapper au regard insistant d'Annie. Il y avait chez son amie un désir de savoir, un besoin d'apprendre, qui parfois la touchait, parfois l'effrayait. Comme si les réponses aux questions intimes qu'elle se posait se trouvaient ailleurs, dans les livres, dans les films, chez Catherine, et qu'il lui fallait tout interroger sans cesse. Mais paradoxalement, Annie craignait toujours d'être indiscrète, ou en trop, ou de déranger. Elle prenait alors le parti de se taire et s'enfermait dans un silence que certains interprétaient à tort pour de l'hostilité.

Soudain le téléphone sonna, les faisant l'une et l'autre sursauter.

— Attends! cria Annie.

Catherine, freinée dans sa course, s'arrêta net à l'entrée de la salle à manger et se cogna successivement au chambranle et au vaisselier. Ses jurons couvrirent ce qu'Annie, de la cuisine, tentait de lui expliquer.

Dans le vestibule, le téléphone continuait de sonner.

— Attends quoi?

Catherine se massait la hanche, mais décrochait. Annie l'avait rejointe et secouait la tête avec force mimiques. A l'autre bout de la ligne, on s'impatientait. Catherine, alors, se décida.

— Oui?

L'appel ne lui était pas destiné, cela se devinait à sa politesse, à la neutralité de ses « oui », « non », « pas mal ». En effet:

— Pour toi : Jean-Michel.

— Non!

Annie se mit à chuchoter.

— Je ne suis pas là. Je ne suis jamais venue chez toi...

Catherine mit sa main sur le combiné.

— Comment ça, tu n'es jamais venue chez moi?

— Je ne suis pas là, c'est tout!

— Je viens de dire que si !

— Tant pis, dis que tu t'es trompée !

Elles avaient beau se forcer à parler bas, leurs voix reprenaient de la force, montaient dans les aigus. Elles recommencèrent à chuchoter. Annie, dans un murmure haché, essayait de convaincre Catherine.

— C'est fini... Je ne veux plus lui parler. Plus jamais... Raccroche !

Elle se butait, disait non dès que Catherine ouvrait la bouche. Celle-ci avait toujours une main collée contre le combiné. Comment ne pas imaginer le désarroi de l'homme, là-bas, à Paris ? Catherine ne l'aimait pas particulièrement mais elle n'avait rien contre non plus. De toute façon, il ne méritait pas qu'on le fasse languir de la sorte. Elle opta pour la diplomatie.

— Jean-Michel ? Annie dort encore. Nous nous sommes couchées très tard, hier soir. Il vaudrait mieux que vous rappeliez à un autre moment. Oui, elle va bien...

Sa voix, trop enjouée, sonnait faux. Qu'importe. A Paris, on parut la croire. La conversation traîna un moment sur la température exceptionnellement chaude pour la saison, sur ce merveilleux mois de septembre. Puis Catherine raccrocha.

— Qu'est-ce que c'est que toutes ces salades ? demanda-t-elle.

Elles se tenaient sur la petite plage en dessous de Marimé, face à la mer qui montait. Des lambeaux de brume, ici et là, dissimulaient en partie les bandes de terre, de l'autre côté de la baie, les clochers des trois églises. Il faisait bon, déjà presque chaud. Mais Annie, malgré la douceur de l'air, malgré la tranquillité alentour, ne parvenait pas à calmer son inquiétude.

Depuis deux ans, elle vivait auprès d'un homme dont elle n'était pas vraiment amoureuse. Elle l'avait rencontré alors qu'elle collectionnait les aventures les plus pitoyables, celles qui risquaient de lui faire le plus de mal. A cause d'un ancien chagrin d'amour qu'elle tentait de tuer par plus de chagrin encore, sans y parvenir, parce que, bien sûr, guérir ne l'intéressait pas. Cela aurait pu durer longtemps si son chemin n'avait pas croisé, par hasard, celui d'un avocat d'une quarantaine d'années, séduisant, raisonnable et célibataire. Il admirait la comédienne de théâtre qu'était Annie. Il la recueillit, la nourrit et tenta de la consoler. Annie se laissa faire. Par épuisement et par curiosité. Qu'est-ce qui chez elle pouvait séduire cet homme bien élevé, si comme il faut, bref si loin d'elle ? Aujourd'hui encore, elle l'ignorait.

— Nous sommes si différents...

Catherine suivait les méandres sentimentaux d'Annie en tournant le dos au soleil, les yeux clos, assoupie par la chaleur. Comme chaque fois qu'elle se retrouvait sur la petite plage de Marimé, un sentiment exaltant d'éternité s'emparait d'elle. Rien ne changeait, rien ne bougeait. Le sable était le même que celui de son enfance, la marée montait au même rythme. En se concentrant, elle parvenait à oublier tout ce qui la rattachait à l'année présente. Elle flottait alors à la surface d'un état étrange qu'elle appelait son temps à elle. L'odeur poivrée des œillets des dunes renforçait l'illusion, comme le clapotis de l'eau. Elle avait de nouveau cinq ans, dix ans, trente ans.

— Excuse-moi, je t'embête avec mes histoires.

— Pas du tout !

Catherine se força à ouvrir les yeux. Annie avait ramené ses jambes sous son menton, ses pieds nus creusaient le sable.

40

— Tu me parlais de ton fiancé...

— Ce n'est plus mon fiancé !

Cette protestation s'accompagna d'un véhément coup de pied. Catherine reçut du sable dans la figure mais ne renonça pas pour autant à ce qu'elle croyait devoir dire.

— Tu me parlais de Jean-Michel. C'est vrai que vous êtes différents. C'est comme si toi tu étais...

Elle cherchait ses mots, appliquée, gentille.

— Une ampoule de cent watts et lui...

— Et lui ? répéta Annie très intéressée.

— Et lui une ampoule de neuf watts, voilà.

Elle se tut, satisfaite de sa trouvaille. Annie pesait et soupesait l'image, les sourcils froncés, le menton de plus en plus enfoncé dans les genoux.

— C'est exactement ça.

Mais Catherine était de nouveau happée par le parfum des œillets, par le vol des goélands. Elle avait envie de dire : « Tais-toi... Ecoute... Respire... Oublie... » Tout lui paraissait loin. Y compris Annie et son Jean-Michel. Y compris cet homme qu'elle avait rencontré elle-même, il y avait de cela trois mois, et qui lui plaisait tout autant qu'il l'effrayait. A lui surtout, elle s'interdisait de penser. Cela lui aurait été facile sans Annie.

— On ne peut pas faire sa vie avec une ampoule de neuf watts. Non, vraiment, on ne peut pas !

Elle cherchait l'approbation de Catherine.

— Tu pourrais, toi ?

L'esquisse d'un Jean-Michel en costume trois-pièces et au sourire engageant se présenta à Catherine. Un spécialiste des causes humanitaires, un homme généreux, plein de foi et de courage, un homme contre qui il n'y avait jamais rien à dire parce qu'il avait toujours raison. Ça, c'était le personnage public. Mais dans l'intimité ?

Annie était catégorique.

— Dans l'intimité, c'est pire !

Un premier goéland plana un instant devant elles puis piqua dans la mer. D'autres immédiatement l'imitèrent. Catherine admirait la puissance de leurs ailes, la précision des attaques.

— Tout ce que j'aime lui paraît futile, tout ce qu'il raconte m'ennuie. Jusqu'à sa façon d'ouvrir le journal ! Il ne peut pas le faire sans s'exclamer sur la misère humaine ! « Vous avez vu ça ? Et ça ? » J'ai toujours l'impression qu'il répète sa plaidoirie ! Et en plus il parle faux ! C'est triste, non, de parler faux quand on est follement sincère ?

Annie se tut, à court d'arguments. Avec cette expression butée et désagréable qui décourageait ceux qui la connaissaient mal et qui contribuait à ce qu'on la prenne, à tort, pour une actrice de caractère difficile. Catherine, un jour, avait saisi cette expression et en avait tiré un portrait. « C'est moi, ça, tu es sûre ? » Annie n'en revenait pas.

— Dans la nuit qui a précédé notre départ pour la Bretagne, je lui ai dit des choses horribles...

« Aïe ! » pensa Catherine.

— Des choses exagérées qui me semblaient vraies sur le moment.

— Quelles choses ?

Annie se tapa le front contre ses genoux.

— Même à toi, je n'oserais pas le répéter... Et puis, j'avais bu.

— Beaucoup ?

— Qu'est-ce que ça change, la quantité ?

— Rien.

Elles se turent. Leur immobilité trompa l'un des goélands. Il s'approchait, très blanc, très gris, robuste, laissant dans le sable l'empreinte de ses fortes pattes palmées.

— C'est joli, une mouette, dit Annie.

— C'est un goéland argenté.

Le son de leurs voix suffit à l'effrayer. Il s'envola dans un silencieux mouvement d'ailes. Elles le suivirent un moment puis le perdirent. Catherine expliqua :

— Les gens se trompent. Ils prennent souvent les goélands pour des mouettes. Or, seules deux espèces méritent le nom de mouettes : les mouettes rieuses et les mouettes tridactyles.

Le visage d'Annie se transformait, comme si le nez, les yeux, la bouche retrouvaient leurs vraies places et la peau sa couleur. Catherine regrettait de n'avoir pas emporté son Leica : la mobilité de ce visage la fascinait. Il fallait qu'elle fasse de nouveaux portraits d'Annie. Mais elle poursuivit.

— Je n'aime pas les goélands. Ils prolifèrent beaucoup trop et d'autres espèces, bien plus jolies, bien plus sympathiques, en pâtissent. Les sternes, par exemple... Mon oncle Gaétan t'expliquerait ça mieux que moi. C'est son idée fixe, la sauvegarde des oiseaux du littoral. Quand mes cousins et moi étions petits, il nous racontait plein d'histoires sur eux. J'adorais ça. Je l'appelais l'oncle aux oiseaux.

Couchée sur le sable, Annie semblait apaisée, prête à se laisser gagner par cette nouvelle cause : la protection des sternes. Malheureusement, Catherine avait à peu près tout oublié de ce que lui avait appris, jadis, son oncle Gaétan. Elle lança comme on bluffe quelques noms : macareux moine, pingouin torda, fou de Bassan, cormoran huppé, puis s'arrêta. En fait, les démêlés sentimentaux d'Annie la tracassaient. Elle y revint.

— Comment ça s'est terminé l'autre soir ?

Le visage d'Annie vira au gris.

— Oh ! la la...

Elle se redressa sur ses talons, enleva méticuleusement le sable de ses jambes, de ses bras. Une tristesse calme émanait d'elle et Catherine pensa qu'elle avait la tête de quelqu'un qui se serait résigné au pire.

43

— Pendant toute une partie de la nuit, je lui ai dit des choses affreuses. Quand je lui ai fait part de mon intention de le quitter, il a sauté sur l'occasion et il m'a dit : « Partez quand vous voulez, c'est pour moi un plaisir et un soulagement. » C'était si évident, si convaincant, que j'ai fait ma valise et que je suis partie. J'ai fini la nuit dans la salle d'attente de la gare Montparnasse où je t'ai trouvée. Voilà.

Ses doigts traçaient des dessins sur le sable, sa voix gagnait en fermeté.

— Ce qui me retenait près de lui, ce n'était pas de l'amour, c'était la peur de la solitude. Ce matin, tout me paraît clair. Vivre seule me fera le plus grand bien. Je commençais à dépérir. Et puis cet appartement du Marais...

Une sorte de fièvre gagnait Annie. Ses mots la grisaient, la portaient, l'élevaient. Elle ne se laisserait pas avoir par la peur, le chagrin et les remords. Et comme pour mieux s'en persuader, elle répéta : « Je ne l'aimais pas vraiment. »

— N'empêche qu'il t'a trouvée, dit Catherine. Il a téléphoné, il retéléphonera, ce soir, demain...

— Je lui parlerai. Ou toi, si tu veux...

— Ah non, sans façon !

Catherine était de plus en plus déroutée. Annie disait-elle vrai, ou bien se jouait-elle la comédie ? Elle venait d'enlever sa jupe et son chandail et hésitait à dégrafer son soutien-gorge.

— Je peux ? demanda-t-elle.

— Tu peux. En septembre, il n'y a personne.

Vêtue de sa seule petite culotte, Annie se dirigeait vers la mer, sûre d'elle, déterminée. Elle affronterait la solitude comme elle allait affronter l'eau froide. C'était une question de volonté. Faire un choix et s'y tenir. Ne pas revenir sur ce qui était décidé, ne pas reculer. Jamais.

L'eau froide lui pinça les chevilles, puis les jambes et

les cuisses. Quand elle atteignit son ventre, Annie faillit crier : « Au secours ! Je meurs ! Je me noie ! » Mais elle continua d'avancer, centimètre par centimètre, les dents serrées, sourde aux moqueries de Catherine qui l'observait, debout sur un rocher.

Couchée en chien de fusil, habillée, chaussée, Annie se sentait revivre. Au sortir de l'eau, elle avait tremblé de façon convulsive, claqué des dents. Il avait fallu que Catherine la frotte avec une serviette, puis qu'elle coure d'un bout à l'autre de la plage. Pour tomber ensuite épuisée sur le sable, entre la dune et les rochers.

— Que c'est bon ! ne cessait-elle de dire.

Elle parlait de son sang qui maintenant circulait normalement, de son corps engourdi et apaisé, du sable tiède. Elle écoutait les battements de son cœur, le clapotis régulier de l'eau, les cris des oiseaux tout autour. Pour elle, à ce moment-là, Jean-Michel n'existait plus. Elle pensa : « J'ai nagé un quart d'heure » et s'endormit comme on chute.

La voix de Catherine la réveilla. Elle se crut appelée, appela à son tour. Mais Catherine n'était plus là. En levant la tête Annie l'aperçut qui se détachait en contre-jour sur le bleu du ciel, à trois mètres au-dessus de la plage. Deux jeunes femmes l'entouraient.

— Elles ont perdu leurs chats, lui expliqua aussitôt Catherine.

— Deux mâles : un gris chartreux et un tigré.

45

Celle qui venait de donner cette précision était une grande rousse vêtue d'une robe rayée, sans manches, serrée à la taille par une ceinture. Elle semblait plus à l'aise que son amie, une petite femme déguisée en pêcheur de crevettes. Toutes deux portaient sur le visage les traces de récents coups de soleil. La rousse poursuivait son récit, souriante, mondaine. Elles louaient pour leurs vacances une maison neuve, à cinq kilomètres. Leurs deux chats s'étaient échappés dès la première nuit. Depuis, elles les cherchaient dans toute la région.

— Je vous laisse le numéro de téléphone de notre propriétaire. Si vous les apercevez...

Catherine prit le morceau de papier qu'on lui tendait et désigna le sentier sur sa droite.

— Vous avez trois kilomètres de fougères avant d'arriver au cap... Heu... A la pointe. Un vrai maquis. Des chats peuvent s'y cacher et s'y nourrir très facilement. La mienne s'y est égarée, un été.

Elle marqua une pause.

— On l'a récupérée au bout d'une semaine, amaigrie, épuisée, et engrossée !

Les deux inconnues eurent un rire poli et prirent congé. Catherine les regarda qui s'engageaient l'une derrière l'autre sur le sentier, au milieu des fougères.

— Je les ai trouvées qui tournaient autour de la maison. Je n'aime pas ça du tout. Cette histoire de chats perdus pourrait être un prétexte !

— Un prétexte à quoi ?

— A s'introduire chez les gens !

Chez quelqu'un d'autre, cette méfiance aurait choqué Annie. Elle se serait empressée de la qualifier de mesquine, de petite-bourgeoise. Adjectifs qui selon elle ne s'appliquaient pas à son amie. Catherine n'était qu'anxieuse et inquiète ; elle se devait de la rassurer.

— J'y crois tout à fait à cette histoire de chats.

Elles m'ont paru sympathiques... Sympathiques et inoffensives.

Catherine fixait toujours le sentier. Elle savait qu'Annie avait raison et qu'il y avait peu de chance que ces deux jeunes femmes soient des cambrioleuses déguisées en vacancières. Mais elles l'avaient agacée. Catherine détestait qu'on s'introduise chez elle sans y être invité. Contrairement à ce qu'imaginait la bienveillante Annie, elle était pour ce qui concernait Marimé en tout point semblable à sa grand-mère, la très bourgeoise Manon. Même suspicion, même inhospitalité.

— Sonia Rykiel 85, dit-elle d'un ton maussade.

— Hein ?

Catherine prit un air las comme chaque fois qu'Annie tardait à la comprendre.

— La rousse porte une robe de Sonia Rykiel qui date de 1985.

— Quel œil tu as !

Annie était épatée. Elle ne s'intéressait pas à la mode, elle avouait sans gêne n'y rien connaître. Pour elle, une robe était une robe, elle n'aurait jamais songé à détailler celle dont il était question. A vrai dire, elle ne l'avait même pas vue.

— Tu ne leur trouves pas quelque chose de particulier à ces deux filles ? dit Catherine.

« Allons bon, pensa Annie, la voilà qui repart dans ses histoires de cambriolage. »

— Rien du tout. Elles sont en vacances, comme toi et moi, dit-elle fermement.

— C'est ce que je dis : comme toi et moi.

Et comme là encore Annie ne comprenait pas, elle lui montra les deux silhouettes qui s'enfonçaient dans les hautes fougères et qu'un tournant brusquement effaça.

— Une grande rousse accompagnée d'une petite brune... Elles nous ressemblent un peu, tu ne trouves pas ?

Passer à côté des choses était une des principales craintes d'Annie, parfois même une obsession. Elle se demanda très vite si elle percevait bien tout ce qui l'entourait et si elle était capable de l'apprécier.

— On ira à la pointe ? Tu me montreras ton calvaire ? Des églises romanes ?

— Le Mont-Saint-Michel ? Saint-Malo ? Le Grand Bé ? enchaîna Catherine en l'imitant.

Puis, plus sérieusement :

— Annie, tu es une boulimique, un vrai goinfre des choses. Si on allait manger pour de bon ?

La chatte dormait en travers de la marche, devant la porte de la cuisine. A l'approche de Catherine, ses oreilles se dressèrent captant le bruit des pas sur l'herbe, sur le gravier. Ses yeux s'ouvrirent d'un coup, verts, étincelants, immenses. Cernés de noir comme chez les stars du cinéma muet. « Des yeux khôlés », disait Catherine fièrement. Et de préciser, si la personne à qui elle s'adressait tardait à s'émerveiller : « C'est très rare. »

— La Mouffette... La Sublime... La Divine...

Elle tendit la main. Ses doigts rencontrèrent les moustaches, les fraîches narines ; se posèrent entre les oreilles, suivirent les trois raies bien marquées. La chatte ronronnait. Catherine frottait sa joue à son pelage, la respirait avec délice : la chatte embaumait la menthe, le buis et le fenouil sauvage. « Je sais où tu as traîné... Tes odeurs te dénoncent. » Et pour mieux la caresser, elle s'agenouilla et essaya un « rrrrrrr » le plus calqué possible sur celui de la chatte.

Annie les contourna en silence, soucieuse de ne pas troubler leurs retrouvailles.

Il faisait frais dans la cuisine et elle frissonna. Son gros pull-over de ski pendait, oublié, au montant d'une chaise. Elle l'enfila par-dessus celui qu'elle portait déjà et regarda autour d'elle. La grande cuisine l'impressionnait comme tout le reste de la maison. Elle se rappela le couloir à l'étage, les portes qui ouvraient sur des chambres qu'elle n'avait fait qu'entrevoir, le salon avec ses meubles sombres. Il se dégageait de ces murs quelque chose de solennel et d'abandonné qui à la fois l'attristait et l'exaltait. On avait envie de s'installer dans un coin, de fermer sur soi les portes, les volets, et de lire tous les livres de la bibliothèque. Pendant des jours, des semaines, un mois, peut-être. L'idée qu'à Paris on puisse penser à elle, la regretter, espérer un coup de téléphone, une lettre ou tout autre signe pourvu que ce fût un signe de vie, ne l'effleurait guère. Annie se sentait comme sur une île lointaine. Et sans doute était-ce là le charme principal de Marimé : un lieu par lui-même si puissant qu'il faisait reculer tout ce qui n'était pas lui. Jean-Michel, mais aussi ses rêves de théâtre, ce projet sur les femmes mystiques auquel elle travaillait depuis peu.

Catherine revenait dans la cuisine, la chatte sur ses talons.

— J'ai l'impression d'avoir largué les amarres, dit Annie. Tu comprends ça ?

— Très bien.

— N'est-ce pas... ?

Annie hésitait.

— ... un peu dangereux ?

— Non. Ici tout s'apaise. La mort de papa, par exemple. Ici, il ne me manque pas. Manon non plus d'ailleurs.

Elle sourit.

— Ils sont là, quelque part... Pour les autres chagrins, les chagrins d'amour, je veux dire, c'est pareil. J'ai cru longtemps que Manon me protégeait, que cela tenait à sa présence. Mais sa mort n'a rien

49

changé. Personne ne peut m'atteindre quand je suis à Marimé, personne ne peut me faire du mal.

Annie se taisait, n'osant l'interrompre. Pourtant une question lui brûlait les lèvres. Au début de l'été, Catherine avait rencontré quelqu'un. Elle avait dit s'être plu en sa compagnie. Elle lui trouvait du charme, mieux : de l'étrangeté. Mais elle se méfiait. D'elle, de lui. N'avait-elle pas décidé de vivre seule, de se tenir à l'écart de ce qu'elle appelait ironiquement « les passions dévastatrices » ?

— Tu l'as revu ? demanda enfin Annie.

— Deux ou trois fois.

— Et alors ?

— Et alors rien.

Catherine alla chercher des couverts dans l'armoire de la salle à manger. Elle pensait que cet homme ne ressemblait pas aux hommes qu'elle avait connus, qu'elle n'était même pas sûre qu'il lui fasse la cour, qu'il la désire, et que les livres qu'il lui avait offerts, leur promenade dans le jardin du Luxembourg, un après-midi de pluie, ne signifiaient peut-être rien d'autre que des livres, une promenade, etc.

— Assez, dit-elle entre ses dents.

Et à Annie qui attendait la suite :

— Allons voir si les poules font encore des œufs.

— Par là, par la prairie...

Annie prit à gauche en sortant de la cuisine.

— Non, pas par là, par l'autre prairie.

Catherine tirait Annie par la manche de son pullover. Elle expliquait :

— La maison a deux côtés. Au sud, le côté plage, vers la baie, et au nord, le côté prairie, vers la campagne.

50

— Mais la prairie devant la maison... Enfin, entre la maison et le chemin au-dessus de la plage ?

Annie s'embrouillait, désignait la gauche en parlant de la droite et inversement. Catherine qui l'avait lâchée marchait d'un pas décidé vers une sorte de remise accolée à un enclos. Un buis arborescent répandait un parfum doux-amer. De robustes dahlias, d'un rouge sang, poussaient en désordre plus loin.

— Cette prairie dont tu parles ne compte pas en tant que prairie. C'est une pelouse. Enfin, c'était...

Pelouse ou prairie, pour Annie, c'était du chinois. Catherine se retourna, vit son visage chagrin.

— Inutile de faire ta tête de petite-Annie-sans-son-chien-Zéro, dit-elle agacée.

— Hein ?

— Et merde !

Catherine venait de buter contre une vieille roue de bicyclette. Le sol, autour du grand buis, était jonché de détritus, d'objets au rebut. Elle ramassa successivement des bouteilles de plastique vides, des boîtes de conserve rouillées, une poupée sans tête et sans bras qu'elle jeta, dégoûtée, contre le mur de la remise.

— Si je tenais les salopards qui prennent mon jardin pour une décharge... Une giclée de plombs dans le cul, oui !

Elle donna encore quelques coups de pied : des objets divers, parfois indéfinissables, allèrent s'écraser près de la poupée mutilée. Elle professait à voix basse des paroles furieuses, mélange haché d'injures et de menaces. Puis soudain sa colère tomba.

— On reviendra avec des gants de caoutchouc et des bottes, dit-elle.

Une grande agitation régnait dans le poulailler, derrière le grand buis. Trois poules affolées couraient

dans tous les sens, se cognaient au grillage en soulevant un nuage de sable et de poussière. Dressé sur un
billot, maigre, puissant, immense, un coq couleur de
feu semblait les surveiller. Soudain, il perçut la présence des jeunes femmes. Il fonça alors sur une poule,
et avec une sauvagerie que les cris de sa victime
décuplaient, l'assomma à coups de bec. La poule se
débattit un court instant, tomba, puis cessa si complètement de bouger qu'on l'aurait crue morte. Quelques
plumes blanches planèrent, légères, avant de retomber
sur le sol. Le coq se retira bombant le torse. Sa tête
tournait, rapide, vers les deux autres poules que la
terreur collait au grillage, vers Catherine et Annie,
muettes et figées. A n'en pas douter, il les défiait, les
englobait toutes — femmes et poules, dans un égal et
écrasant mépris. Tant d'arrogance subjuguait Annie.

— Il a fière allure.

Elle s'approcha du grillage, les mains tendues
comme si elle allait à la rencontre d'un être cher. Le
coq la regardait venir, immobile. La poule eut un
timide frémissement qui lui valut un furieux et
méchant coup de bec. Elle ne se débattit même pas,
parut s'enfoncer davantage encore dans la poussière.
Mais une petite tache de sang, à la base du cou,
témoignait de la férocité de son bourreau.

— C'est un tueur ! dit Annie émerveillée.

Le coq, comme pour l'impressionner davantage, se
mit à crier. Des cocoricos effroyables qui provoquèrent
une nouvelle fuite folle chez les deux poules rescapées.
Elles s'écrasèrent successivement contre le billot,
contre le grillage et contre la porte que Catherine
tentait de pousser. Le coq se jeta sur l'une d'elles.

— Ça suffit ! dit Catherine en se décidant à entrer
dans l'enclos.

Elle marcha sur le coq.

— Saloperie de bête !

Le coq maintint quelques secondes la poule entre ses

ergots le temps de mesurer la détermination de Catherine, la sienne. Ce qu'il en déduisit ne devait pas être à son avantage : il abandonna sa proie et dans un grand bruissement d'ailes, regagna le billot. Les poules, encore terrorisées, tardaient à s'ébrouer. Des gloussements étouffés émanaient d'elles.

Catherine alla droit aux petites cabanes qui leur servaient d'abris. Ses mains tâtèrent la paille, rencontrèrent des œufs. Elle les compta, appela Annie. Celle-ci avait trouvé un arrosoir plein d'eau et remplissait les écuelles que les poules, dans leur débandade, avaient renversées.

— Attention !

Le cri d'avertissement de Catherine fut couvert par les hurlements d'Annie. Le coq, profitant qu'elle lui tournait le dos, l'attaquait. Annie l'esquiva en bondissant de côté ; mais il la chargeait encore, ailes largement déployées, telle une monstrueuse figure de cauchemar, un aigle ou un démon. Elle se rua vers la porte, se prit les pieds dans l'arrosoir et s'écroula entre les écuelles. Elle roulait dans la poussière, les crottes et les détritus, se protégeant la tête de son mieux, avec ses mains, ses coudes, ses genoux. Elle criait, avalait du sable, s'étouffait. Catherine, armée d'une planche, tentait de s'interposer. Centimètre par centimètre, elle parvint à faire reculer le coq. Elle l'injuriait de façon si grossière, qu'Annie cessa de hurler pour mieux l'écouter.

— Répète un peu ce que tu lui disais, à ce coq...

Maintenant qu'elle s'était douchée et qu'elle avait changé de vêtements, maintenant qu'elle avait mangé et bu, Annie jugeait l'aventure très amusante. Catherine, à l'inverse, ne parvenait pas à se détendre. La vision du coq fonçant sur Annie ne la quittait pas. Malgré les verres de vin blanc que celle-ci lui versait.

— Il aurait pu t'esquinter... Te défigurer.

Ses yeux gris revenaient sans arrêt sur Annie comme pour s'assurer qu'elle était bien là, vivante, intacte. En fait, Annie était au mieux de sa forme.

— Des émotions pareilles, ça requinque !

Elle eut pour Catherine un demi-sourire apitoyé.

— Tu n'aimes pas beaucoup les émotions fortes, dit-elle.

— Pas beaucoup, non, concéda Catherine.

Le vin blanc, loin d'atténuer son anxiété, l'augmentait. Elle repoussa son verre et porta une oreille distraite aux récits d'Annie qui évoquait, vibrante, les joies du grand huit et du train fantôme, les baignades dans des mers démontées, les promenades, la nuit, dans les quartiers mal famés des grandes villes. Catherine se souvenait d'une Annie imprudente jusqu'à l'inconscience, qui s'en allait errer en blue-jean et blouson de cuir, seule, au hasard, entre Barbès et Belleville. Elle répondait à l'agression par plus d'agression encore et cette arrogance, longtemps, l'avait protégée. Une nuit pourtant, un inconnu dont elle avait toujours refusé de donner le signalement lui avait cassé un bras et fracturé le nez. Elle n'en avait que peu parlé, jugeant l'incident aussi infamant que mérité. « J'ai eu ce que j'ai eu », s'était-elle contentée de dire, ténébreuse et butée.

Mais Annie, ce jour-là, irradiait de santé et de joie de vivre. Elle revenait à son bain matinal, louait sa liberté retrouvée, vantait le grand coq couleur de feu : il l'avait choisie, il l'aimait. Qu'il l'ait corrigée comme il corrigeait les poules était en somme honorifique et flatteur. Bref, dans son excès de bonne humeur, elle en faisait une sorte de prince charmant.

Mais la sonnerie du téléphone la transforma instantanément en une autre Annie, grave, digne et qui d'emblée faisait front. « J'y vais », dit-elle sobrement. Et tandis qu'elle se dirigeait d'un pas mesuré vers le vestibule, Catherine pensa : « Sissi face à son destin. »

— Catherine !
— C'est pour moi ?
— Pour ton oncle !

Annie avait l'air déçu d'une actrice à qui on supprime une scène importante. Après avoir affronté le coq, elle se sentait prête à affronter Jean-Michel. Elle aurait su rompre comme il fallait, trouver des mots définitifs mais qui ne blessent pas, faire preuve de grandeur d'âme et de maturité. Du moins, c'est ce qu'elle croyait.

Catherine prit le combiné. A l'autre bout du téléphone, quelqu'un se nomma, qu'elle ne connaissait pas. Il appelait de Rennes, désirait s'entretenir avec Gaétan Chevalier.

— Mon oncle est à Paris. Je vais vous donner.son numéro de téléphone.

Tout en parlant, Catherine feuilletait le répertoire posé près du téléphone, entre un bouquet d'immortelles séchées et un bloc destiné à prendre les messages et qui ne contenait plus rien que des griffonnages distraits. Le répertoire, vieux de dix ans, demeurait d'un jaune agressif. A chaque page, s'étalait la grande et élégante écriture de Manon. Elle l'avait recopié et mis à jour deux ans avant sa mort, y inscrivant les noms des membres de sa famille et ceux des commerçants. Catherine, à la page des C, lut le sien suivi d'une adresse qui n'était plus valable. Et elle se rappela Manon, cette façon qu'elle avait de dire, partagée entre son besoin de savoir et son désir d'être discrète, de respecter la vie privée de sa petite fille : « Mais enfin, quand te fixeras-tu ? » Manon s'inquiétait du célibat prolongé de Catherine, de la fréquence de ses déménagements. Quand la tendresse la rendait indulgente, elle l'appelait « ma vagabonde ».

Catherine s'aperçut alors qu'elle n'écoutait plus son interlocuteur et s'empressa de donner le numéro de téléphone de son oncle Gaétan, inscrit à la page des C, cinq lignes au-dessus du sien.

— Puisque je vous dis que votre oncle, par un courrier que j'ai reçu ce matin, m'annonce sa venue prochaine dans la propriété !

— Vous voulez dire qu'il va venir ici ? A Marimé ?

— Cela fait quatre fois que je vous le dis !

Catherine se fit répéter le nom, le nota sur le bloc, raccrocha. L'émotion que lui causait cette nouvelle était si forte, qu'elle dut s'asseoir. Son oncle n'avait aucune raison de se rendre à Marimé, mi-septembre, alors qu'elle s'y trouvait avec une amie. Il n'avait rien à y faire. Sauf...

— Sauf s'il a trouvé un acheteur !

Elle avait parlé si bas qu'Annie ne l'entendit pas. Mais elle avait vu la main que Catherine venait de porter à son cœur dans un geste involontairement pathétique.

— Ça concerne ton oncle ? Il est malade ?

Catherine pensa : « Si seulement c'était ça » et tout de suite prit peur. Superstitieuse, elle craignait d'attirer le malheur en le souhaitant. Elle l'aimait, cet oncle aux oiseaux. Il avait essayé de lui servir de père à la mort du sien, s'était proposé comme tuteur. Mais il était étourdi, lunatique, gentiment égoïste. Tellement plus proche des cormorans et des sternes que de Catherine, de Manon, et même de sa femme et de ses propres enfants.

Annie devinait ses pensées.

— C'est peut-être sans rapport avec ce que tu crains.

Elle se reprit, corrigea « peut-être » par « sûrement ». A elle dont la famille ne possédait rien, il

56

semblait impossible qu'une autre famille, plus bourgeoise, plus fortunée, se débarrasse froidement d'une
maison, d'un parc, d'un paysage. Elle n'imaginait pas
Marimé sans Catherine. Elle le lui dit avec toute la
force dont elle était capable. Mais Catherine ne se
laissait pas convaincre. Des sentiments de plus en plus
violents montaient en elle, qu'elle ne refoulait pas,
bien au contraire.

— S'ils ont pris la décision de vendre...

Mais que pouvait-elle contre eux? Les haïr? Les
maudire? Comme c'était mièvre et sans conséquence!
Elle pensa à ces faits divers où un forcené abat un à un
tous les membres de sa famille.

— Rien n'est fait, insistait Annie.

Elle prit le téléphone, le lui tendit.

— Appelle ton oncle à Paris. Ou ta mère. On sera
fixé.

— Non!

La seule idée de leur parler, d'entendre le son de
leurs voix, lui était odieux. Il fallait qu'elle se calme,
qu'elle réfléchisse. Elle se souvint de la dispute qui les
avait opposés, son oncle et elle, une dizaine de jours
auparavant. De ses derniers mots alors qu'elle le
quittait, furieuse et blessée, avec au fond du cœur la
certitude qu'il l'avait trahie. « Nous ne tenterons rien
pour le moment. » Et comme elle refusait de le croire :
« Je te le promets. » Et comme elle s'en allait, sans un
mot, en lui tournant le dos : « Tu as ma parole
d'honneur. » Elle était alors revenue à lui et, sans
l'embrasser toutefois, l'avait remercié.

— Tu vois! triompha Annie. Une parole d'honneur,
ça compte!

— La tienne, oui. Mais la sienne, j'ai bien peur que
ce soit peau de balle et balai de crin!

Elle tenta de sourire.

— Je monte dans ma chambre. Peut-être tu as
raison. Je l'appellerai. Mais plus tard, ce soir...

« Pendant toute la journée, on surveilla attentivement les allées et venues des ours. De temps en temps, l'un de ces animaux venait poser sa grosse tête près de la vitre et on entendait un sourd grognement de colère. Le lieutenant Hobson et le sergent Lang tinrent conseil, et ils décidèrent que si les ours n'abandonnaient pas la place, on pratiquerait quelques meurtrières dans les murs de la maison, afin de les chasser à coups de fusil. »

Pour elle seule, Catherine lisait à voix haute, au hasard, des pages d'un livre qu'elle connaissait depuis toujours et qu'elle continuait à aimer, par goût autant que par fidélité à la petite fille solitaire et renfermée qu'elle avait été : *Le Pays des fourrures* de Jules Verne dans la collection Hetzel. Les gravures, bien avant qu'elle ne sache lire, lui racontaient déjà l'histoire. Mais elle s'était appliquée à relier les lettres entre elles, à en faire des mots, des phrases, des paragraphes. Elle se souvenait encore, tant d'années après, de cette triomphante matinée où pour la première fois de sa courte vie, sans l'aide de personne, elle avait su déchiffrer : « Chapitre premier. Une soirée au fort Reliance. » Depuis, le livre était demeuré à Marimé. Il avait miraculeusement survécu à d'autres mains d'enfants, aux inondations, aux grandes tempêtes d'hiver, et à un début d'incendie. Il est vrai que Manon l'avait retiré de la bibliothèque et déposé sur son délicat petit bureau. Dans cette chambre, il avait acquis le statut d'objet précieux au même titre qu'un vase de Bohême, bleu, multicolore, une statuette en argent représentant un ange musicien, un buste de jeune fille en biscuit et d'autres objets encore, qui tous avaient appartenu à Manon, qu'elle avait chéris, et que Catherine veillait à ne pas déplacer. Que tout soit exactement comme l'avait désiré sa grand-mère lui semblait la moindre des politesses. Et puis, cela la rassurait. Comme la rassurait cet imperceptible parfum, ce mélange d'iris et de citronnelle, que Catherine croyait parfois sentir, en ouvrant une armoire, en soulevant de vieux cartons à chapeaux. Pendant un court instant il lui semblait que Manon se tenait là, dans le fauteuil en peluche rouge, près de la fenêtre.

Un grattement discret dans la porte lui rappela que l'heure avait tourné et qu'Annie, sans doute, désirait partir en promenade. « Entre ! » dit-elle d'une voix claire. Et elle sut qu'elle avait parlé comme l'aurait fait Manon : un « Entre ! » net, sec et qui ressemblait à un ordre.

Annie passa la tête.

— Je te dérange ?

Catherine feuilleta quelques pages et lut :

— « Une révélation soudaine s'était faite dans son esprit ! Tous les phénomènes, inexpliqués jusqu'ici, s'expliquaient alors ! le territoire du cap Bathurst, depuis l'arrivée du lieutenant Hobson, avait " dérivé " de trois degrés dans le nord. »

— J'ai toujours appelé cet endroit le cap Bathurst !

Catherine désignait ainsi une sorte de crique en contrebas du promontoire où elle se trouvait avec Annie. Pour l'atteindre elles avaient suivi un chemin hasardeux entre les fougères, laissé loin derrière elles la petite plage familiale de Marimé. Annie regarda avidement autour d'elle. « Pourquoi ? » voulut-elle demander. Mais Catherine déjà se laissait glisser de rocher en rocher jusqu'à l'étroite bande de sable sec que la mer n'atteignait que les jours de grande tempête. Elle s'y assit, les jambes en tailleur, le dos droit, l'air concentré. « Comme pour un cérémonial secret », pensa Annie. Mais Catherine ne faisait rien d'autre que respirer. Elle cherchait le parfum poivré des œillets sauvages, parfum qui pour elle résumait le cap Bathurst, non pas celui de Jules Verne, mais le sien.

— Je ne sens rien, dit-elle. Les odeurs de mer, aujourd'hui, sont les plus fortes.

Et comme Annie la fixait de ses yeux ronds :

— C'est une question de brise, d'exposition au soleil...

— Ah ! bon...

A en croire l'expression émerveillée de Catherine, le paysage qu'elle contemplait contenait des trésors. Annie à son tour s'assit sur le sable. Elle regarda les coquillages brisés qui jonchaient le sol, le ciel sans nuages, les grandes fougères rousses au ras des plus hauts rochers. La mer se retirait. Sur les bancs de sable découverts, des goélands picoraient. Par moments et sans qu'on sache pourquoi, ils étaient remplacés par des corneilles. De grosses et grasses corneilles. Mais pour Annie, rien de tout cela ne méritait qu'on s'y attarde. Elle jugeait ce paysage trop doux, trop paisible, trop harmonieux. Un paysage de gravure anglaise, une aquarelle. Cette baie qui se vidait lui évoquait une gigantesque flaque d'eau ; à la rigueur un terrain de jeux pour les enfants. Elle était sourde au chuintement des mille et un filets d'eau dans le sable, aux cloches des trois églises en face, de l'autre côté de la baie, et qui venaient de sonner chacune six coups.

Catherine, à l'inverse, les comptait, distinguait les cloches entre elles, percevait leur musicalité propre. Les flèches des églises se profilaient sur le ciel encore bleu. Une lumière dorée les auréolait et Catherine se souvenait que jadis, lorsqu'elle les contemplait, elle croyait ressentir ce qu'elle appelait, faute de mieux, « le souffle de Dieu ».

— Catherine ?

— Hein ?

— On s'en va ?

Pour Annie qui la guettait, Catherine parut émerger d'un rêve. Ses yeux gris reflétaient quelque chose d'incertain et de voluptueux qui la troubla. « Mais qu'est-ce que cet endroit a de si particulier que je ne vois pas ? » se demanda-t-elle.

Catherine s'était relevée et tendait un bras en direction de la baie.

— A ma droite, cap Bathurst, version douce. A ma gauche...

Elle pirouetta, indiqua la direction opposée, celle de la fougeraie, puis une masse impressionnante de rochers qui barraient l'horizon de la petite crique.

— ... L'océan. Cap Bathurst, version dure.

— Je ne vois rien, objecta Annie.

— Patience, petite, patience. C'est à un quart d'heure de marche d'ici.

Elles suivirent le bord de mer, escaladèrent les rochers. Souvent il leur fallait revenir sur leurs pas, remonter plus haut pour contourner une paroi rocheuse infranchissable, puis de nouveau redescendre. Et subitement, elles rencontrèrent le vent. Le paysage tout autour avait complètement changé. Jusqu'à l'horizon il n'y avait que la mer. Une mer agitée de vagues, d'un gris bleuté. Dans leur dos, une falaise de vingt-cinq mètres de haut.

— L'Océan, annonça Catherine sobrement.

— Hein ?

— L'Océan ! l'autre face du cap Bathurst !

Le vent emportait leurs paroles. Annie pour mieux entendre se pencha en avant, et faillit perdre l'équilibre. Elle se rattrapa de justesse et se tourna, les bras en croix, vers l'Océan. Ce paysage sauvage, austère malgré le soleil qui déclinait et qui donnait à l'ensemble des allures de carte postale, la transportait de bonheur.

— Enfin la Bretagne ! cria-t-elle.

Et à une Catherine médusée, elle entreprit d'expliquer ce qu'elle entendait par Bretagne. Le vent, l'enthousiasme, le désir de convaincre, accentuaient son débit naturellement haché, rendaient son discours, par instants, inaudible. Mais l'essentiel s'en dégageait, à savoir que Marimé, selon Annie, ne se trouvait pas en Bretagne, mais ailleurs, en Normandie, peut-être...

Catherine méditait cette opinion sur le chemin qui les ramenait vers la propriété. Pour gagner du temps, elle avait choisi d'éviter les bords de mer et de couper par l'intérieur du pays. Elles traversèrent des prairies, des champs d'artichauts et des champs d'oignons, passèrent près du calvaire. Mais Annie vit à peine les trois grandes croix qui émergeaient d'entre les arbres et que Catherine pourtant lui annonça. Elle s'était remise à penser à Jean-Michel, au téléphone qui ne manquerait pas de sonner, aux mots qu'il lui faudrait dire et dont elle doutait maintenant. Comme si plus rien ne subsistait de ses fermes intentions du début de l'après-midi.

— Je ne pourrai pas, dit-elle en s'arrêtant devant le portail.

— C'est l'heure, expliqua Catherine.

Elle tournait autour de la maison, poussait les volets qu'elle achèverait de fermer ensuite de l'intérieur. Gestes mille fois répétés, maniaques, destinés jadis à rassurer Manon et qu'elle refaisait à son tour.

— L'heure difficile... L'heure entre chien et loup...

Elle était appuyée contre la façade en pierres de la maison, le buste penché en avant, le visage tourné vers la cime des arbres, en proie à un malaise animal qu'elle connaissait un peu et qui s'emparait d'elle, parfois, quand la journée s'achevait.

L'obscurité gagnait la prairie et la maison. La demie de sept heures sonna trois fois. Dans les arbres, les oiseaux n'en finissaient pas de s'appeler. Tout à coup éclatèrent les horribles cris du coq et ce fut comme si tout s'arrêtait. Annie se figea pour mieux l'écouter, les oiseaux se turent, la chatte sortit d'entre les hortensias.

— Oh, je le hais ! dit Catherine.

A l'étage, les volets du couloir ne tenaient plus qu'à moitié et Catherine renonça à les manipuler. Les fenêtres aussi avaient souffert. L'eau de pluie s'y était infiltrée, faisant jouer le bois. Une humidité diffuse gagnait la bibliothèque qui occupait tous les pans de mur libres, entre les trois fenêtres. Au plafond une lézarde récente, encore superficielle, voisinait avec deux autres, plus anciennes et qui s'agrandissaient. Au-dessus, il y avait un grenier où l'on accédait par une trappe. Demain Catherine trouverait une échelle et poursuivrait son inspection. Pour l'instant, elle avait, hélas, tout vu. La lumière crue de l'unique ampoule électrique ne faisait que souligner le délabrement du couloir. Oui, il fallait que sa famille se décide à entreprendre des travaux ; elle était prête, elle, à emprunter de l'argent, à payer de sa poche les premières réparations. Encore fallait-il qu'ils le lui permettent...

A l'heure du dîner, elle avait essayé de joindre son oncle Gaétan. Mais l'appartement de Paris ne répondait pas. Elle venait de recommencer. En vain.

Une odeur flottait dans le couloir qui chassait toutes

les autres et que Catherine vénérait : l'odeur du linoléum qui recouvrait le sol de l'étage et l'escalier. Un linoléum bleu, marbré de blanc, fonctionnel, affreux, que Manon avait imposé aux siens dans les années trente et qui ne s'usait pas, et qui durait toujours, comme neuf. « Et qui nous survivra ! » ne manquait jamais de prophétiser Gaétan Chevalier.

Catherine, pour la troisième fois, appela son oncle. Pour raccrocher, découragée. Si découragée, qu'elle renonça à interroger son propre répondeur, à prendre connaissance des éventuels messages qu'on lui aurait laissés. Elle avait quitté Paris sans modifier son annonce, choisissant volontairement d'être injoignable. Seule Florence de Coulombs savait qu'elle se trouvait à Marimé. « Si ton exposition en province se décide, je dois pouvoir en discuter immédiatement avec toi », avait-elle exigé. Catherine pensa que l'homme auquel elle songeait ignorait où elle était. Peut-être avait-il cherché à la joindre, peut-être lui avait-il laissé des messages sur son répondeur. Peut-être ne s'était-il même pas rendu compte de son absence. Mais qu'il ait appelé ou pas, l'inquiétait tout autant. Comme le reste : le silence de son oncle Gaétan, l'état des volets, et le cours général de sa vie. Elle baissa la tête, accablée, furieuse contre elle-même. Que lui disait cet homme, déjà, sur sa façon de fléchir le cou ? Il disait qu'elle ressemblait...

Annie, dans sa chambre, achevait de s'installer, d'entasser sur la table ses livres et ses cahiers. Livres déjà lus mais qu'il lui arrivait de consulter, livres à lire, photocopies de textes anciens introuvables ailleurs qu'en bibliothèque ; cahiers où elle consignait en vrac des notes de lecture, des impressions personnelles, des idées de spectacle et parfois le récit de certains rêves.

Catherine lui avait donné à choisir entre quatre chambres et elle avait opté pour la plus petite, la plus austère, celle qui s'accordait le mieux, croyait-elle, avec son désir d'étude, de silence et de retraite. Elle ne tirerait pas les rideaux, laisserait la fenêtre grande ouverte. La nuit se refléterait dans la glace de la grande armoire, en face du lit. Elle s'endormirait en la contemplant, apaisée par les odeurs de mer et d'herbe qui montaient jusqu'à l'étage. Le lendemain matin, le coq la réveillerait et elle pourrait dès l'aube reprendre ses lectures. Depuis longtemps, elle désirait monter un spectacle de théâtre autour des écrits de quelques grands mystiques. Elle avait un peu feuilleté sainte Thérèse d'Avila et saint Jean de la Croix, elle attendait beaucoup de certaines femmes dont on lui avait parlé : Louise du Néant, Marie des Vallées et Marie de l'Incarnation.

Après les livres et les cahiers, elle entreprit de ranger ses vêtements. Une façon de s'empêcher de penser. Jean-Michel n'avait pas téléphoné contrairement à ce qu'il avait annoncé le matin même à Catherine. Annie avait feint de s'en désoler. « J'aurais mis les choses au point. Tout serait clair entre nous. » Alors que tout bas elle ne cessait de prier : « Qu'il n'appelle pas ! Qu'il se taise ! Qu'il disparaisse ! »

L'armoire de la chambre n'était pas vide. Des tee-shirts délavés et des chandails de marin encombraient un tiroir. Une robe-tablier pendait à un cintre près d'un caban qui dégageait une faible odeur de camphre. Mais tout cela n'était rien comparé à l'invraisemblable bric-à-brac du fond. Outre des espadrilles et des sandales en plastique, des jouets d'enfants, des palmes, des masques et des coquillages, des *Club des Cinq* et des bandes dessinées, Annie trouva plusieurs numéros de *Match* qui dataient de la dernière guerre et qu'elle mit de côté, et un petit électrophone portatif comme on en voyait beaucoup au début des années soixante. Elle décida de le ranger à part, sous les cintres, contre une paire de bottes en caoutchouc. En le déposant, ses mains rencontrèrent un morceau de bois poli, doux au toucher. Elle les retira, surprise.

— Catherine! viens vite!

Catherine était toujours dans le couloir, elle accourut.

— Qu'est-ce qu'il y a?

Annie tendait un doigt vers l'armoire. Catherine poussa le caban et sortit l'objet qui impressionnait son amie. C'était une sorte de carabine qu'elle contempla quelques secondes avec une expression émerveillée. Ses doigts parcouraient l'arme, s'attardaient, remontaient le long du canon, s'enroulaient autour de la détente. On aurait dit qu'elle la caressait. « Ma carabine! » murmura-t-elle. Et pour Annie qui attendait une explication:

— C'était la carabine de jeune homme de mon père avant d'être la mienne. Je l'avais perdue il y a cinq ans. J'étais sûre qu'on me l'avait volée!

Elle épaula, visa les rideaux qui encadraient la fenêtre et que la brise du soir soulevait. Annie faillit crier mais son cri s'étrangla dans sa gorge. Elle fixait, hypnotisée, l'arme que Catherine, maintenant, dirigeait lentement sur les murs de la chambre.

— C'est chargé? demanda-t-elle d'une voix blanche.

— Possible.

Et comme elle sentait l'effroi que suscitait sa réponse:

— N'aie pas peur, je suis une excellente tireuse. Je te touche une boîte d'allumettes à cinquante mètres!

Le canon s'était fixé vers la glace de l'armoire dont Catherine, d'un coup de pied, avait rabattu la porte. Elle s'y reflétait tout entière, la crosse à l'épaule, concentrée, comme à l'affût d'un invisible gibier.

Annie, un peu en retrait, regardait les cheveux blonds, le moelleux du pull-over en cachemire, le fin profil au ras de la carabine. Dans d'autres circonstances peut-être aurait-elle admiré cette Catherine inédite, mais là, elle ne pouvait vraiment pas. De la voir viser sa propre image dans le miroir lui causait un douloureux malaise. Enfin, Catherine abaissa son arme.

— Cette carabine a toute une histoire, dit-elle d'une voix étrangement émue. Ce n'est pas une vraie carabine, en fait. C'est mon grand-père qui avait ramassé un Mauser 7,65 à Verdun. Un pistolet à long canon, avec un chargeur pour les cartouches, auquel les Allemands adaptaient une crosse...

Sa voix gagnait en fermeté. On aurait dit qu'elle éprouvait du plaisir à ce discours technique.

— Mon grand-père l'a réparée, briquée. Tout ça pour son fils. Mon père adorait cette arme et ne s'en séparait jamais quand il était ici. Il devait me l'offrir pour mes quinze ans. Mais il est mort. Manon a tenu à respecter cette promesse. Au grand dam de toute la famille comme tu peux l'imaginer...

Elle baisa respectueusement la crosse en bois.

— Cette carabine est sacrée. Je me demande ce qu'elle fichait dans cette armoire. Sûrement un sale coup de mon oncle ou de mes tantes... Il devrait aussi y avoir une vieille boîte à biscuits avec des cartouches. Tu l'as vue ?

Catherine, sans lâcher la carabine, ouvrit l'armoire.

— Voilà la boîte et... Oh ! le Teppaz de ma cousine Patricia ! Il faudra chercher dans les autres chambres. Nous avions des quarante-cinq tours, autrefois.

Le silence d'Annie, son drôle de regard, commençaient à la troubler. Elle fit quelques pas au travers de la pièce, se pencha sur les livres qui encombraient la table.

— Bérulle, saint Jean de la Croix, Fénelon, Maître Eckhart... Tu vas bien t'amuser !

La carabine qui se balançait au bout de son bras continuait à gêner Annie. Elle se détourna pour aller s'accouder à la fenêtre. L'air humide et salé lui fit du bien. Déjà elle s'en voulait, déjà elle s'accusait. D'où lui venait cette soudaine sensiblerie qui, pensait-elle, ne lui ressemblait pas ? Catherine l'avait rejointe et sifflait entre ses dents les premières mesures d'une chanson.

— Qu'est-ce que c'est ? demanda Annie. Je crois que je connais.

— Je ne sais pas. Un air que j'ai dans la tête.

Pendant un moment elles scrutèrent la nuit sans plus se parler. Quelques rares lumières, de l'autre côté de la baie, signalaient des vies humaines. Hormis cela, tout était noir et silencieux.

Catherine reprit la parole.

— Certaines nuits d'été, le vent ramène des musiques, des rires. Mais en septembre, tout est mort...

— J'ai sommeil, dit brusquement Annie.

Catherine fit à bicyclette les six kilomètres qui séparaient Marimé du village le plus proche.

Neuf heures venaient de sonner au clocher de l'église et les commerçants installaient leurs étalages. Des vieillards lui parlaient de « Madame Manon ». Ils avaient jadis partagé ses jeux ou du moins le croyaient. Catherine les écoutait sans s'impatienter. Il était tôt, elle avait tout son temps. Qu'elle ait déjà entendu toutes ces histoires, ne comptait pas. Ce qui comptait, c'était la chaleur, l'absence de vent, cette sensation de temps épargné, de temps volé. Elle remplissait de fruits et de légumes le cageot accroché à l'arrière de sa bicyclette, bourrait d'aliments son sac à dos. Les paroles que dévidait cette vieille femme tout de noir vêtue, bourdonnaient, parfois vides de sens, parfois si émouvantes. Catherine n'avait qu'à approuver par des « Bien sûr » et des « Comme je vous comprends ». On lui demandait des nouvelles de Simon qui ne se déplaçait plus jusqu'au village ; quelqu'un lui rappela son goût pour le Pernod et elle acheta une bouteille. Oui, elle la lui apporterait. Oui, elle transmettrait les bonjours de madame Angèle, de monsieur Yves...

Sur le chemin du retour, elle chantait à tue-tête. La même chanson que la veille au soir, une chanson de Bob Dylan que Marie Laforêt interprétait en anglais et dont seules les paroles du refrain lui revenaient en mémoire.

> *The answer my friend*
> *Is blowin' in the wind*
> *The answer is blowin' in the wind*

Le paysage, de chaque côté de la route, se diversifiait. Aux belles demeures de la fin du siècle dernier succédaient des villas plus récentes, que Catherine se souvenait d'avoir vu construire, dont on avait moqué la laideur, mais qui finalement, trente ans après, s'intégraient bien. Elle s'émerveillait qu'il y eût encore tant de prairies, tant de champs d'artichauts, que les grandes surfaces se soient implantées ailleurs. Marimé et ses environs étaient pour le moment miraculeusement épargnés. Elle en remerciait le ciel, la mer qu'elle ne voyait pas mais qui se trouvait à deux kilomètres, la Vierge Marie dont un oratoire commémorait les bienfaits, le hérisson qui traversait si lentement la route qu'elle dut freiner pour l'éviter.

Catherine avait bloqué sa bicyclette contre le volet de la cuisine et s'apprêtait à décharger le cageot, quand elle aperçut Annie, à mi-chemin entre la remise et la maison.

— J'ai réussi à tenir le coq en respect !

Elle ramenait des œufs dans son chandail relevé et guettait l'approbation de Catherine. Sa mine réjouie racontait tout : ses peurs vaincues, son triomphe. Du poulailler parvenaient d'horribles cris. A croire que le coq se vengeait et que n'ayant pas pu rosser Annie, il rossait ses poules.

— Elles n'ont qu'à pas se laisser faire, ces idiotes, commenta Annie avec une paisible indifférence.

Elles étaient rentrées dans la cuisine. Annie cherchait un bol pour les œufs, ignorant Catherine qui se débattait avec les courroies de son sac à dos.

— A peine dans le poulailler, je lui ai parlé. Gentiment, mais fermement. Et quand il a hurlé, j'ai hurlé plus fort que lui !

— J'aurais voulu voir ça, maugréa Catherine en se débarrassant enfin de son sac à dos.

— Je suis sûre que je vais l'apprivoiser. Il me mangera dans la main, ce beau coq ! On parie ?

— Non, ce coq est un fou dangereux.

Annie éclata d'un grand rire joyeux. Catherine, ses craintes et ses partis pris, l'amusaient beaucoup. Elle l'observait qui achevait de ranger les aliments dans le frigidaire. Tôt dans la matinée, elle avait lavé et essuyé la vaisselle de la veille, passé une éponge sur la toile cirée. Maintenant, elle balayait le sol. Avec une ardeur ménagère qu'Annie ne lui aurait jamais soupçonnée.

— Oh !

Annie tout à coup se souvenait.

— Ton oncle a téléphoné !

Catherine se retourna d'un bloc.

— Il sera là dans peu de jours... A la fin de la semaine... Vendredi ou samedi...

— Qu'est-ce qu'il vient faire ? Il t'a dit ?

Annie se troubla. Gaétan Chevalier, au téléphone, s'était montré charmant. Il avait demandé des nouvelles de Catherine, s'était inquiété du manque de confort de la maison. Il s'était aussi enquis du métier d'Annie. Pour lui réciter ensuite de mémoire plusieurs alexandrins de Racine et de Victor Hugo. Le tout, fort brillamment.

— Non, il ne m'a pas dit ce qu'il venait faire dans sa...

Elle bafouilla, rougit, se reprit.

— Dans *ta* maison.

L'adjectif possessif trop appuyé arracha un mince sourire à Catherine. Annie se crut encouragée.

71

— Il donne des conférences en province.

Catherine ricana.

— Je vois ça d'ici : « Aimer les oiseaux de mer », « Larus fuscus et Larus marinus », les alcidés et tutti quanti... Mais ça ne justifie pas qu'il vienne à Marimé. Il a laissé un numéro de téléphone ?

— Non.

Catherine reprit le balayage de la cuisine. Ses gestes étaient devenus mécaniques et maladroits. Elle se heurtait aux meubles, déplaçait bruyamment les chaises. Quand elle laissa échapper un bol qui se brisa, ce fut comme un soulagement. Annie se baissa pour ramasser les débris. A genoux sur le carrelage, les yeux au sol, avec un air à la fois coupable et chagrin, elle confia :

— Jean-Michel n'a pas téléphoné.

Là, il fallait faire quelque chose, manifester de l'intérêt, même très vague, ou encore de la compassion si c'était ce qu'Annie recherchait. Or, Catherine, à cette minute, se fichait bien d'Annie et de Jean-Michel. Mais elle tenta une sorte de grognement désapprobateur.

— Je me demande ce que ça veut dire ce silence. Crois-tu qu'il faille que je l'appelle ?

Nouveau grognement, évasif, celui-là.

— Je n'ai aucune envie de lui parler. Mais d'un autre côté, cette attente me rend nerveuse. Qu'est-ce que tu ferais, toi, à ma place ?

Cette question précise réclamait une réponse précise. Catherine réfléchit. Avec quelqu'un comme Annie, une citation littéraire avait toutes les chances de convenir.

— « Doucement, doucement, trop de hâte a perdu le serpent jaune qui voulait manger le soleil. »

Et parce qu'il fallait bien fournir une référence, prouver qu'il s'agissait de vraie littérature :

— Rudyard Kipling, *Le Second Livre de la jungle*.

— Ah, dit Annie gravement. C'est bien vu !

Elles observèrent un silence de plusieurs minutes.

— Et s'il débarquait ici sans prévenir? demanda soudain Catherine.

— Qui ça?

— Jean-Michel!

— Ce n'est pas son genre, protesta Annie.

— C'est quoi, son genre?

— Je ne sais pas.

Mais Annie fixait maintenant la porte vitrée comme si elle s'attendait à le voir surgir. Quelques rares voitures passaient sur la route. Le bruit de leur moteur arrivait jusqu'à la cuisine, considérablement amoindri. Catherine jeta le balai contre la cheminée.

— Qu'est-ce qu'ils ont à tous vouloir venir? D'abord l'oncle Gaétan, et si ça se trouve, ton Jean-Michel!

Le « ton Jean-Michel » avait quelque chose d'agressif et Annie, blessée, ne sut que répondre. D'ailleurs c'était comme si elle avait cessé d'exister. Catherine venait de quitter la cuisine en claquant la porte, sans rien annoncer de ses intentions. On l'entendit qui montait l'escalier, gagnait sa chambre, redescendait. De nouveau une porte claqua. Annie se précipita à la fenêtre. Juste à temps pour voir Catherine, de dos, se diriger vers la mer. La carabine, qu'elle portait en bandoulière, battait sur sa hanche.

Quand Annie atteignit le chemin au-dessus des rochers, Catherine arrivait sur la plage. Elle ne se pressait plus et avançait, nonchalante, au bord de l'eau. L'empreinte de ses bottes en caoutchouc marquait un bref instant le sable mouillé puis s'effaçait. Devant elle, à une vingtaine de mètres, un banc de goélands semblait se reposer. Soudain, ils perçurent une présence humaine et tous en même temps s'envolèrent. Catherine épaula, tira plusieurs fois. Deux formes

73

blanches s'abattirent. L'une presque à ses pieds, l'autre plus loin, sur les rochers.

En haut, sur le chemin, Annie s'était immobilisée. Partout autour s'enfuyaient des bandes d'oiseaux. Il en sortait de derrière les dunes, de derrière les rochers. Ils volaient en cercles concentriques, s'appelant, se prévenant ; un tintamarre épouvantable qui devait s'entendre sur un rayon de plusieurs kilomètres. Catherine semblait absorbée par la vision du goéland mort devant elle. Parce qu'elle ne bougeait plus, certains oiseaux peu à peu, de façon isolée d'abord, puis en groupe, revinrent sur les rochers, sur la petite plage. Annie se décida enfin à rejoindre Catherine.

— Je l'ai eu en plein cœur, dit celle-ci.

De la pointe de sa botte, elle retourna le cadavre. Une tache rouge teintait délicatement les plumes grises et blanches.

— Pourquoi tuer cette mouette ? demanda Annie.

— D'abord, c'est un goéland. Je t'ai expliqué hier.

Catherine sentait la désapprobation d'Annie.

— C'est vrai, j'aurais pu me passer de le tuer. Mais tu vois...

Elle ne termina pas sa phrase. Elle allait dire : « Ça me fait du bien. » Mais comment raconter à Annie le plaisir qu'elle avait eu jadis à tirer les oiseaux ? Plaisir un peu trouble, souvent suivi de remords, de serments où elle se promettait de ne plus « faire de mal ». Elle dit cependant :

— J'ai beaucoup aimé chasser avec Simon. Petite fille, je les accompagnais à la chasse, mon père et lui. Je portais leur gibier. A onze ans mon père m'a offert une carabine d'enfant à air comprimé ; et à quinze ans, j'ai hérité de celle-ci. Et comme tu as pu le constater...

Elle eut un sourire comme elle en avait rarement.

— Je vise bien !

Annie en convint. Mais l'oiseau mort, à ses pieds, continuait à la préoccuper.

74

— Cette mouette, tout de même...

— Ce goéland.

— Ce goéland...

— Il y a trop de goélands ! Les gens d'ici conseillent de tirer en l'air pour les effrayer ! Pour qu'ils laissent la place à d'autres espèces d'oiseaux ! Aux sternes, par exemple, si jolis, si fins ! Allons au cap Bathurst, peut-être je pourrai te montrer des sternes.

— C'est ce qu'on appelle aussi des hirondelles des mers ? J'ai lu un article là-dessus dans le journal de ton oncle.

— Tu n'aurais pas dû me rappeler son existence, dit Catherine d'une voix lugubre. Je les avais tous oubliés.

« De qui parles-tu, avec ce pluriel ? » voulut demander Annie. Mais déjà Catherine s'éloignait. Elle avançait par grandes foulées, comme quelqu'un qui chercherait à établir une distance. Elle avait sa tête baissée des mauvais jours et Annie comprit qu'elle ne répondrait à aucune de ses questions.

Annie bâillait.

— Je ne sais pas ce que j'ai à être aussi fatiguée, dit-elle.

Elle répéta « fatiguée, fatiguée » d'une voix mourante. Elle venait de renoncer aux *Torrents spirituels* dont la lecture, ce soir-là, lui était trop ardue. Un album de photos dépassait de sous une pile de magazines.

— Je peux ? demanda-t-elle.

— Tu peux. C'est l'album de Manon.

Annie le feuilleta avec soin. Sous ses yeux attentifs, une famille revivait, d'été en été, dans un Marimé qui ne variait guère. De temps en temps, elle regardait Catherine, étendue sur le divan vert et qui caressait

rêveusement la chatte. Ses gestes alanguis, le dessin
gracieux du cou, les yeux gris que la fin de journée
assombrissait, tout en elle rappelait la petite fille des
photos ; petite fille qui grandissait de page en page
jusqu'à devenir une adolescente insensible aux
modes, scrupuleusement égale à elle-même. Car
c'était cela le plus frappant : Catherine, à trente-huit
ans, se coiffait et s'habillait comme l'enfant qu'elle
avait été. Des cheveux blonds et raides, coupés au
carré sous les oreilles ; une frange lisse qui dissimu-
lait mal un front un peu grand. Des jeans et des pull-
overs toujours trop amples qui la faisaient paraître
plus mince encore. Parfois elle portait une robe. Mais
il s'agissait plutôt de tabliers de fermière, boutonnés
jusqu'au menton et ouverts entre les genoux. Annie
songeait à toutes les métamorphoses qu'elle s'était
imposées, elle, pour parvenir à ce qu'elle était
aujourd'hui et qui ne la satisfaisait pas. Elle avait eu
les cheveux courts, puis longs, puis l'inverse. Elle les
avait éclaircis, puis foncés. Elle avait été une adolescente très maigre et une jeune femme presque trop
ronde. Son corps, comme son visage, changeait.
Catherine, non.
Elle le lui fit remarquer.
— Ah, bon ?
Catherine était sincèrement étonnée.
— On ne te l'avait jamais dit ?
— Non.
La chatte qu'elle avait cessé de caresser eut un
miaulement plaintif. Les doigts aussitôt se posèrent
derrière les oreilles, reprirent leur travail. « C'est là
que vous voulez qu'on vous gratte ? Dites-le donc que
c'est là... »
— Je me regarde de moins en moins dans les
miroirs, confessa Catherine. C'est sans doute l'habi-
tude de photographier les autres. Avant, à mes débuts...

Elle se concentra pour rassembler ses souvenirs. Le ronronnement de la chatte parut s'amplifier dans le silence du salon. Le jour baissait très vite, bientôt il ferait nuit.

— A mes débuts, je terminais tous mes rouleaux par un autoportrait. J'ai plein de photos de moi posant avec mon Leica devant différents miroirs. Miroirs de chambre d'hôtel, de salle de bains... A Marimé, à Paris, ailleurs dans le monde...

Elle rit, malicieuse.

— Il y en a une qui te plairait beaucoup. Je me suis photographiée à Beyrouth, dans la glace des lavabos d'une épicerie, juste après un bombardement. Autour, que des ruines ! Seul le mur où était accrochée cette glace avait résisté !

— J'aimerais voir cette photo.

— Je t'en ferai un tirage.

— A propos de Beyrouth... De ton séjour au Liban...

— Pourquoi est-ce que je n'ai plus envie de faire des photos ?

Elles venaient de parler en même temps. Elles se sourirent, se firent signe de continuer. Mais Annie se tut et ce fut Catherine qui reprit. Elle reposa sa question d'une voix atone, le visage crispé d'effroi, sans regarder Annie. On aurait dit qu'elle se parlait à elle-même et peut-être était-ce le cas.

Tout à coup le téléphone sonna.

— Vas-y, implora Annie.

Le mur qui séparait le salon du vestibule était suffisamment épais pour qu'on ne s'entende pas d'une pièce à l'autre. Annie ne comprenait pas grand-chose. Il lui semblait que Catherine parlait peu. Seul son rire, par instants, éclatait, frais, sans arrière-pensée. « Pourquoi est-ce qu'elle n'a plus envie de faire des photos ? » se demanda-t-elle en reprenant la question à son compte.

— Nous avons des invités pour demain midi !

De retour dans le salon, Catherine allumait une à une toutes les lampes.

— Florence de Coulombs, son mari et sa fille Aurore. Ils avaient un parent agonisant, ou malade, ou blessé, à voir dans la région, je ne sais plus au juste. Mais ils remontent sur Paris et...

Catherine se laissa tomber sur le divan et afficha une mine désespérée.

— Florence a *exigé* que je l'invite à déjeuner ! Alors qu'elle n'ignore rien de mes incapacités ménagères !

Elle se rappelait Manon, sa caricaturale inhospitalité ; elle entendait ses plaintes : « Qu'est-ce qu'on va leur donner à manger ? », « Quel terrible travail supplémentaire pour la cuisinière ! », « A quoi va-t-on les occuper ? », « Ma cave ne contient que de très grands vins. Ce serait dommage de ne pas les laisser vieillir ! ». Elle se ressaisit.

— Je vais demander à Mme Andrieu de nous faire un déjeuner. Le meilleur des déjeuners.

Ses mains caressaient machinalement la chatte qui se frottait contre ses jambes.

— J'aime beaucoup Florence de Coulombs. C'est une femme si charmante, si généreuse, si équilibrée. Tous les photographes l'adorent. Elle veille sur nous tous comme si elle n'avait que ça à faire. Alors qu'elle a un mari, une maison, trois enfants — Aurore, l'aînée, et des jumeaux : Iris et Olivier, une belle-mère, des vieilles tantes, des cousins dans le besoin, bref, toute une smala qui dépend d'elle...

Annie se taisait, impressionnée. Catherine marchait de long en large dans le salon, agitée, volubile, traçant un portrait enthousiaste de son amie Florence de Coulombs. Soudain, elle changea de ton.

— C'est drôle que Florence débarque au moment

où je viens d'avouer que je n'ai plus envie de faire de la photo. Qu'en penses-tu ?

A vrai dire, Annie ne pensait plus qu'à une chose. Elle l'exprima.

— Et si on ouvrait une de ces délicieuses bouteilles que ta grand-mère mettait de côté ?

Aurore méritait bien son prénom. Ses longs cheveux bouclés d'un blond presque roux, sa peau dorée, ses yeux en amande, sa bouche charnue qui s'ouvrait sans arrêt sur des dents étincelantes, faisaient d'elle la plus lumineuse des adolescentes. Consciente de l'admiration qu'elle suscitait, elle s'efforçait de charmer encore et encore plus. Gentiment, ouvertement, en s'appliquant. Son père la couvait des yeux. A plusieurs reprises durant le repas, il avait sollicité son avis et elle l'avait donné avec un naturel déconcertant. Elle ne le regardait pas précisément, distribuait de façon équitable paroles et sourires. Mais tout ce qui émanait d'elle s'adressait à lui, réclamait son approbation. Au point qu'une conversation générale s'amenuisait vite jusqu'à devenir un duo. Aurore, lorsqu'elle s'en rendait compte — et cela ne tardait pas car rien autour de cette table n'échappait à sa perspicacité, se tournait alors vers les autres.

— Vous devez vivre des moments affreux avant d'entrer en scène, disait-elle à Annie.

Sa main, sans lâcher sa fourchette, se déplaçait sur son cœur, sur son ventre.

— Vous devez souffrir là... Et là...

Annie en convenait. Paralysée par tant d'aisance, elle répondait mal ou à côté, jamais comme elle l'aurait souhaité. Aurore, en plus, insistait, renouvelait ses questions, répondait à sa place. Pour prendre ensuite tous les convives à témoin.

— J'adore le théâtre !

Et à une Annie définitivement muselée, elle raconta ses matinées classiques à la Comédie-Française. Ses goûts allaient aux auteurs du XVIIᵉ, mais elle confessa une grande attirance pour Sartre et Genet. Son père ne semblait pas d'accord.

— Genet, à quinze ans, je trouve que c'est un peu tôt !

— Et moi, je ne trouve pas puisqu'il m'intéresse !

— Aurore !

— Papa ?

De temps à autre, Catherine se levait pour aller à la cuisine. Parfois Mme Andrieu la devançait en apportant de nouveaux plats. Un poulet fermier succéda au soufflé au fromage, provoquant les applaudissements de Florence de Coulombs.

— Je ne te savais pas si bonne maîtresse de maison. Quelle heureuse découverte ! glissa-t-elle à Catherine qui revenait de la cuisine avec une deuxième bouteille de vin. Elle attendit d'être servie et posa brièvement sa main sur celle de Catherine. — On se sent bien, chez toi. Si bien...

Catherine lui adressa un sourire reconnaissant. Depuis la mort de sa grand-mère, elle évitait de prendre ses repas dans la salle à manger. Cette pièce, un peu trop sombre, un peu trop solennelle était le seul endroit où Manon, d'emblée, lui manquait, où sa chaise, vide ou occupée par quelqu'un d'autre, rappelait son absence, la soulignait. Or, le heurt des plats sur la desserte, le tintement des verres, tous ces bruits si exactement semblables à ceux de jadis, tout à coup ne l'attristaient plus. Elle venait d'apprivoiser la salle à manger comme elle avait auparavant apprivoisé le salon, la chambre en haut, au bout du couloir. Cette maison était la sienne, c'était comme si le regard

amical de Florence de Coulombs, à cette minute, le lui
certifiait.

— Est-ce que vous avez des planches à voile ?
demanda Aurore.

Et comme on lui répondait négativement :

— Vous avez une maison au bord de la mer et vous
n'avez pas de planche à voile !

Son air scandalisé laissa Catherine de glace.

— On se passe très bien de planche à voile.

Et comme Aurore s'apprêtait à protester :

— Et de télévision itou.

Le sujet semblait clos. C'était mal connaître Aurore.

— Je comprends que ma mère vous ait choisie pour
copine. Je comprends qu'elle vous aime. Vous êtes si...

Elle se mordit un ongle. La lumière de l'extérieur
frappait en plein ses cheveux, l'isolait, l'auréolait. Elle
paraissait sortir tout droit d'un vitrail d'église ou d'un
tableau de la Renaissance. « Allégorie du printemps »,
pensa Catherine.

— Si quoi, ma chérie ? la relança son père.

— Si...

Elle hésitait encore. Puis, les yeux dans les yeux de
Catherine, elle se décida :

— Si archaïque !

— Archaïque, moi !

Catherine éclata d'un rire joyeux, qui gagna Annie et
qui contamina Florence. Cette dernière riait plus fort
que les deux autres, renversée sur sa chaise, hoquetante, au bord des larmes.

— Je suis contente d'amuser maman, dit Aurore
d'un ton pincé.

La main de son père déjà cherchait la sienne. Il la
trouva, la serra.

— C'est très bien d'amuser ta mère, ma chérie.

Ils prirent le café dehors, devant la maison. Aurore était allée chercher le plateau dans la cuisine et s'occupait de tout. « Elle joue à ravir le rôle de la jeune fille de bonne famille, prévenante et bien élevée », pensait Annie qui l'étudiait prête à la prendre en faute, en fait le souhaitant. Mais l'interprétation était irréprochable : toute la grâce de l'extrême jeunesse, oui, mais sans mièvrerie.

Sa tâche accomplie, Aurore dégringola dans l'herbe, près de la chaise longue où sa mère reposait, les yeux clos, un vague sourire aux lèvres. Entre ses doigts, une cigarette achevait de se consumer. Aurore la prit et l'écrasa.

— C'est mauvais de fumer, dit-elle. On avait décidé que tu arrêtais.

— On ne fait pas toujours ce qu'on a décidé, répondit sa mère d'une voix molle.

Elle s'étira. Ses bras nus restèrent un instant en couronne au-dessus de sa tête et Annie qui l'observait s'aperçut alors — et seulement alors, que Florence de Coulombs était belle. Cela ne se remarquait pas tout de suite parce que rien en elle n'attirait particulièrement l'attention. C'était l'ensemble. Une grande femme, avec un corps plein, dessiné, des bras ronds et fermes, une taille marquée, une peau claire, des cheveux châtains, épais, drus, coupés court et coiffés ce jour-là à la diable. Elle dégageait une étonnante impression de robustesse, de vie en plein air. Annie l'imaginait en paysanne ukrainienne au volant d'une moissonneuse-batteuse. Mais la coupe et la qualité de sa robe bleu marine, les escarpins assortis, les bijoux — des boucles d'oreilles, une médaille au bout d'une chaîne, une chevalière au petit doigt, le tout en or évidemment, et jusqu'à son rouge à lèvres, très coloré, presque incongru à cette heure-ci de la journée, rappelaient que Florence de Coulombs n'était en rien une paysanne ukrainienne. C'était la directrice d'une importante galerie d'art, l'épouse d'un architecte reconnu et — Catherine le lui avait raconté, et cela avait beaucoup impressionné Annie, un ex-mannequin de chez Christian Dior. Que de surcroît elle fût noble de par sa naissance semblait alors aller de soi.

— Maman, Annie te dévore des yeux !

— Mais non, mais non, s'empressa de répondre Annie, écarlate.

Sa gêne, visible pour tous, n'embarrassait pas Aurore. A plat ventre dans l'herbe, elle observait sa victime en mordillant une mèche de cheveux. Pendant ce temps, son père et Catherine faisaient le tour de la maison. Ils parlaient « état des murs », « solidité de la charpente », « tenue des volets ». Catherine tenait un carnet et notait consciencieusement ce qu'il lui confiait.

Annie se réfugia sur le petit banc de pierre près de la porte de la cuisine. A côté d'elle, sur un plateau, étincelait une cafetière en argent. Elle la caressa du doigt. La cafetière était chaude. Comme l'étaient le banc de pierre, le mur de la maison, dans son dos. Décidément, il faisait beau et cela correspondait de moins en moins à ce qu'elle attendait de la Bretagne. Au-dessus de sa tête, un rosier blanc grimpait jusqu'aux fenêtres de l'étage. Le parfum des fleurs l'engourdissait. Elle avait sommeil, inexplicablement sommeil. Au point de regretter la présence d'Aurore et de Florence de Coulombs. Leur fausser compagnie, monter jusqu'à sa chambre, dormir. Mais elle se rappelait ce que lui avait recommandé Catherine : « Et s'il te plaît, ne fais pas ta sauvage ! » Elle bâilla en se cachant derrière sa main.

— Quand vous fixiez maman, c'était pour un rôle ? J'ai lu dans un journal que les acteurs étudient les gens qui les entourent. Pour piquer des trucs qui font vrai, reprenait Aurore.

Annie lui jeta un coup d'œil hagard. Florence de Coulombs, de sa chaise longue, crut bon d'intervenir.

— Tu nous ennuies, chérie. Annie a peut-être envie de parler d'autre chose que de son métier.

— C'est-à-dire...

Le « Ne fais pas ta sauvage ! » résonnait, impérieux, aux oreilles d'Annie. Elle répéta : « C'est-à-dire... » et eut un ample mouvement des bras pour compléter une phrase, hélas, incomplétable. Comment évoquer son projet sur les femmes mystiques ? Elle lança deux noms, un peu comme on se jette à l'eau, dans l'espoir que cela suffirait à Aurore et à sa mère.

— Je m'intéresse à Louise du Néant et à Marie des Vallées... Je veux dire... Je commence à peine à lire ce qu'on a écrit sur elles et...

— Maman ! Catherine flirte avec papa !

Aurore avait bondi sur ses pieds, le bras tendu en avant. Elle désignait Jacques de Coulombs et Catherine qui se déplaçaient proches l'un de l'autre, à gauche de la maison, en bordure des premiers pins.

— Il lui prend le coude, dis donc !

Catherine, en effet, venait de trébucher et il l'avait rattrapée. Le carnet tomba dans les fougères. Il le ramassa, le lui tendit.

Aurore, outrée, se retourna vers sa mère et Annie ne savait plus si elle feignait d'être indignée ou si elle l'était vraiment.

— Ta copine et ton mari flirtent et toi tu ne dis rien !

— Aurore, arrête ce numéro qui n'amuse personne !

— Bon, d'accord !

Aurore secoua sa crinière et se laissa tomber près d'Annie. Au passage, elle avait chipé deux sucres qu'elle se mit à sucer avec concentration. La bouche pleine, elle expliqua :

— Je plaisante parce que papa et maman s'adorent. C'est fatigant d'avoir des parents aussi parfaits. Vous ne trouvez pas ? Regardez comme papa est beau. Votre Catherine en défaille !

Après une brève halte près des massifs d'hortensias, Jacques de Coulombs et Catherine revenaient. Cette dernière paraissait misérable.

— Jacques est très négatif. Pour lui, la maison tombe en ruine, dit-elle.

— En ruine, n'exagérons pas. Mais elle est abîmée, oui, très abîmée. Il faudrait la reprendre complètement.

Il pointa un bâton en direction du toit, des murs.

— Les ardoises tombent, le bois pourrit... Un jour, c'est toute la charpente qui s'affaissera !

— Jacques !

Florence de Coulombs s'était levée. Elle marchait vers son mari, très droite, très grande. Aussi grande que lui. Sa peau rosissait à la hauteur des pommettes. A l'inverse de sa fille, elle était sincèrement outrée.

— Comment peux-tu être aussi sûr de toi ? Aussi péremptoire !

Florence de Coulombs glissa son bras sous celui de Catherine, lui serra la taille. Elle tremblait. Son mari haussa les épaules. Mais gentiment, sans agressivité, comme si la colère de sa femme ne le concernait pas.

— Catherine voulait mon avis, elle l'a eu. Je n'ai jamais prétendu avoir fait un examen approfondi de sa maison...

— Tu ne te rends pas compte de ta brutalité, parfois...

Sa voix se brisa. C'était si étrange, si peu en rapport avec le sujet en question, que Catherine et Jacques de Coulombs échangèrent un regard surpris. Annie intervint à son tour avec la fougue et la violence propres aux grands timides.

— Les spécialistes sont les plus mal placés pour avoir un jugement ! Vos critères sont tels que si on vous écoutait il faudrait abattre une maison sur deux !

— *Daddy with the three Macbeth's witches*, commenta Aurore avec le plus pur des accents britanniques. Et à l'intention de Catherine et Annie qu'elle soupçonnait de ne même pas parler anglais, elle traduisit : — Papa et les trois sorcières de Macbeth.

Jacques de Coulombs considéra un court instant les trois femmes qui lui faisaient face et que le trait d'esprit d'Aurore déconcertait.

— Descendons sur la plage, dit-il d'un ton conciliant. Une promenade nous ferait à tous beaucoup de bien.

— Allez-y sans moi, j'aimerais que Catherine me fasse visiter sa maison. Et puis ces chaussures...

Florence de Coulombs désignait ses escarpins en daim bleu marine. Elle avait retrouvé cette assurance paisible qui la caractérisait. Aurore déjà traversait la prairie, son père sur les talons. A mi-chemin, elle se retourna et siffla Annie.

— Tu viens ? On a besoin d'un guide.

Le tutoiement avait sonné comme un ordre : Annie s'inclina.

Florence de Coulombs apprécia le charme désuet du salon, les meubles anciens dépareillés, les deux portraits. Elle allait d'une pièce à l'autre, enthousiaste, volubile, s'arrêtant devant une statuette en bronze ou un vase à col long, revenant sur ses pas pour mieux contempler une modeste aquarelle qui lui avait échappé. En même temps, elle critiquait : il fallait déplacer le paravent chinois, changer les rideaux, cirer à fond les parquets. Catherine l'écoutait, ravie. Elle admirait son savoir-faire, son goût, son inépuisable énergie. Florence de Coulombs venait de repeindre seule, en deux week-ends, son appartement et projetait de s'attaquer à sa galerie. Pour Catherine, c'était plus qu'une maîtresse de maison

douée, plus qu'une décoratrice, c'était une bâtisseuse.
Elle le lui dit.

— Quelle idée ! Tu me prêtes des qualités que je n'ai
pas. Mais ce revêtement de sol, tout de même...

Son talon frappa le linoléum bleu du couloir.

— Il faudrait l'arracher, gratter, retrouver le plancher d'origine...

— Jamais ! Le lino, c'est sacré !

Florence ne discuta pas ce point de vue.

Elle ouvrait une à une les portes des chambres,
faisait quelques pas à l'intérieur de chacune des pièces.
On aurait dit qu'elle cherchait à s'imprégner de
l'atmosphère de la maison.

— Tu as l'air d'avoir grandi ici, remarqua Catherine.

— J'ai passé les premiers étés de mon enfance dans
une maison qui ressemblait à celle-ci. C'est drôle...

Elle laissa sa phrase en suspens pour contempler
longuement une grande armoire en bois clair. Elles se
trouvaient dans la chambre dite « chambre des
enfants » qui avait abrité jadis Catherine et sa cousine
Patricia. Trois lits de tailles différentes et trois pupitres occupaient à peu près tout l'espace.

— Il me semble que si j'ouvrais cette armoire.. dit
Florence.

— Oui ?

— Je retrouverais mes jouets...

Ce genre de propos ne pouvait que séduire Catherine.

— Ils sont là, dit-elle avec aplomb. Tu veux vérifier ?

Quelque chose chez Florence le désirait ardemment.
Cela se lisait sur son visage où passèrent tour à tour le
doute, l'envie, l'espoir et de nouveau le doute.

— Non, j'aime mieux imaginer qu'ils y sont.

Elle s'étendit sur le plus grand des trois lits. Sa robe
bleu marine faisait une tache sombre sur la cotonnade
blanche. Elle enleva ses escarpins et se massa les pieds.
Des pieds aux ongles délicats, peints du même rouge

que son rouge à lèvres. Puis, elle ramena ses jambes sous elle. A la voir ainsi couchée en chien de fusil, on l'aurait crue prête à s'endormir.

— Je peux fumer ? demanda-t-elle.

Du petit cabinet de toilette contigu, Catherine ramena un verre à dents qui pouvait servir de cendrier. Florence avait sorti une cigarette et un briquet d'une poche dissimulée dans les plis de sa robe. Elle fumait avec application, lentement, comme une jeune fille qui fumerait en cachette sa première cigarette. Catherine était sensible à son abandon, à la rêverie dans laquelle elle semblait plongée.

— Je me sens vraiment très bien chez toi, dit Florence de Coulombs.

— Reste.

Leurs deux répliques avaient sonné comme les conclusions d'une longue réflexion commune. Ensuite elles se turent. La semi-obscurité de la pièce — les volets étaient fermés mais la lumière de l'après-midi passait entre les lattes, renforçait cette impression de temps suspendu.

Catherine, la première, se décida.

— Reste. Un peu... Quelques jours...

— Mon mari... Les jumeaux... Aurore...

— Aurore s'occupera de ton mari et des jumeaux.

— C'est vrai que je devrais pouvoir me reposer sur elle...

Florence écrasait son mégot dans le verre à dents. Elle se redressa et chercha ses escarpins. De sa voix mesurée, elle argumentait :

— La rentrée des classes des jumeaux et d'Aurore a eu lieu et de ce côté-là, tout va bien. La galerie n'ouvre qu'à la fin du mois. Reste Jacques. Il risque de ne pas être d'accord.

— On le convaincra.

Florence de Coulombs eut pour Catherine un sourire un peu las, un peu condescendant.

— Tu ne te doutes pas de ce que ça représente une maison, une famille. Ils s'appuient tous sur moi. Je m'occupe de tout, tu sais.

Elle rit.

— Je les ai habitués à être très gâtés.

— Justement.

Florence trouva enfin sa deuxième chaussure et gagna le petit cabinet de toilette contigu. Catherine la vit qui s'aspergeait le visage. Le regard qu'elle posait sur elle-même était sévère, sans complaisance. On aurait dit qu'elle se jugeait. Et dans ce jugement, il n'entrait plus rien de son habituelle bienveillance.

Catherine hésitait à renouveler son invitation. Pour se donner une contenance, elle regroupait les morceaux de craie éparpillés sur les trois pupitres. Elle les rangeait par couleur et par taille.

— Si Jacques est d'accord et si cela n'ennuie pas Annie...

— Annie sera enchantée.

— Je resterais volontiers quelques jours à Marimé avec vous deux.

Jacques de Coulombs se laissa presque immédiatement convaincre. Presque, parce que son premier réflexe fut celui d'un mari que sa femme jamais ne quitte, une exclamation du genre : « Quelle idée bizarre ! » Puis il céda, puis il approuva. Sa femme, selon lui, était fatiguée ; quelques jours de vacances au bord de la mer, en compagnie de Catherine et d'Annie, lui apporteraient le changement et la détente que peut-être elle ne trouvait pas lors de vacances passées en famille.

Aurore, sur ce dernier point, se montra catégorique.

— Comment voulez-vous que maman se repose ? Cet été nous avions loué une maison dans le Vaucluse et elle n'a pas cessé de recevoir des parents, des amis. On n'était jamais moins de vingt à table ! Et c'est elle qui faisait tout : le marché, les repas. Je ne sais pas si tu vois ce que je veux dire !

Le tutoiement visait Annie dont les traits crispés et l'air ahuri alertèrent Catherine. Le moment qu'Annie avait passé sur la plage avec Jacques de Coulombs et sa fille devait être d'un autre ordre que celui vécu avec Florence dans la chambre des enfants... Catherine s'approcha donc d'Annie et lui glissa à mi-voix un compatissant : « Ça va ? » Annie leva au ciel deux yeux cernés.

Aurore poursuivait.

— Avoir maman en vacances est une bonne affaire. Elle vous fera à manger, retapera la maison... Ouille !

Florence de Coulombs, pour la faire taire, venait de lui tirer les cheveux.

— Ma mère est une brute, dit Aurore en affichant un sourire résigné de martyre.

« Sainte Blandine jetée aux lions », pensa Catherine. Mais Florence prenait sa fille par les épaules.

— Aurore, sérieusement, je peux te faire confiance ? Tu surveilleras les devoirs des jumeaux ? Leurs petits déjeuners ? Le temps passé devant la télévision ?

A chacune de ses questions, Aurore répondait par un oui très clair, très calme, très décidé. Avec un tel sérieux qu'elle en devenait touchante. Au point qu'Annie cessa pendant quelques secondes de la détester.

Vint l'heure des adieux. Catherine se demandait si Florence de Coulombs n'allait pas changer d'avis au dernier moment et repartir avec les siens. Mais non. Florence, après les avoir embrassés, vérifiait maintenant la fermeture des portières. Sans émotion apparente, avec une humeur égale. Son mari, plus impressionné, affichait une gaieté forcée destinée à donner le change. Quant à Aurore, installée à l'avant de la voiture, elle préparait les cartes routières, les Kleenex et les chewing-gums. « Je viendrai te voir au théâtre ! » cria-t-elle à Annie juste avant que la voiture ne démarre.

Elles n'échangèrent que peu de mots sur le chemin qui les ramenait vers la maison. Florence, à cause de ses hauts talons, se prenait les pieds dans les racines, se tordait les chevilles dans le sable. Un caillou dans une de ses chaussures la fit s'arrêter. Mais le court instant où elle était restée en équilibre sur une jambe avait suffi à l'œil exercé de Catherine : Florence de Coulombs, dans son élégante robe bleu marine, entourée de fougères rousses, lui évoquait irrésistiblement une gravure de mode. « Couverture de *Paris-Match* à la fin des années cinquante », se dit-elle en tendant à son amie une main secourable. Florence y prit appui pour se rechausser.

— C'est merveilleux d'être là ! Pour la première fois depuis longtemps, je me sens libre, dit-elle avec fougue.

La sincérité de ses paroles, leur naïveté, allèrent droit au cœur d'Annie. Pourtant, cette amie de Catherine l'intimidait. Cela tenait à son allure de grande dame du septième arrondissement, à son aisance. Que Catherine l'invite à Marimé n'avait pas été à proprement parler une bonne nouvelle. Pas une mauvaise non plus. Annie, curieuse de tout, l'était aussi de Florence de Coulombs. La première, elle rechercha le contact.

— Tu... Tu ne regrettes pas d'être restée...

Elle avait mis tant d'énergie dans ce tutoiement qu'elle en bafouilla. Mais cela ne choqua pas Florence

93

de Coulombs, bien au contraire. Pour preuve le
« Penses-tu ! » qu'elle lui retourna aussitôt.

— Aurore semblait presque contente que tu la
laisses avec son père, risqua Catherine.

— Oh, pas presque : très !

Son rire sonna, joyeux. Mais une ombre passa sur
son visage et l'assombrit. Ce que voyant, Catherine
bouffonna.

— C'est si classique ! L'amour des filles pour leur
père, et patati et patata !

— Non, pas toujours.

Ces trois mots, pourtant prononcés doucement,
venaient de sortir de Florence de Coulombs avec la
force d'un cri. Comme par enchantement, une cigarette
avait surgi entre ses doigts. Mais elle ne l'alluma pas,
se contentant de la faire rouler entre le pouce et
l'index.

— Moi, c'est ma mère que j'aimais. Au point d'en
ignorer mon père, de le négliger, d'en faire un figu-
rant... D'ailleurs je l'ai perdu quand j'avais dix-sept
ans et je ne crois pas l'avoir beaucoup pleuré. Il me
restait maman...

Catherine savait que la mère de son amie était morte
au début de l'année, des suites d'un très rapide et très
douloureux cancer. Florence l'avait veillée nuit et jour
et son dévouement avait impressionné son entourage.
Après l'enterrement, elle avait repris son travail sans
se plaindre. Mais on devinait qu'elle y pensait chaque
jour. Peut-être était-ce à cela que Jacques de Coulombs
faisait allusion en déclarant que sa femme avait besoin
de repos.

— Je me suis toujours sentie bien avec ma mère.
Toujours. Elle était ma meilleure amie... Non, mieux
que ça.

Sa voix gagnait en fermeté. Si Catherine avait craint
un instant qu'elle ne se laisse aller à une crise de
chagrin, tout chez Florence, maintenant, le démentait.

— Jusqu'à mon mariage, nous avons pris tous les jours le thé ensemble. Pour elle et pour moi, c'était le moment sacré de la journée. Une cérémonie indispensable... Il m'est arrivé d'interrompre un cours à la faculté pour revenir à temps rue de Lille où nous habitions...

— Et après votre... Heu... ton mariage ? demanda Annie.

— Après mon mariage, nous avons continué. Ou bien je me débrouillais pour la retrouver, ou bien pas. Dans ce dernier cas, je prenais le thé chez moi et je l'appelais au téléphone. Et nous reprenions nos bavardages, chacune chez soi, avec sa tasse de thé. D'ailleurs...

Elle consulta la minuscule montre qu'elle portait au poignet.

— Bientôt cinq heures... Ça vous dirait qu'on se fasse du thé ?

Elle ne leur laissa pas le temps de répondre.

— Ça ne vous ennuie pas si je parle de maman ? De temps en temps ?

L'odeur du thé de Chine flottait comme un parfum délicat. Jadis, Manon avait l'habitude de s'en faire servir, au salon ou dans sa chambre selon ses envies du moment. Catherine aimait cette vague odeur de thé qui régnait alors durant toute la deuxième partie de l'après-midi et qui était comme la preuve de la présence de Manon dans la maison. Cette odeur par la suite s'était évaporée, elle n'existait plus, on l'avait oubliée.

Catherine achevait d'installer Florence dans la chambre dite « des jeunes mariés ». On l'appelait ainsi

95

à cause de son grand lit aux barreaux de cuivre. C'était la plus confortable car elle avait un accès direct à l'antique salle de bains, la seule de la maison. Elle ouvrait comme les autres au sud, sur la baie.

Florence était accoudée à la fenêtre et regardait ce paysage pour elle si nouveau. Elle se disait émue par les teintes pastel du ciel, grisée par la pureté de l'air.

Les barques des pêcheurs étaient toutes rentrées au port. La baie se vidait. Quelques silhouettes y pataugeaient courbées en avant, un sac dans une main, une sorte de crochet dans l'autre. Les martinets tournaient autour de la prairie et leur vol serré, leurs cris, annonçaient à Catherine ce moment de la journée qu'elle appréhendait tant.

— C'est mon heure préférée, dit Florence. Plus tout à fait le jour, pas encore la nuit. On est dans rien de précis... Suspendu...

— Entre chien et loup, dit Catherine.

— Oui. Quel soulagement que cette heure-là. Rien n'y engage à rien... C'est l'heure lisse.

Elle soupira ou feignit de le faire.

— Malheureusement, ça ne dure pas.

Il y avait de l'humour dans sa voix et Catherine y fut sensible. Florence devinait-elle son angoisse ? Etait-ce sa façon d'y répondre ? Louer le crépuscule pour le lui faire aimer, oui, cela correspondait à sa manière d'agir, subtile, parfois indirecte.

Florence examinait maintenant la chambre. Son regard se promenait sur les murs recouverts d'un papier à fleurs décoloré, sur la table de nuit en merisier, sur le crucifix qu'une branche de buis desséchée prolongeait. Souvent un détail la faisait sourire. Elle avait l'air heureux de quelqu'un qui revient d'un long voyage et qui refait connaissance avec la maison de son enfance.

— Tu n'as pas froid ? s'inquiéta Catherine. Tu veux que je te prête une veste ?

Florence claqua sa main gauche sur son bras droit.

— Non. C'est que j'ai la santé, moi, madame !

Catherine, par contraste se sentit faible. Le crépuscule, bien sûr, mais aussi et surtout, l'absence de nouvelles de son oncle Gaétan. Elle rejoignit Florence contre la fenêtre. Ses mains étaient glaciales et malgré son pull-over en cachemire, elle frissonnait. Le corps de Florence, à l'inverse, était chaud comme celui de quelqu'un qui aurait passé la journée au soleil.

Un peu de l'odeur du thé de Chine flottait encore autour d'elles. Brusquement, à cause de cette odeur, Catherine se décida : elle raconterait tout ce qui concernait Marimé.

Elle parla beaucoup. De temps à autre, Florence, qui avait fait des études de droit, l'interrompait pour poser une question d'ordre technique.

— Si ma famille persiste à vouloir se débarrasser de Marimé, crois-tu que je puisse les attaquer en justice ? demanda Catherine.

Florence réfléchit une longue minute avant de répondre.

— Je ne crois pas. Les seuls héritiers de Marimé sont ton oncle, tes tantes et ta mère en tant que veuve du fils cadet de Manon Chevalier. Mais si tu le pouvais, tu le ferais ?

— Oui, répondit Catherine sans hésiter.

La nuit venait. Catherine, de mémoire, sans bouger, retrouva le commutateur d'une lampe posée sur le secrétaire, près de la fenêtre. Une lampe en pâte de verre, bleu et blanc, d'origine mauresque. Une lumière bleutée, irréelle, éclaira ce coin de la pièce et Catherine, encouragée par le silence attentif de Florence reprit son récit. Elle parla encore et encore. En se répétant. En trouvant pour les membres de sa famille des mots de plus en plus désagréables, de plus en plus grossiers. Quand enfin elle se tut, Florence n'eut qu'un commentaire :

— Tu es trop seule dans cette histoire. Il te faudrait quelqu'un à tes côtés. Un homme.

Catherine haussa furieusement les épaules. Elle aurait voulu répondre mais les mots lui manquaient. Pendant ce temps, la petite phrase faisait son chemin. Elle revoyait cette promenade dans le jardin du Luxembourg, durant le week-end du 15 août. Il avait plu si fort que le jardin s'était vidé. Ils avaient attendu la fin de l'averse à l'abri d'un marronnier centenaire. Catherine le cachait mais elle était bouleversée : la veille son oncle Gaétan avait évoqué la possibilité de se défaire de Marimé. L'homme qui l'accompagnait parlait beaucoup. Une conversation légère, agréable et qui intéressait Catherine. Soudain, il avait dit : « Vous paraissez avoir beaucoup de soucis. Vous m'évoquez une licorne. Si vous vous souvenez, on dit des licornes qu'elles sont en défense quand elles baissent la tête et présentent la pointe de leur corne. Vous avez leur grand front. » Et à deux ou trois reprises, quand la pluie avait cessé et qu'ils avaient quitté le jardin du Luxembourg pour poursuivre ailleurs leur promenade, il avait parlé d'elle à la troisième personne, en l'appelant « la licorne ».

Catherine rougit. Quel besoin avait-elle de se rappeler ces paroles ? Elle s'était toujours méfiée de ces surnoms flatteurs que les gens se donnent entre eux pour se distinguer, se faire plaisir, s'apprivoiser.

— Ne t'en fais pas trop.

Florence lui avait pris le bras. Un de ses gestes coutumiers, à la fois fraternel et féminin. La lumière bleutée qui les auréolait évoquait quelque chose à Catherine. Quelqu'un, il y avait de cela très longtemps, l'avait tenue ainsi, dans cette même lumière, contre la fenêtre, avec la brise du soir qui vous glace les épaules et les cris des derniers oiseaux. Un corps massif et enveloppant. Ses parents, souvent, occupaient « la chambre des jeunes mariés ». Alors ? Qui s'était tenu là

en l'appelant Cathie ? Son père ? Sa mère ? Elle préfé-
rait que ce fût son père. Sans doute était-ce lui.

— Ici, j'ai envie de t'appeler Cathie.

Catherine sursauta, eut vers Florence un coup d'œil
effaré.

— Ça t'ennuie ?

— Je ne sais pas encore.

On frappait à la porte. Trois coups discrets. Puis la
poignée tourna et la tête d'Annie apparut.

— J'ai préparé le dîner, dit-elle d'une voix mal
assurée. Et comme on l'applaudissait : — Vous complo-
tiez ?

— Oui, contre la famille de Catherine, dit gaiement
Florence. Nous ne les traînerons pas tout de suite en
justice, mais ils ne perdent rien pour attendre !

Florence insista pour dîner à la cuisine. Elle tenait à
se glisser dans les habitudes de la maison, à adopter le
mode de vie « des filles », comme elle se plaisait à dire.
Annie était conquise. Elle l'écoutait avec ferveur parler
de tout et de rien, décrire le travail des photographes
dont elle s'occupait. Parfois Florence posait une question. Toujours la bonne, celle qui met en confiance.
Annie s'apprivoisait, livrait des bribes de ses recherches
sur les femmes mystiques. Florence alors posait une
nouvelle question, qui relançait Annie, qui la faisait
progresser. C'est ainsi qu'elle travaillait avec ses photographes. Catherine se rappela qu'on disait de Florence
de Coulombs qu'elle était une « accoucheuse ».

Soudain le téléphone sonna et toutes les trois en
même temps se levèrent. Annie fut la plus rapide et la
plus déterminée.

— J'y vais, dit-elle fermement.

Pendant quelques minutes on n'entendit que la chatte
qui courait après une bille.

— J'aime beaucoup ton amie, dit Florence. Et si on parlait de toi, maintenant ?

Catherine afficha aussitôt un air grognon. Mais elle était soulagée. Seule Florence, peut-être, pourrait l'aider. Mais par où commencer ? Son dernier reportage en Dordogne ? Des miaulements furieux la tirèrent d'embarras. La bille était coincée sous le tas de bûches et la chatte ne parvenait pas à l'attraper. Elle glissait ses pattes, s'arc-boutait, les retirait, recommençait. Pour finalement miauler en direction de la table. Une longue plainte déchirante, théâtrale, comme s'il y allait de sa vie. Catherine se leva pour dégager la bille. Une bille, en terre cuite, usée par le temps. « Je ne l'avais jamais vue », pensa Catherine, couchée sur le carrelage, en l'envoyant d'une chiquenaude rouler à l'autre bout de la cuisine. La chatte se jeta à sa poursuite et le jeu reprit.

— J'ai vu ce que tu as fait cet été en Avignon, ainsi que ton reportage sur les usines abandonnées d'Alsace, reprit Florence de Coulombs. C'est propre, correct, parfaitement impersonnel... A l'exception de deux photos...

— Lesquelles ? demanda Catherine d'une voix morne.

Elle avait envie de s'aplatir davantage encore, de s'enfoncer dans le sol, de disparaître. Comme lorsqu'elle était enfant et qu'on commentait devant elle ses bulletins scolaires.

— Tu sais parfaitement lesquelles.

— Beuh...

Projetée par un habile coup de patte, la bille roulait vers les bûches. Catherine plaqua sa main dessus. « Feinte ! » dit-elle à l'intention de la chatte qui en miaula de dépit avant de s'immobiliser, ses yeux vert béryl hallucinés d'impatience. « Feinte vache ! » La bille roula vers l'évier, heurta la poubelle et repartit en sens inverse.

100

— Les deux photos du palais des Papes.

« Nous y voilà », pensa Catherine.

Elle consentit à se lever, à rejoindre la table. Florence lui tendait un verre de vin qu'elle but avec plaisir. En se félicitant d'être allée chercher des bouteilles dans ce qui avait toujours été la réserve personnelle de Manon et où personne, jamais, n'osait se servir.

— J'aime le palais des Papes, dit Catherine simplement. Ne me demande pas pourquoi, mais je l'aime de tout mon cœur.

Elle eut pour Florence un sourire heureux.

— Je suis contente que tu les aies remarquées, ces deux photos, qu'elles t'aient plu...

— Pourquoi ne pas en faire une série ? Je connais bien le conservateur, il pourrait...

Un raclement de gorge leur annonça le retour d'Annie. Elle se tenait dans l'embrasure de la porte, en haut des quatre marches qui reliaient la salle à manger à la cuisine. Sa main chiffonnait un mouchoir.

— Ça va ? demanda Catherine.

— Très bien !

Annie regagna la table. Elle prit le verre de vin de Catherine, le but, se resservit. « Bah... », fit-elle à plusieurs reprises.

— Je vais téléphoner chez moi, dit Florence. Je ne pense pas que Jacques et Aurore soient arrivés, mais je désire dire bonsoir aux jumeaux et...

Elle ne put achever sa phrase. Annie venait de s'écrouler sur la table, au milieu des fruits et des assiettes à dessert. Elle sanglotait, le buste collé à la toile cirée. De gros sanglots muets qui la secouaient tout entière. Son front de plus en plus violemment heurtait la table.

— Elle va finir par se faire mal, dit Florence.

— Annie ? appela Catherine.

Mais Annie n'entendait pas. Ou ne voulait pas. Elle

101

poussait de drôles de gémissements, aigus, minuscules.
« Des gémissements de souris », pensa Catherine que
ce désespoir prenait de court. La tête d'Annie toujours
frappait la table. Alors, Florence l'empoigna. Un geste
à la fois doux et brutal, d'une étonnante précision.
Annie voulut lui échapper, replonger en avant. Mais la
main qui la tenait resta ferme et Annie cessa peu à peu
de se débattre. Elle ne protesta même pas quand
Florence lui enleva son mouchoir, lui essuya le visage.
Au bout de longues minutes, enfin, elle balbutia un
faible : « Excusez-moi. »

— Pauvre-petite-Annie-sans-son-chien-Zéro, dit
Catherine en espérant que cette plaisanterie, qu'Annie
ne comprenait jamais, la ferait sourire.

— C'est-pas-sans-son-chien-Zéro...
Annie bafouilla, reprit, rebafouilla.

— Zut, c'est un exercice de diction, cette phrase !
Elle se concentra et très lentement, articula :

— C'est-pas-sans-son-chien-Zéro-qu'elle-est-la-
pauvre-petite-Annie-c'est-sans...
Elle riait. Catherine compléta.

— Sans son Jean-Michel ?

— Exact.
Annie reprenait de l'assurance. Comme si elle travaillait un vulgaire exercice d'articulation, elle répétait : « C'est-pas-sans-son-chien-Zéro-qu'elle-est-la-
pauvre-petite-Annie-c'est-sans-son-Jean-Michel. » Ses
doigts martelaient le rythme sur la toile cirée. Mais son
visage soudain se brouilla. De ses deux poings serrés,
elle essuya un nouvel afflux de larmes. « Non, non,
non, je ne souffrirai pas ! » dit-elle avec rage. Mais à
son air d'en vouloir à l'univers tout entier, Catherine
comprit qu'elle souffrait déjà beaucoup. Enfin, elle se
moucha.

— C'est fini et bien fini. Je ne veux plus jamais en
parler, dit-elle sauvagement.

Mais une heure après, recroquevillée dans un fauteuil, elle reprenait depuis le début l'histoire de sa rencontre avec Jean-Michel. Florence l'écoutait, comme une mère attentive, comme une grande sœur complice.

Catherine avait fait du feu. Le dos à la cheminée, elle contemplait le salon que seules les flammes éclairaient. Leurs lueurs projetaient des ombres sur le mur qu'elle s'amusait à animer. Ses doigts inventèrent tour à tour un loup, une sorcière sur son balai, un duo de lapins.

— Cocottes, vous m'inquiétez !

Quand Florence de Coulombs surnommait « Cocotte » une de ses amies, c'était parfois pour masquer un début de malaise. Une façon d'afficher une décontraction qu'elle était loin d'éprouver. Catherine le savait, s'en amusait. Ce mot, chez elle, avait quelque chose de délicieusement déplacé. Ses doigts esquissèrent l'ombre d'une poule, puis d'un ours polaire.

— Raté ! dit Catherine avec regret car l'ours polaire ne ressemblait à rien.

— Quel âge vous avez toutes les deux ?

Catherine cessa de jouer et tourna vers Florence un visage étonné. Celle-ci fumait une cigarette avec un air de petite fille appliquée qui contrastait avec le sérieux qu'elle cherchait à mettre dans chacune de ses paroles et qui semblait lui coûter.

— Vous vivez au jour le jour... Sans vrais projets... Sans famille... Sans ressources régulières...

— Mais..., objecta Catherine que le vous collectif choquait.

— Comme des vagabondes ! Cette absence totale de sécurité...

Elle s'enhardissait, s'adressait à l'une puis à l'autre, avec une agitation croissante.

— Où vas-tu vivre, Annie ? Tu quittes un homme, un toit, très bien ! Mais pour aller où ?

Annie se ratatinait dans le fauteuil. Elle se refusait toujours à évoquer cet aspect-là des choses, le jugeant mesquin, indigne d'elle. Et pourtant... Où allait-elle habiter, en effet. Elle revit la petite chambre sans chauffage dans laquelle elle avait vécu la première année de son installation à Paris et frémit d'horreur. Mais elle fit front. Avec un entêtement désespéré.

— Tout va s'arranger, dit-elle.

— Comment ça, « Tout va s'arranger » ? explosa Florence.

Mais quelque chose en elle parut soudain se briser. Son buste s'affaissa, elle se couvrit le visage de ses deux mains. A la lumière du feu, elle semblait rousse de la tête aux pieds. « Une grande fougère pliée par le vent », pensa Catherine.

— Excusez-moi, toutes les deux. Mais votre façon de vivre me fait peur...

Elle retira ses mains, tenta un sourire.

— Pour vous... Pour la suite de votre vie.

— Tu n'as rien de plus joyeux à nous prédire ? demanda sèchement Catherine. Tu ne crois pas que tu noircis un peu ?

— Je crois surtout que je suis fatiguée.

Comme la veille et l'avant-veille, il faisait beau.

Catherine et Annie avaient attendu jusque tard dans la matinée que Florence de Coulombs se réveille, puis s'en étaient allées sur la petite plage, en dessous de la maison. Un mot glissé sous la porte de sa chambre expliquait où elles se trouvaient.

Malgré l'heure avancée, il n'y avait personne. Elles s'installèrent au bout, à l'abri du vent. Quelques nuages passaient, haut dans le ciel, et projetaient de grandes ombres. Mais cela ne durait pas. Pourtant Catherine refusait de se déshabiller. Elle gardait obstinément ses vêtements et répondait par des monosyllabes aux questions que ne cessait de poser Annie.

Celle-ci, ce matin-là, s'était levée anxieuse et lasse, comme cela lui arrivait parfois après une nuit blanche. Alors qu'elle avait dormi plus de dix heures. Elle ne désirait ni lire, ni se baigner, ni se promener. Elle repensait à Jean-Michel. Il était sur le point de partir pour l'Afrique. « Vous pouvez garder l'appartement pendant mon absence. Je ne veux pas vous mettre à la porte », lui avait-il dit de cette voix qu'elle qualifiait de « suave » et d' « hypocrite ».

— On sait ce que ça cache, la grandeur d'âme, les comportements chevaleresques ! Les grands mots et les grandes phrases !

Couchée en chien de fusil, Catherine tournait le dos et au soleil et à Annie.

— « Je ne veux surtout pas vous mettre à la rue », répétait Annie. Ah ! je déteste cette fausse générosité ! Qu'est-ce que tu en penses ?

— Que c'est vrai.

— Comment ça que c'est vrai ?

— Que c'est pas du pipeau. Que tu devrais accepter. Ne serait-ce que pour voir venir. C'est en tout cas ce que te conseillera Florence, tout à l'heure. Mais ce qui m'étonne le plus...

— Oui ?

— C'est que vous en soyez encore à vous vouvoyer après deux ans.

— C'est son genre ! Mais arrêtons de parler de lui, ça me gâche tout !

D'un geste théâtral de la main, Annie englobait la plage, la mer et le ciel.

— C'est ça, arrêtons ! s'empressa d'approuver Catherine.

Elle se redressa sur les genoux et leva vers le ciel un visage soupçonneux. Il était uniformément bleu, parfait, on pouvait lui faire confiance et se déshabiller. Sous ses vêtements, Catherine portait un maillot de bain en coton noir dont la coupe stricte, presque austère, semblait d'une autre époque. Elle attendit encore un peu, en surveillant le ciel, puis s'allongea sur le sable, heureuse et apaisée.

— On ne peut vraiment pas dire qu'il fasse froid, dit-elle.

Mais un nuage passa devant le soleil et elle se releva à demi, vindicative et accusatrice.

— Si, on peut le dire !

Le nuage disparut, poussé par le vent. Catherine, de nouveau, s'étendit sur le sable. Annie ne l'avait jamais vue en maillot de bain et s'étonnait de la blancheur de sa peau. Catherine examina à son tour ses bras et ses jambes.

— Un homme que j'aimais m'a dit un jour que mes veines n'étaient pas bleues, mais vertes. C'était un compliment : il trouvait que ça faisait salle de bains... Oh !

Elle se releva précipitamment, attrapa son pull-over. D'autres nuages, plus nombreux que les précédents, masquaient maintenant le soleil. Elle pointa dans leur direction un doigt haineux.

— C'est toujours comme ça, en Bretagne ! Dès qu'on se déshabille, il faut se rhabiller !

Annie allait l'approuver mais Catherine, d'un geste autoritaire, l'en empêcha.

— Attention à toi ! Je m'accorde à moi seule la permission de critiquer la Bretagne !

— Je n'ai rien dit, protesta Annie.

— Tu étais sur le point de le faire !

— Non !

— Si !

Ses accès de mauvaise humeur, ses allures de propriétaire, son air farouche, tout cela amusait beaucoup Annie. Elle trouvait que Catherine, à Marimé, rajeunissait de jour en jour. A la voir en équilibre sur une jambe, l'autre repliée à la manière d'une cigogne, on ne pouvait s'empêcher de penser à la petite Catherine des photos.

— Pas trop tôt !

Catherine remerciait les nuages qui lentement se défaisaient. Elle s'adressait à eux comme elle l'aurait fait avec sa chatte, alternant rudesse et affection, tutoiement et vouvoiement. Soudain, elle cessa de s'y intéresser. Quelqu'un — un homme, peut-être, était apparu sur le sentier, au-dessus de la plage. Il portait un pantalon trop large, retroussé sur les chevilles et une ample chemise claire. Il tenait un panier.

Florence s'amusait de les avoir trompées, expliquait son déguisement.

— J'ai trouvé ces vêtements dans l'armoire de ma chambre.

Catherine examinait le pantalon kaki, la chemise reprisée à plusieurs endroits. A la qualité du travail, elle reconnut l'œuvre de Mme Andrieu.

— Vu leur taille, dit Catherine, ces vêtements appartiennent sûrement à mon oncle.

Elle fit pirouetter Florence, la pria de bouger. Celle-ci, bonne fille, obéit. Elle avançait, reculait, tournait, fraîche, reposée, un peu déconcertée, peut-être, de se trouver là. Quand enfin elle s'agenouilla sur le sable, Catherine ne put retenir plus longtemps son admiration.

— N'importe qui dans un pareil accoutrement aurait l'air d'un épouvantail. Mais toi, c'est Katharine Hepburn, c'est Ingrid Bergman, c'est...

— Je t'en prie, dit Florence.

Elle souriait de plaisir et en même temps semblait souffrir.

— Je t'en prie, cesse de me regarder. S'il te plaît...

Elle avait parlé gravement en détournant la tête et Catherine eut l'impression qu'elle cachait quelque chose, un mauvais rêve, un souci, ou une nouvelle désagréable. Elle s'inquiéta.

— Tu as eu Paris au téléphone ? Tout va bien ?

— Tout va bien. Aurore est parfaite, vraiment parfaite. Parfois je me demande comment j'ai fait pour mettre au monde tant de perfection...

— Elle est ta fille, répondit Catherine. La perfection engendre la perfection.

Une légère rougeur envahit le visage de Florence de Coulombs. Elle fronça les sourcils, posa sur Catherine un regard à la fois triste et interrogateur.

— Je n'ai rien à voir avec la perfection. Tu me

connais mal, on dirait. Ou bien tu rêves. En tout cas, tu te fais des idées.

Elle ne laissa pas à Catherine le temps de répliquer.

— Je nous ai préparé un pique-nique... Un bon et brave pique-nique de famille !

Elle rit. Un rire joyeux qui effaçait en elle toute trace de sérieux ou de mélancolie.

— Les artistes dans votre genre se nourrissent peu, ou mal, ou n'importe comment. Cocottes, vous allez vous régaler !

Une heure après il ne restait plus rien du repas improvisé par Florence. Elle seule ne mangeait pas. « Je viens de prendre mon petit déjeuner », dit-elle en guise d'excuse. Avant d'ajouter, étonnée que ce fût possible et que cela lui arrivât à elle, toujours si matinale : « J'ai dormi jusqu'à midi ! » Un peu de vin blanc accentuait sa gaieté et sa joie de vivre. Elle irradiait quelque chose d'infiniment délicat, d'étrangement subtil, qui gagnait Catherine et Annie. On se sentait comme à l'intérieur d'un invisible cercle magique, protégé, à l'abri. « Florence ferait perdre le goût du malheur aux plus désespérés », pensa soudain Catherine.

Un groupe de jeunes garçons avait envahi la petite plage. Ils s'étaient installés à l'autre extrémité et achevaient, eux aussi, de déjeuner. Tout à coup, ils voulurent se baigner. Certains se jetèrent à l'eau, d'autres se contentèrent d'y barboter. Bientôt, les premiers attaquèrent les seconds.

— Qui les imite ? demanda Florence.

Annie enleva sa jupe, ses sandales et courut vers la mer. Son énergie, la violence avec laquelle elle se précipita dans l'eau, surpassaient de beaucoup celles des garçons. Peu après elle nageait.

— Et toi ? demanda encore Florence.

Catherine venait de rouler son maillot de bain le long de son buste jusqu'au bas-ventre. Sa peau, si blanche, si pâle, lui inspirait toujours un mélange d'effroi et de fierté. Adolescente, elle mettait un point d'honneur à ne jamais bronzer. Sa cousine Patricia se moquait d'elle, la traitait de poseuse. Mais elle avait l'appui de Manon qui prêchait la supériorité des peaux claires sur les peaux brunies « qui vieillissent tellement plus vite ».

— Je ne me baigne pas en automne, dit Catherine.

— L'automne... Qui parle d'automne ? Ce ciel bleu, ce soleil éclatant, c'est l'arrière-été ! Un arrière-été qui s'installe... Demain j'irai nager, si tu me prêtes un maillot.

— Tu nages bien ?

Florence rit, heureuse de se souvenir, de se confier.

— Oh, pas mal ! Quand j'étais jeune, j'étais championne de France universitaire des 1 500 mètres nage libre. J'ai des médailles que je pourrais te montrer...

Subitement le ciel se couvrit de nuages. Catherine déjà remontait son maillot de bain et affectait de frissonner. Mais rien ne pouvait ternir la bonne humeur de Florence de Coulombs qui se massait les bras et les jambes comme pour vérifier l'état de ses muscles. « Evidemment, ce n'est plus ce que c'était ! » dit-elle. D'une main experte de mère de famille, elle ramassa ensuite les débris du pique-nique. A mi-voix elle fredonnait :

> *Ce soir il y a bal dans ma rue*
> *Jamais encore on avait vu*
> *Une telle gaieté, une telle cohue*
> *Il y a bal dans ma rue*

110

Et devant l'air surpris de Catherine :

— Dans l'armoire de la chambre, j'ai aussi trouvé des quarante-cinq tours d'Edith Piaf. Oh, Cathie !

Elle prit les mains de son amie dans les siennes et durant quelques secondes les tint serrées. Ses yeux étincelaient d'une ardeur inhabituelle. Elle semblait très émue.

— Si tu savais quel bonheur c'est pour moi, d'être ici ! Avec cet été qui ne veut pas finir ! C'est exactement ce dont j'avais besoin.

Les nuages se multipliaient, toute la plage maintenant se trouvait à l'ombre. Catherine, comme les garçons un peu plus loin, se rhabillait. Annie revenait en courant, la peau violette d'être restée trop longtemps dans l'eau. Florence la frotta avec une serviette, l'aida à passer ses vêtements. Toujours, elle chantait :

> *Peut-être bien qu'on a trop bu*
> *Il y a bal dans ma rue*

Le soleil revint alors qu'elles traversaient la prairie, devant la maison. Un soleil à vous donner aussitôt envie de redescendre sur la plage.

La chatte se faufilait parmi les hortensias. Sa queue d'écureuil pointait entre deux fleurs, entre les feuilles.

— La Mouffette ? La Mouffette rayée ?

Catherine modulait ses appels de façon à n'être entendue que d'elle seule. Mais en trois jours la chatte s'était transformée en bête de la jungle, prudente, calculatrice, chasseresse. Elle ne répondait plus aussi vite, négligeait de se nourrir. Une fierté nouvelle qui déconcertait Catherine.

— Pourquoi tu l'appelles la Mouffette?

Florence s'assit à ses côtés sur les marches du perron. Elle portait son élégante robe bleu marine mais avait conservé aux pieds les vieilles chaussures de tennis trouvées dans l'armoire.

— Parce qu'elle ressemble à une mouffette.

Ce laconisme ne découragea pas Florence.

— Et qu'est-ce que c'est qu'une mouffette?

— Eh bien, c'est un mammifère...

Elle rechignait à poursuivre, Florence l'y encouragea d'un signe de la tête.

— ... carnivore, qui se défend en projetant un liquide qui sent très mauvais. Une sorte de putois, si tu préfères. Tu as passé un bon après-midi?

Au retour de la plage, elles s'étaient séparées. Florence avait rejoint sa chambre et Annie la sienne. Catherine, elle, s'était promenée. Dans la maison, puis tout autour. Pour la première fois depuis son arrivée à Marimé, elle avait emporté son Leica. Toutefois, elle n'avait pris aucune photo, se contentant d'imaginer, de rêver. Et parce qu'elle connaissait la fragilité des rêves, elle n'en dit rien à son amie.

— J'ai dormi, dit Florence. Cela fait des mois que je suis fatiguée, que je n'arrive pas à me reposer.

— Tu as pris des vacances pourtant.

— Les vacances d'une mère de famille ne sont pas vraiment des vacances. Tu verras...

— Je verrai quoi?

— Quand ce sera ton tour.

— Oh! moi...

Catherine laissa sa phrase en suspens. Une manière de signifier que ce genre de propos ne la

112

concernait pas. Florence parut le comprendre. Mais elle précisa de sa voix posée, musicale, et qui se voulait une voix d'aînée s'adressant à sa cadette :

— Un jour nous parlerons vraiment de toi, de ton avenir. Quarante ans, c'est un tournant à prendre.

« Qu'elle se taise, qu'elle la ferme, qu'elle la boucle », pensait Catherine. Heureusement, Annie, à son tour, sortait de la maison. Elle tenait un cahier ouvert à la main. Son visage reflétait un éblouissement total, comme celui d'un petit enfant devant son premier sapin de Noël. Elle prit appui contre les volets et d'une voix que l'émotion faisait trembler, lut :

— « Ainsi le créateur situant l'homme, qui est son image, au milieu du monde, c'est-à-dire, entre le ciel et l'enfer, quant à la résidence ; entre le temps et l'éternité, quant à la durée ; entre luy et le diable, quant à la liberté ; et entre les Anges et les animaux, quant à la nature... »

D'entendre sa voix résonner dans cette tranquille fin d'après-midi, soudain l'effaroucha. Elle s'interrompit en plein paragraphe et comme ni Catherine, ni Florence ne la pressaient de poursuivre, elle referma son cahier. « Je voudrais tant vous faire partager ce que j'éprouve », dit-elle doucement. Si doucement qu'on ne l'entendit pas.

— *Han maro : han barn : han ifern...*, récita Catherine sur un ton sinistre. Je crois que nous voilà mûres pour la visite au calvaire.

La petite route menait vers l'intérieur des terres. Catherine portait sa carabine sur l'épaule, crânement. De nouveau, elle en racontait l'histoire. Florence l'écoutait, à peine décontenancée. Annie continuait à se sentir bouleversée par ses lectures et se demandait ce qui, dans ces textes, la troublait tant. Parfois elle avait un regard pour Catherine et cette phrase, alors, revenait et s'imposait : « Ainsi le créateur situant l'homme qui est à son image, entre les Anges et les animaux quant à la nature. »

Catherine cherchait à convaincre Florence d'essayer sa carabine. Celle-ci s'y refusait.

— Sans façon. Pour ce qui concerne les armes à feu, je suis plutôt ratapoil et rantanplan. Aucune adresse dans les fêtes foraines... Zéro !

— Mon Dieu, Florence !

Catherine éclata de rire. Cela faisait des années qu'elle n'avait pas entendu « ratapoil et rantanplan », expression sortie d'on ne sait où, oubliée, effacée. Elle en avait usé et abusé, l'accompagnant d'interminables fous rires, parce qu'il n'y avait rien de plus comique, pensait-elle alors, que ces deux mots-là. Cela se passait l'été de ses huit ans.

— J'ai dit quelque chose de drôle ? s'étonnait Florence.

— Ratapoil et rantanplan ! Comment connais-tu ça ?

— Je l'ai toujours connu, toujours dit.

— Et moi qui croyais l'avoir inventé !

Annie s'était mise à les écouter, avide d'en savoir plus. Elle demanda le sens et l'origine des deux mots.

— Pour l'origine, je ne sais pas, répondit Catherine. Mais pour le sens, eh bien, ça veut dire cucul la praline.

— Ah, non !

Florence était très catégorique.

— Ratapoil et rantanplan, ça ne veut pas dire cucul la praline, ça veut dire empoté, rassis.

— Pas du tout.

— Bien sûr que si !

— Bien sûr que non !

114

La route sur laquelle elles avançaient était presque déserte. Seuls quelques ouvriers agricoles l'empruntaient pour rentrer chez eux. Ils allaient à vélomoteur. Certains portaient des fusils en bandoulière. Parfois ils se retournaient sur le passage des trois femmes et Catherine, à tout hasard, les saluait.

Annie guettait le ciel avec attention, s'intéressait au mouvement des nuages. Ils étaient maintenant sombres, nombreux et très mobiles. Elle souhaitait de toutes ses forces un orage, quelque chose qui enfiévrerait cette paisible fin de journée. Il y avait bien des éclairs, de temps en temps, à l'horizon. Mais il s'agissait d'éclairs de chaleur, on n'avait rien à attendre d'eux. Comment trouver de la poésie à ces champs d'artichauts ? Comment être inspiré par ce banal petit bois vers où Catherine les entraînait ? Une Catherine plus acharnée que jamais à prétendre que ratapoil et rantanplan signifiaient... Annie bâilla. Si fort que les deux autres cessèrent net de parler.

— Pardon, j'ai sommeil, dit-elle.

Elle eut un geste vague de la main.

— C'est ce climat qui me fatigue...

— C'est un climat très sain, très tonique, dit Catherine. Tu devrais te sentir en pleine forme !

Il y avait un indiscutable reproche dans le ton de sa voix et Annie baissa la tête, penaude. Quel besoin avait-elle eu de s'en prendre au climat breton ? Elle suivait sans plus rien ajouter Catherine et Florence qui maintenant se taisaient. « J'ai jeté un froid », se lamentait Annie. Pour peu, elle leur aurait fait des excuses.

Mais le sentier en zigzag qui traversait le petit bois déboucha très vite dans une clairière. Au centre, sur un monticule envahi par la végétation, trois immenses croix se dressaient. Le Christ tournait son visage supplicié vers le bon larron tandis que l'autre, le mauvais, regardait dans la direction opposée. Un large escalier en pierre conduisait aux croix. De grands anges veillaient de chaque côté des premières marches. « Mes anges ! » annonça fièrement Catherine. Puis, un peu triste, un peu confuse, mais débordante d'indulgence : « D'accord, ils sont un brin déglingués... » Les grands anges, en effet, n'étaient pas entiers. A l'un il manquait un pied, à l'autre une main, aux deux un bout d'aile.

— C'est beau, n'est-ce pas ? dit-elle, émue.

— C'est curieux, admit Florence.

Annie ne savait que penser. Elle contemplait, déconcertée, cet ensemble du plus pur style saint-sulpicien. Malgré les ronces et un début d'éboulement, malgré son aspect abandonné, ce calvaire n'était pas ancien. Tout au plus datait-il de la fin du siècle dernier.

Catherine leur désignait le mauvais larron.

— De son bras tendu, il indique la direction de Marimé. Du coup, le Christ qui regarde le bon larron, tourne le dos à Marimé. Manon prétendait que c'était de nous qu'il se détournait parce que nous n'étions pas d'assez bons chrétiens...

Florence de Coulombs prit cette déclaration très à cœur.

— Quelle vision horriblement pessimiste ! Vous deviez être très malheureux !

— Embêtés et un peu effrayés, oui. Mais grâce à ce genre d'avertissement, nous ne manquions jamais la messe, nous allions à confesse et nous respections le Carême !

— Ah, le Carême, soupira Florence. Ces merveilleux dîners où sous prétexte de jeûner, on nous servait du chocolat et des tartines...

Annie ne quittait pas le calvaire des yeux. Avec son obstination coutumière, elle s'efforçait de lui trouver des qualités. « Catherine doit avoir ses raisons », se disait-elle. Elle détaillait tout : les grands anges cassés, les croix, l'expression affligée du bon larron, les initiales et les cœurs percés de flèches que des amoureux avaient gravés dans la pierre des marches.

— Beaucoup trouvent cet endroit hideux, dit Catherine. Des élus régionaux prétendaient le détruire. Mais les gens d'ici y sont très attachés. Sans doute à cause de la chapelle qui, plus que le calvaire est un lieu de pèlerinage.

— Où ça, la chapelle ? demanda aussitôt Annie.

— Par là.

Elles se frayèrent un chemin dans l'herbe trop haute, contournèrent le monticule. De l'autre côté du calvaire, abritée par un chêne deux fois centenaire, se tenait une très petite chapelle en granit. Annie, enfin, était impressionnée.

— On dirait qu'elle se cache, dit-elle à mi-voix.

— Certains guides la signalent, expliqua Catherine. C'est une curiosité, tu sais... Son clocher date du XIIIe siècle, son porche du XVe et le reste de la Renaissance. Evidemment, la Révolution l'a beaucoup abîmée !

Elles se rapprochèrent du porche. D'une niche taillée dans la pierre, une vierge sans tête leur tendait les mains. Tout autour, pareillement mutilées mais de taille plus petite, se succédaient des statues et des cariatides. L'ensemble aurait pu être sinistre, mais il se dégageait de ces personnages guillotinés une étrange vitalité qui, très vite, forçait le respect.

Catherine s'agenouilla dans l'herbe. A droite du porche, au ras du sol, des mots étaient ciselés dans le granit.

— *Han maro : han barn : han ifern : ien : pa : ho soing : den e tle crena : fol eo na preder*, lut Catherine.

Elle marqua une courte pause, histoire d'aguicher la curiosité d'Annie et traduisit :

— « La mort, le jugement, l'enfer glacé : quand il y songe l'homme doit trembler ; fou est celui qui n'y réfléchit point. » Cette phrase me faisait horriblement

117

peur quand j'étais petite. Une cousine plus âgée me la susurrait juste avant que je m'endorme.

Elle se releva.

— Des nuits entières sans pouvoir dormir, passées à trembler et à pleurer. Le truc était si au point qu'il suffisait qu'elle me dise : « *Han maro : han barn...* », pour déclencher ma terreur. Encore aujourd'hui, ça pourrait marcher ! Ne t'avise pas d'essayer ce soir.

— Jamais je ne ferai ça ! protesta Annie, choquée qu'on lui prête d'aussi noirs desseins.

— Je sais bien, imbécile !

Annie tentait de faire bouger l'épaisse petite porte qui donnait accès à l'intérieur de la chapelle.

— Inutile, lui conseilla Catherine. On n'ouvre que pour la fête de la Vierge, le 15 août. Une très belle messe... On y assiste dans la clairière et après, on pique-nique. Les gens viennent de très loin. Le prêtre les bénit, etc., etc.

Elle cherchait à mettre de l'ironie dans son évocation, à cacher à quel point ces souvenirs lui étaient chers. Cela n'avait pas grand-chose à voir avec ce que les chrétiens appellent la foi et Manon, souvent, le lui reprochait : « A quoi cela te sert-il d'allumer des cierges si tu ne crois plus en Dieu ? » « Comment savez-vous si je crois en Dieu ou pas, quand moi-même je l'ignore », répondait invariablement Catherine.

— Tu venais tous les 15 août ? demanda Annie.

— Bien sûr ! Manon l'exigeait ! C'était très mal vu de ne pas assister à cette cérémonie... Où est Florence ?

Florence les attendait posée sur la dernière marche du calvaire. Elle tournait le dos aux grandes croix et contemplait la campagne qui s'étendait loin devant elle et que la brume du soir brouillait. Les plis de sa robe bleu marine couvraient sagement ses jambes. Elle avait les mains jointes comme si elle priait. Mais son beau visage ne reflétait rien qu'une farouche absence. On la devinait ailleurs, très loin, et Catherine se demanda soudain à quoi pouvait penser Florence de Coulombs. Elle gravit les marches et s'assit à ses pieds, troublée, vaguement inquiète. Annie fit de même.

Le soleil venait de disparaître mais le ciel, pour quelques minutes encore, demeurait lumineux. Il n'y avait plus un seul nuage. Tout autour de la clairière, des centaines d'oiseaux se préparaient à la nuit. Ils étaient si nombreux, on les entendait tellement, qu'on se serait cru dans une réserve naturelle. La brise de terre apportait des odeurs de menthe et de fenouil sauvage. Florence eut un long soupir de bien-être. Comme après une bonne nuit ou une sieste particulièrement reposante.

— L'heure lisse... Enfin...

Elle posa sa main sur l'épaule de Catherine, l'étreignit.

— Ici, je retrouve mon enfance, ma si merveilleuse enfance... Près de la maison de maman, il y avait un calvaire où j'aimais aller, seule, en fin de journée.

— Comme moi, dit doucement Catherine.

— Le monde nous appartenait, n'est-ce pas ?

— Oui, dit encore plus doucement Catherine.

— Et qu'en est-il maintenant ?

Catherine se retourna vers Florence sans chercher à dissimuler sa surprise.

— C'est toi qui dis ça ?

— Et qu'en est-il, maintenant ? répéta Florence.

Mais déjà elle changeait d'humeur, retrouvait son entrain habituel.

— Cocottes, il faut rentrer ! Le crépuscule ne dure guère en cette saison.

La nuit était presque tombée quand elles atteignirent les abords de la propriété. Catherine et Florence marchaient à grandes enjambées sans se rendre compte qu'Annie, de par sa petite taille, peinait à les suivre. Tout en pestant contre ces « géantes », elle les écoutait chanter à tue-tête des cantiques religieux dont la naïveté et la fadeur la déconcertaient. Quel rapport entre ces cantiques-là et ses textes mystiques, si complexes, si brûlants, si mystérieux ? Mais elle s'efforçait de rire avec elles, de se glisser dans leurs souvenirs, dans leurs évocations.

— *Je m'avancerai jusqu'à l'autel de Dieu...*
commençait Florence.

— *... la joie de ma jeunesse*
poursuivait Catherine.

Il faisait sombre sous les arbres du chemin qui montait vers la maison. Les pins, de chaque côté, semblaient ne plus former qu'une masse compacte, indifférenciée et un peu menaçante. Leurs odeurs combattaient à grand-peine l'odeur du goémon noir et la brise de mer, au fur et à mesure que l'on se rapprochait de la maison, l'emportait sur la brise de terre.

— De quelles prières te souviens-tu ? demanda Catherine à Florence.

— Par cœur ?

— Oui.

Florence se concentra.

— Du *Notre Père*, du *Je vous salue Marie*, de *La Bénédiction de la table* et de la *Prière à l'Ange gardien*.

— Et de la *Prière à saint Joseph* ?

— Non.

Ce fut au tour de Catherine de se concentrer.

— Ça commençait par : « Saint Joseph, père et protecteur des Vierges... » et ça finissait par : « Faites que préservée de toute souillure, pure d'esprit et de cœur, et chaste de corps, je serve constamment Jésus et Marie dans une chasteté parfaite... »

Elle s'interrompit. A l'angle de la maison, quelque chose venait de surgir, une ombre, de taille indéterminée, qui se propulsait par bonds en direction des massifs d'hortensias. Des cris déchirèrent la nuit, aussitôt suivis de miaulements à la fois haineux et terrifiés. Le coq, ailes largement déployées, attaquait le buisson où s'était réfugiée la chatte, que seul protégeait l'entrelacement des branches.

— Je vais le tuer ! hurla Catherine.

Annie courut derrière elle.

— Je t'en prie, supplia-t-elle, ne le tue pas !

— La ferme ! lui dit brutalement Catherine.

Elle épaula. Mais le coq, immédiatement, se retourna et lui fit face. Pendant de longues secondes ils se fixèrent, se mesurèrent, comme des ennemis de toujours que le destin enfin réunit. Catherine gardait un doigt appuyé sur la détente. Au moindre mouvement de sa part, elle tirait. Elle était proche de lui, maintenant, proche à le toucher. Elle l'effleura du canon de son arme. Le coq eut un cri affreux et s'enfuit en direction du poulailler. Catherine le poursuivait en l'injuriant. Quand enfin il atteignit l'enclos, elle n'eut qu'à claquer la porte sur lui. Mais derrière le grillage, il la défiait toujours.

— Tu ne perds rien pour attendre, dit-elle en donnant un furieux coup de pied dans la porte. Je finirai bien par l'avoir, ta sale peau !

— Je ne me souviens pas d'avoir eu aussi peur...

Florence se resservit à boire. Elle avait emporté au

salon la bouteille de bordeaux entamée à la fin du repas. La troisième depuis le début de la soirée.

— J'ai cru voir se dresser devant nous le diable en personne.

— Tu crois au diable ? demanda Catherine.

Florence prit tout son temps pour répondre. Elle jouait avec le reflet des flammes sur son verre. Etait-ce le vin ? le feu dans la cheminée ? Elle avait les joues échauffées et le regard un peu fixe. Elle se tenait accroupie sur le sol, les jambes ramenées sous elle et fumait une cigarette. A chaque fois qu'elle aspirait, ses joues se creusaient.

— Je ne sais pas, dit-elle. Oui, si le diable c'est le mal.

Le sérieux de sa réponse irrita Catherine. Elle appela Annie qui semblait lire, couchée sur le petit divan vert.

— Tu y crois, toi, au diable ?

Un grognement suppliant lui parvint qui ne laissait aucun doute quant à l'activité réelle d'Annie.

— Je me demande ce qu'elle a à dormir tout le temps !

— Le bordeaux, peut-être ? suggéra Florence.

— Oh, non ! Elle tient rudement bien l'alcool ! Toi aussi d'ailleurs...

— Ma foi, oui.

Une bûche s'affaissa dans la cheminée. Catherine la redressa, y ajouta une autre qui parut ne pas vouloir brûler. Elle jeta alors quelques pommes de pin et le feu repartit dans une gerbe d'étincelles. Les craquements du bois, les gémissements qui secouaient par instants Annie dans son sommeil, étaient les seuls bruits du salon. A trois reprises, dehors, un miaulement sinistre se fit entendre. Chaque fois, Florence sursautait.

— Une chevêche, dit Catherine.

— Hein ?

— Une chevêche. Une chouette, si tu préfères.

Florence ne semblait pas convaincue, Catherine dut s'expliquer davantage.

— C'est une chevêche qui imite un chat. Elle doit nicher dans le noyer côté prairie, au nord. L'année dernière, elle miaulait si bien que la Mouffette, abusée, lui répondait. C'était d'un comique !

Elle risqua deux doigts prudents entre les oreilles de la chatte qui dormait, étalée en travers du fauteuil de Manon.

— J'ignore si elle a, ou pas, compris la ruse... En tout cas, elle ne réagit plus.

Le silence retomba. Catherine buvait son vin à petites gorgées à la manière de Florence. Elle était dans un de ces rares et merveilleux moments où rien ni personne de malfaisant ne peut vous atteindre, où tout ce qui vous entoure se ligue pour mieux vous rassurer. Chaque chose semblait fidèlement à sa place : les bûches dans le coffre, la chevêche dans le noyer et elle-même à Marimé. Si elle avait su comment s'y prendre, Catherine aurait prié : « Que cela dure, que cela dure ! » se contentait-elle de murmurer avec ferveur.

— J'écouterais bien de la musique, dit soudain Florence.

— Impossible, répondit mollement Catherine. Pas de télé, pas de radio, pas d'électrophone.

— Et le Teppaz et les quarante-cinq tours ? On pourrait les descendre au salon ?

— Descendre le Teppaz au salon ? Sacrilège !

Catherine se tapait le front avec l'index.

— Le Teppaz au salon !

— Mais pourquoi ?

— Mais enfin, parce que !

Florence, un instant désemparée par tant d'assurance, se reprit.

— Parce que quoi ?

— Parce que ça ne se fait pas. Parce que ça ne s'est jamais fait. Voilà.

Consciente de la faiblesse de ses arguments, Catherine s'était détournée vers le feu. Florence réattaqua. Avec un rire à la fois moqueur et mondain.

— C'est toi qui dis ça !

— Oui, c'est moi ! Et alors ?

Elles avaient considérablement élevé la voix. Comme mue par un ressort, Annie se dressa sur le divan et présenta un visage chiffonné sur lequel le velours des coussins avait imprimé sa marque.

— De quoi s'agit-il ? dit-elle d'une voix pâteuse.

— Eh bien, il s'agit de notre Cathie, la Cathie que nous aimons toutes les deux, que nous admirons même, eh bien cette Cathie-là...

Florence, très théâtrale, arpentait le salon en affectant le ton et les manières d'un bonimenteur de foire.

— O.K., ça va. Tu as gagné !

Catherine tendit vers le feu deux mains frileuses, bien décidée à ignorer Florence et Annie.

— Mais je vous préviens, dit-elle encore. Je ne bouge pas d'ici... Je ne m'occupe de rien... Débrouillez-vous !

Ils sont arrivés
Se tenant par la main
L'air émerveillé
De deux chérubins

La voix d'Edith Piaf emplissait tout le rez-de-chaussée. Florence avait ouvert en grand les portes du vestibule, du salon et de la salle à manger, allumé toutes les lampes. Catherine la regardait plus fascinée qu'outrée. Jamais Manon n'aurait toléré une telle débauche d'électricité, jamais elle n'aurait supporté que l'on pousse ses meubles contre les murs comme venait de le faire Florence. Une Florence qui singeait Catherine et s'exclamait : « Sacrilège ! » chaque fois qu'elle déplaçait un objet. Et Catherine de ne plus savoir si elle devait rire ou se fâcher.

Florence chantait. Juste, avec une voix de gorge, profonde, puissante, sans aucun rapport avec sa voix habituelle. Elle n'imitait pas Edith Piaf, elle chantait de façon très personnelle, et pourtant les deux voix avaient quelque chose en commun. « Quoi ? » se demandait Catherine. Mais Florence dansait aussi. Une valse lente qui l'entraînait d'une pièce à l'autre, les yeux mi-clos, la tête légèrement renversée en arrière.

Annie, toujours couchée sur le petit divan vert, écoutait cette chanson qu'elle ne connaissait pas et dont les paroles ravivaient sa tristesse. Une boule de chagrin lui serrait la gorge. Mais Florence revenait et s'affalait contre elle, la bousculant, l'écrasant presque.

— Pardon !

Elle riait. Son grand corps transpirait et dégageait une odeur végétale.

— Je t'envie ! dit-elle à Annie. J'aurais tellement aimé être actrice ! Ou chanteuse ! Voilà, artiste de music-hall, ça c'est bien !

Elle resplendissait, comme éclairée de l'intérieur. Il y avait tant de passion dans sa voix, tant de ferveur sur son visage qu'Annie en fut troublée. Il lui semblait que Florence était appelée aux plus grandes tâches, prête aux plus nobles luttes. Comme ces femmes mystiques dont elle lisait les écrits.

— J'ai l'impression que sur scène, on doit pouvoir tout exprimer !

Ses mains se posèrent sur son cœur, descendirent sur son ventre.

— Extraire ce poison que l'on porte en soi et qui vous brûle. Le recracher...

Florence feignit de porter un toast.

— Aux artistes, c'est vous qui êtes dans le vrai !

L'aiguille était arrivée au bout du microsillon. Florence la remit au début et la même chanson recommença. Elle prit Annie par les épaules.

— Viens danser !

— Non, je ne sais pas !

— C'est une valse ! Easy, really.

Son accent anglais, comme le reste était parfait.

— Viens toi, dit-elle à Catherine. Et comme celle-ci, à son tour, refusait : — Vous n'êtes pas amusantes, cocottes ! Pas amusantes du tout !

Elle repartit en tournant de plus en plus vite, les bras tendus comme si elle appelait quelqu'un. Bientôt elle sortit du salon et l'on n'entendit plus que sa voix mêlée à celle d'Edith Piaf, le martèlement de ses talons sur les dalles du vestibule.

Annie aurait aimé la retenir. Son chagrin augmentait et avec lui le sentiment qu'elle avait tout perdu. Un homme, une histoire d'amour et peut-être aussi l'espoir. Personne, jamais, ne financerait son projet sur les femmes mystiques, personne jamais ne tomberait plus amoureux d'elle. Qu'est-ce qu'il lui avait pris de rejeter Jean-Michel ? Elle avait détruit cette histoire comme elle avait détruit les précédentes.

— Des pensées noires ?

Florence était de retour. Des larmes coulaient sur les joues d'Annie et s'écrasaient sur le coussin qu'elle tenait collé contre sa poitrine. Elle tentait de les arrêter, rageusement, maladroitement, les poings serrés, comme si elle se donnait des coups. Florence lui tendit son mouchoir.

— Garde-le. Tu pleures beaucoup, en ce moment. C'est à cause de ton homme ?

Annie fit non, puis oui, puis une nouvelle fois non et enfin oui.

— Rien n'est jamais joué. Il te reviendra. Rien n'est grave hormis la mort, dit Florence à mi-voix.

Elle se glissa près d'Annie. Ses mains lui caressaient le front, les cheveux. Des gestes d'une infinie douceur. Annie pleura encore un peu, puis ses larmes cessèrent. Elle se serrait contre Florence, consolée par la chaleur de son corps, son odeur de sous-bois. Elle racontait l'autre homme, avant, celui qu'elle appelait « son grand amour ». Et Florence régulièrement lui répétait : « Rien n'est grave hormis la mort. » Ces mots, pour Annie, avaient le mystère et le poids d'une incantation magique.

— Faites-moi une place, les filles !

Catherine se faufila entre Florence et Annie. La place était étroite mais chaude, creusée, un vrai nid. De se retrouver sur le divan vert de son enfance, entre ses amies, épaule contre épaule, genoux contre genoux, la ramenait à ses soirées de jadis, il y avait de cela très longtemps, quand un adulte, à la demande des enfants, lisait à voix haute, certains soirs d'été où la nuit tardait à venir, *Le Pays des fourrures* de Jules Verne, *Sans famille* d'Hector Malot ou *Le Second Livre de la jungle* de Rudyard Kipling. Et la brochette d'enfants d'écouter, émerveillés, soudés immobiles sur le divan, les aventures de Bagheera la panthère, de Kaa le serpent, de Frère Gris le loup et de Mowgli la grenouille.

Mais ce furent d'autres souvenirs que Catherine évoqua.

— Adolescente, je passais des journées entières à écouter chanter Edith Piaf. J'avais l'impression qu'elle me racontait le monde dans lequel j'allais vivre, qu'elle me parlait de moi. Et je pleurais, et je pleurais, et je pleurais !

— Tu pleurais sur quoi ? demanda Annie.

— Oh, ce n'étaient pas les raisons qui me manquaient ! Je pleurais sur la mort de mon père, sur l'assassinat du président Kennedy, sur le fait que j'avais cessé de croire en Dieu et qu'il n'y avait plus de vie après la mort...

— Des raisons sérieuses...

— Très sérieuses ! J'avais envie de mourir. Un matin, sur le chemin du collège, je me suis volontairement jetée contre une voiture qui passait au vert. La voiture m'a à peine heurtée.

— C'est tout ? demanda Annie la gorge serrée.

Catherine eut pour elle un sourire complice.

— Presque. Le conducteur est sorti et m'a flanqué une gifle. Et des semaines après, le souvenir de ce que j'appelais mon « suicide raté » et celui de la gifle ont été des raisons supplémentaires pour pleurer sur les chansons d'Edith Piaf. Et vous ?

Elle ne s'adressait à personne en particulier, mais ce fut Annie qui répondit. Florence se contentait d'écouter. Plus que jamais son visage était lisse et calme, semblable à celui de certaines statues antiques.

— Moi, je me suis tranché les veines à quinze ans. A cause de mes parents. Pour me venger de ce que je croyais être de l'indifférence, pour attirer leur attention, est-ce que je sais... J'allais vraiment mal !

— Moi, reprit Catherine, je me suis couchée au bas de la falaise pour faire croire que j'étais tombée, que j'étais morte...

Doucement, Florence se dégagea. Elle fit quelques pas comme pour se dégourdir les jambes, puis elle alla s'appuyer contre la cheminée. Catherine n'était pas sûre qu'elle écoutait encore. Mais pour Annie, elle poursuivit.

— Je m'étais disputée avec ma mère, je cherchais à lui faire peur... A lui faire payer Dieu sait quoi...

Ce n'était rien, pas grand-chose, à peine un geste irrité qui fit que Florence de Coulombs renversa le cendrier en argent qu'elle tenait à la main. Elle le ramassa, balaya les cendres éparpillées sur le tapis. Puis elle examina les quarante-cinq tours d'Edith Piaf et en choisit un. Son visage n'avait plus rien à voir avec ce qu'il était, cinq minutes auparavant. Une sorte de crispation l'altérait.

> *Padam, padam, padam*
> *Il arrive en courant derrière moi*
> *Padam, padam, padam*
> *Il me fait le coup du « Souviens-toi »*

Malgré elle, Catherine enchaîna. C'était la chanson qu'elle avait le plus écoutée jadis.

> *Il dit : « Rappelle-toi tes amours,*
> *Rappelle-toi, puisque c'est ton tour,*
> *Y a pas de raison pour que tu pleures pas*
> *Avec tes souvenirs sur les bras... »*

Elle s'interrompit, frissonna. A demi renversée sur les coussins du divan, Annie s'efforçait de garder les yeux ouverts — si on peut appeler yeux, ce qui n'était plus que des fentes. Florence se tenait debout contre la cheminée. Elle fumait. Des bouffées rapides et nerveuses. Sur le Teppaz de la cousine Patricia, le disque continuait de tourner. La chanson se poursuivait, poignante, malgré les plocs et les sauts d'aiguille.

> *Padam, padam, padam*
> *Des « je t'aime » de Quatorze-Juillet*
> *Padam, padam, padam*
> *Des « toujours » qu'on achète au rabais*

— Cet air m'a toujours fait froid dans le dos ! dit Catherine.
— Pourquoi ? demanda Florence.
Ses yeux, soudain, brillaient comme chargés de larmes. Elle se détourna et pendant quelques secondes, on ne vit plus que son dos et ses épaules qu'un imperceptible tremblement soulevait.

— Florence ? appela Catherine.

Elle repoussa Annie, si proche du sommeil, maintenant, fit un pas timide en direction de la cheminée. Le quarante-cinq tours venait de s'arrêter mais il lui sembla que les dernières paroles retentissaient encore dans le salon.

— Vraiment cette chanson me glace ! dit-elle.

Florence lui fit face, souriante et lisse, tellement rassurante.

— Cocotte, tu es trop émotive. Une gamine !

Elle secoua gentiment Annie qui dormait, enfouie dans les coussins.

— *Des* gamines ! que je vais envoyer se coucher vite fait !

Catherine eut un long soupir heureux, suivi d'un voluptueux bâillement.

— J'adore quand tu prends les choses en main ! dit-elle.

Beaucoup plus tard dans la nuit, Catherine eut à se relever. Elle traversa en tâtonnant le couloir obscur, attentive à ne pas faire craquer le plancher. Un rai de lumière filtrait sous la porte de Florence de Coulombs. Catherine s'arrêta et écouta. Pour ne rien entendre. Elle hésitait. La chatte l'avait rejointe et se frottait contre ses jambes. Catherine attendit quelques secondes puis se décida à regagner sa chambre. Florence avait dû s'endormir avec la lumière allumée.

La matinée était bien avancée quand Catherine se réveilla. Elle alla à la fenêtre, ouvrit les volets. Le ciel était toujours aussi bleu, le soleil aussi éclatant. Pourtant, quelque chose venait de changer. C'était dans l'air qu'elle respirait, plus frais que la veille, dans la décomposition des roses blanches. Des pétales fanés déjà jonchaient le sol. Catherine songeait que d'ici à une semaine — deux, si ce temps exceptionnel se prolongeait, viendraient les premiers feux dans la campagne, le ramassage des pommes et des poires. L'automne alors s'installerait et l'on cesserait d'évoquer à tout propos « le merveilleux arrière-été ». Mais des odeurs de café et de pain grillé la tirèrent de sa rêverie. Quelqu'un, en bas, préparait le petit déjeuner.

Un ordre parfait régnait au rez-de-chaussée où tous les meubles avaient retrouvé leur place habituelle. Par réflexe, Catherine rectifia l'alignement des chaises de la salle à manger, la fermeture à l'espagnolette des fenêtres. Pour s'arrêter brusquement et écouter. Une mélodie s'échappait de la cuisine. Florence chantait. Une chanson que Catherine ne connaissait pas, et cela importait peu. Ce qui importait, c'était le chant lui-même. Un chant qui exprimait quelque chose de si intime — à vrai dire une plainte, de si douloureux, qu'on avait l'impression de surprendre un secret. « Qu'est-ce qu'elle a ? » se demanda Catherine. Elle poussa la porte de la cuisine, le cœur serré par elle ne savait quelle crainte.

— Déjà levée ? Je ne t'ai pas entendue venir, dit Florence.

Vêtue des vieux habits rapiécés de l'oncle Gaétan, la taille prise dans un grand tablier sombre, elle s'affairait devant la cuisinière. Une odeur de sucre, de lait et de vanille flottait dans toute la pièce. Sur la table, le couvert était mis pour trois. Une rose blanche s'épanouissait, énorme, dans une flûte en cristal. « Que chantais-tu ? » pensa demander Catherine. Mais Florence ne lui en laissa pas le temps.

— Quelle journée divine ! A-t-on souvent vu de pareilles journées ? Assieds-toi, le café est prêt. Donne-moi ton bol, que je te serve...

Florence bavardait de façon ininterrompue, beurrait des tartines, encourageait Catherine à manger. Catherine la laissait faire, docile et heureuse de l'être. Florence devenait la grande sœur idéale qu'elle n'avait pas eue, celle qui vous précède partout pour mieux vous ouvrir le chemin, pour mieux l'aplanir.

— Adopte-moi, dit Catherine en prenant à dessein une voix d'enfant.

— Pourquoi pas ?

Florence avait répondu gentiment. Comme s'il s'agissait là d'une innocente plaisanterie à laquelle il ne convenait pas de donner suite. « Oui, pourquoi pas ? » répéta Catherine un peu déçue. Elle la regardait qui tournait lentement le contenu d'une casserole. L'odeur de vanille se faisait plus précise, chassait toutes les autres.

— Je nous fais une crème, expliqua Florence. Une recette de maman. Maman était une excellente cuisinière. Mais pour les desserts, c'était un génie !

Elle baissa un peu la voix, à peine.

— Jusqu'à sa maladie, chaque fois que je déjeu-

132

nais chez elle, elle me préparait cette crème. Cela faisait partie de nos rites. Comme le thé !

— Tu ne t'en lassais pas ?

— Jamais. Maman...

Catherine n'écoutait plus. D'entendre Florence évoquer sa mère la ramenait à la sienne. Avec quelle terrible indifférence elle avait accueilli sa demande de conserver Marimé, avec quelle froideur elle l'avait repoussée : « Je ne me suis jamais sentie chez moi dans cette maison ! Quelle corvée, tous ces étés obligatoires auprès de Manon ! Pourquoi est-ce que je me battrais pour un endroit que je n'aime pas ? » Et, exactement comme elle l'avait fait ce jour-là devant sa mère, Catherine, en serrant les poings, murmura : « Mais moi, maman ? mais moi ? »

— Qu'est-ce que tu dis ? demanda Florence.

Le regard que Catherine posa sur elle fut brutal, presque méchant. Cela ne dura pas longtemps. Mais pendant ce temps-là, Catherine lui avait envié sa mère. Au point d'en oublier qu'elle était morte.

— Je vais voir si je te trouve un maillot de bain, dit Catherine.

Florence essaya dans sa chambre le maillot de bain une pièce et décida qu'il lui convenait. Elle s'était à peine attardée devant le miroir. Elle se rhabilla tout aussi rapidement, indifférente et pressée. Mais elle sortit un bâton de rouge de son sac et très soigneusement se maquilla les lèvres. L'éclat de sa bouche, le temps qu'elle mit à en rectifier le dessin, parurent soudain l'étonner.

— C'est machinal, dit-elle à Catherine. On ne réveille pas Annie ?

— Elle est réveillée, elle travaille. *Le Traité des énergumènes*, tu connais ?

La plage était déserte à l'exception d'un jeune couple accompagné d'un gros chien.

Sur le sentier au-dessus des rochers, les deux femmes rencontrées l'avant-veille avançaient péniblement. Elles poussaient chacune une bicyclette. « S'aventurer comme ça dans la fougeraie... Faut vraiment être gourdes », marmonna Catherine. Mais la rousse l'aperçut et cria une phrase que personne n'entendit. Elle lâcha alors sa bicyclette et les mains en porte-voix, cria plus fort :

— Nous n'avons toujours pas trouvé nos chats !

— Désolée ! hurla Catherine en lui tournant le dos.

Elle encouragea Florence à gagner l'autre extrémité de la petite plage où on était plus qu'ailleurs à l'abri du vent et des regards. Florence très vite se déshabilla. Le maillot de bain, d'un violet presque noir, creusait sa taille, soulignait la rondeur du ventre et des hanches. Son corps évoquait à la fois le corps d'une statue ancienne — sorte d'allégorie de la maternité, et celui d'un athlète, à cause des épaules larges, des muscles des bras et des épaules.

— Cesse de me regarder, dit Florence. Si tu savais ce que c'est agaçant !

Puis, comme pour se faire pardonner :

— Où en est la marée ?

— Elle monte.

— Tu ne te baignes pas ?

— Beuh...

Sans plus attendre, Florence se dirigea vers la mer. Son pas était ferme, régulier, et pourtant... Pourtant, parce qu'elle allait pieds nus, sa démarche perdait et en grâce, et en assurance. « Les escarpins lui ajoutent vraiment quelque chose, pensa Catherine. Pieds nus, elle se banalise. » Et c'était rassurant de prendre la toujours si parfaite Florence de Coulombs un peu en défaut.

De l'eau jusqu'à la taille, Florence avançait maintenant dans la mer. Elle procédait par étapes, se mouillait la nuque, le front, les épaules, lentement, méthodiquement. Enfin elle nagea. Une brasse régulière, coulée, qui évoquait la championne de jadis.

Des nuages filaient très haut. Mais ils ne restaient pas et le ciel, entre chacun de leurs passages, redevenait d'un bleu éblouissant. Un cerf-volant rouge d'enfant surgit beaucoup plus bas. Pendant un moment il parut hésiter, posé au-dessus de la petite plage comme l'étoile des bergers au-dessus de la crèche de Bethléem. Puis le vent l'attira définitivement vers le nord-est, vers le large.

Florence, aussi, semblait se diriger vers le nord-est. Cela contrariait Catherine. Elle aurait préféré la voir nager à quelques mètres du bord, comme l'avait fait Annie et comme le faisaient en général tous ceux qui se baignaient dans de l'eau très froide.

A l'autre bout de la petite plage, le jeune couple s'embrassait. Régulièrement l'un des deux se détachait et lançait au chien une balle en caoutchouc jaune. Quand ils tardaient, quand leurs baisers les retenaient trop longtemps soudés l'un à l'autre, le chien protestait. Des aboiements furieux qui provoquaient l'envol immédiat des goélands. Ils planaient un court instant au-dessus de la petite plage et revenaient se poser, en bande de dix ou quinze non loin de Catherine. Seules les grosses et grasses corneilles ne bougeaient pas.

La main de Catherine fouillait le panier à la recherche du *Second Livre de la jungle*. Elle avait beau en connaître par cœur certains passages, il lui semblait qu'une vie ne lui suffirait pas pour en épuiser tous les charmes. La reliure abîmée, les pages qui se détachaient au début des chapitres témoignaient de toutes ces lectures.

Elle regarda une dernière fois en direction de la mer. Florence nageait toujours et ne reviendrait pas avant de longues minutes ; elle avait le temps de lire. Car il s'agissait là d'un amour secret, presque coupable. Il lui semblait qu'afficher son goût pour *Le Second Livre de la jungle* la singulariserait trop, pis, la rendrait suspecte. Alors elle se cachait. Moment volé, moment d'enfance, délicieux.

Le livre s'ouvrit de lui-même page 209, au début de l'avant-dernier chapitre : *Chien-Rouge*. « Ce fut après la descente de la jungle que commença la période la plus agréable de la vie de Mowgli... » La page 209 se prêtait particulièrement aux relectures ; l'auteur y énumérait toutes les histoires qu'il aurait pu raconter et qu'il ne raconterait pas, histoires que la petite Catherine réinventait le soir avant de s'endormir et qui, toutes terribles qu'elles fussent, meurtrières et ensanglantées, éloignaient les autres terreurs, celles qui lui étaient propres et qui la tenaient si longtemps éveillée, la nuit. La Catherine de trente-huit ans rêva au combat contre Jacala le crocodile et tourna la page. Son cœur aussitôt se serra. Page 210, il y avait un paragraphe qui toujours l'emplissait de tristesse et sur lequel longtemps, elle avait aimé pleurer. « Père Loup et mère Louve moururent et Mowgli roula une grosse pierre contre la bouche de la caverne et pleura sur eux le chant de la mort. Baloo devint très vieux et tout raide, et Bagheera même, dont les nerfs étaient d'acier et les muscles de fer, semblait plus lent à tuer. Akela tourna du gris au blanc de lait sous l'effet de l'âge ; ses côtes saillaient... »

— Mademoiselle !

Les yeux de Catherine quittèrent la page 210 et butèrent sur de grandes bottes de cow-boy, à cinquante centimètres de son visage.

— Mademoiselle, votre amie a l'air en difficulté...

C'était le jeune homme de l'autre bout de la plage.

Sa compagne était entrée dans la mer et agitait au-dessus d'elle un K-way de couleur vive. Le chien courait au ras de l'eau. D'un bond, Catherine fut debout. Loin, très loin, à l'extrême gauche de la plage, on distinguait la tête de Florence et, par intervalles irréguliers, ses bras. Elle nageait, sans style, n'importe comment, quelque chose qui n'était ni du crawl, ni de la brasse.

Entraînée par le jeune homme, Catherine arrivait au bord de l'eau. La jeune fille se retourna.

— Elle est épuisée... Elle nage depuis vingt minutes... Ce n'est pas sérieux... Au mois de septembre !

— C'est une bonne nageuse, répondit Catherine.

Elle s'était efforcée de parler fermement, de sourire. Mais son regard fouillait la plage. A l'inverse de l'été, il n'y avait personne. Pas même une barque, un matelas pneumatique ou une bouée d'enfant. Les villas les plus proches étaient toutes fermées et les paysans, à cette heure-ci, loin dans les champs. Elle s'affola.

— Florence !

— Elle nage mais ne progresse pas, dit la jeune fille. Elle lutte contre les courants.

— Si, elle progresse ! dit le jeune homme.

Catherine, à son tour, entra dans la mer. Elle se moquait bien de mouiller ses vêtements, elle se moquait bien de l'eau froide. Ce qui la désespérait, c'était la certitude qu'elle ne pourrait jamais nager jusqu'à Florence, que des deux ce serait elle qui coulerait la première. Elle étreignit le bras du jeune homme qui l'avait suivie.

— Elle va se noyer !

— Ça m'a l'air d'une sacrée nageuse !

Car Florence semblait reprendre des forces. Elle avait retrouvé une sorte de crawl saccadé et rapide qui la rapprochait du rivage et qui lui permit de franchir enfin la dangereuse barre des rochers.

137

— Elle a quitté la zone des courants, dit le jeune homme.

Tous trois la fixaient, haletants, tendus d'espoir. Le chien courait toujours sur le sable. Depuis que son maître était entré dans l'eau, il aboyait sans discontinuer.

Florence continuait à nager, tantôt sur le côté, tantôt sur le ventre, progressant par saccades, comme si elle jouait avec les difficultés, comme s'il s'agissait là d'un innocent divertissement. Et peut-être s'amusait-elle, en effet. Mais brusquement elle s'immobilisa. A une soixantaine de mètres du rivage. Son bras droit, à deux reprises, se souleva. Pour retomber aussitôt, comme mort.

Le jeune homme avait regagné le rivage et avec une rapidité extraordinaire, retirait ses bottes de cow-boy, son jean et son chandail.

Il se jeta dans la mer.

— Milou ! s'écria la jeune fille sans qu'on sache si c'était pour le retenir ou pour l'encourager. Mais tout de suite, elle ajouta : « Ne craignez rien, madame, Milou est là. »

Catherine alors cessa d'avoir peur. C'était irréfléchi, peut-être déraisonnable, sûrement incohérent. Mais elle se sentait gagnée par la force de conviction de cette frêle jeune fille au corps menu d'enfant, qui venait de lui prendre la main, et qui répétait, calme mais un peu émue tout de même : « Ne craignez rien, madame, Milou est là. » Catherine, l'espace d'une seconde, oublia Florence, le danger qu'elle courait encore, oublia qu'elle se trouvait dans l'eau jusqu'à mi-cuisse, qu'elle tremblait de froid et de peur, oublia tout, tant elle était troublée par ce « Milou est là ». « Je n'aime personne, personne ne m'aime », pensa-t-elle très vite. La pression sur sa main se fit plus forte. La jeune fille, contre elle, criait de joie.

— Elle est sauvée ! Il la remorque !

On entendait battre son cœur. Des battements sourds, larges, profonds, qui soulevaient sa poitrine, l'empêchaient de parler. « Chut... Tais-toi... », ne cessait de répéter Catherine. Elle ne pouvait détacher son regard du visage de Florence ; un visage curieusement émacié comme si les efforts fournis en avaient gommé les chairs pour n'en laisser que les os. Les pommettes déjà proéminentes, l'arcade sourcilière et les mâchoires prenaient une existence énorme au détriment du nez et de la bouche. Une bouche dont on ne distinguait plus les lèvres tant elles étaient serrées, avalées, aussi incolores que la peau du visage. Tout ce qui restait de vie semblait s'être retiré dans les yeux, immenses, à peine rougis et qui ne regardaient personne, ni Catherine, ni les jeunes gens, pour s'en aller se perdre vers on ne savait quoi, au-delà des rochers, quelque part entre le ciel et les hautes fougères. Sa tête reposait sur les genoux nus du garçon. Avec l'aisance d'un masseur professionnel, il lui frottait les muscles des épaules et du cou. On avait recouvert son corps de serviettes et de vêtements, de tout ce qu'on avait trouvé.

Peu à peu le visage se colora, peu à peu les lèvres recommencèrent à ressembler à des lèvres. Elles s'étiraient dans une sorte de grimace qui n'était rien d'autre que la tentative d'un sourire. Un sourire maladroit, contrit, qui arracha à Catherine sa première fureur, sa première révolte.

— T'es pas un peu folle, non ?

Les lèvres murmurèrent quelque chose que l'on n'entendit pas.

— Ne parlez pas encore, dit le jeune homme.

Il sourit à Catherine.

— Votre amie va très bien, elle est seulement fatiguée et à bout de souffle. Et puis vous avez eu peur, n'est-ce pas, madame ?

La tête sur ses genoux tourna de droite à gauche, fit non. Ce qui accentua le sourire du jeune homme. Il rapprocha son visage du sien.

— Pas eu peur ? Pas eu peur du tout ? Eh bien, vous auriez dû ! Les courants sont très forts dès que l'on passe la barre des rochers... Et cette température, en plus ! Mais vous êtes une sacrée nageuse ! C'est toute seule que vous vous êtes sortie de la zone des courants... Quand je suis arrivé, vous étiez sur le point de vous en tirer !

Plus le jeune homme parlait, plus les couleurs revenaient. La chair se reformait sous les pommettes, les lèvres se gonflaient en un vague sourire émerveillé destiné à lui seul, à ce visage penché sur le sien et qui guettait le retour de la vie. D'un battement de paupières, Florence l'approuvait, le remerciait. Enfin il se tut. Elle se redressa.

— Vous pourriez être mon fils, dit-elle.

— Vous êtes tout à fait remise, dit-il.

Leurs phrases s'étaient heurtées. Ils se tendirent la main et la poignée qu'ils échangèrent se prolongea pendant quelques secondes. La main, pourtant grande et carrée de Florence semblait petite dans celle du jeune homme.

— Il ne faudra plus nager si loin, promettez-le-moi, dit-il.

— Je ne nagerai plus jamais aussi loin, je vous le promets, répondit docilement Florence.

Leurs mains se lâchèrent. Catherine sentit chez Florence un bref tressaillement, comme si tout d'un coup elle avait froid.

— Nous habitons Marimé, la maison au-dessus de la plage, dit Catherine. Nous devrions tous aller boire un grog.

Le mot grog lui parut déplacé. Aussi incongru que si

elle avait parlé de drink ou de coupe de champagne. Mais peu importait. Ce qui avait flotté entre le garçon et Florence venait de se défaire et c'est ce que, confusément, elle souhaitait.

— Vous êtes la petite-fille de Mme Manon Chevalier ? demanda soudain la jeune fille. Je me souviens vous avoir vue avec votre grand-mère à la fête de la Vierge, le 15 août, quand j'étais petite. Votre grand-mère connaissait ma famille, elle m'avait offert...

En rougissant, elle plongea la main sous son chandail et en retira une chaînette au bout de laquelle pendait une médaille représentant la Sainte Vierge.

— Vous comprenez, je suis née un 15 août...

Son rougissement s'accentuait. Elle se tourna vers son ami comme pour y chercher un soutien. Mais celui-ci venait de se relever. Il était nu à l'exception d'un slip court et collant. Il rassemblait ses vêtements, commençait à se rhabiller. Il n'était pas grand mais fort et musclé. Un corps de sportif, dru, délié. Sa peau était parsemée de taches de rousseur, particulièrement sur le dos, les épaules et les bras.

— Je peux aussi vous proposer du thé ou du café, dit Catherine.

Le jeune homme parut alors se souvenir de sa présence.

— Je vous remercie mais nous devrions déjà être en ville. Par contre, si vous le permettez...

Il passa un bras affectueux autour de la taille de la jeune fille.

— Nous repasserons un de ces jours prendre des nouvelles de madame...

— Comme vous voulez, dit Catherine.

Elle leur tendit une main hésitante que l'un après l'autre ils serrèrent. Florence, assise sur le sable, les genoux ramenés sous le menton, ne disait rien, comme absente à ce qui s'échangeait. Pourtant ses yeux continuaient à suivre les mouvements du jeune homme. Ce fut la jeune fille qui lui dit au revoir. Lui, il se contenta d'incliner le buste. Florence, en retour, inclina la tête. Un mouvement neutre, dénué de chaleur et qui, comme son regard, ne traduisait rien.

De la poche de son pantalon, le jeune homme extirpa la balle en caoutchouc jaune qu'il lança très loin devant lui. Le chien se jeta à sa poursuite et ils disparurent bientôt, courant les uns derrière les autres — le chien, le jeune homme et la jeune fille.

Florence s'était allongée à plat ventre sur le sable, le visage posé sur les avant-bras. Elle semblait si loin de tout que Catherine en éprouva comme un malaise.

— On peut dire que tu as de la veine, maugréa-t-elle avec irritation. On n'a pas idée d'aller nager en plein dans les courants !

— J'ai cru mourir, dit doucement Florence.

— N'exagérons rien ! Tu as entendu ce type ? Même sans son intervention tu t'en tirais !

Son agressivité augmentait de seconde en seconde. Elle avait envie de filer un coup de pied, une gifle, n'importe quoi. Mais Florence ne s'en rendait pas compte et regardait la marée qui continuait de monter et qui, d'ici peu, arriverait jusqu'à elles.

— Je me suis vue mourir tout à l'heure. Vous étiez tous à me faire des signes et moi, je mourais. Le plus curieux...

Elle roula sur le côté, plongea son regard dans celui de Catherine. Un regard plein des étonnements de l'enfance.

— C'est que je n'avais pas peur, bien au contraire. C'était agréable. Ne plus rien tenter... Se laisser couler...

Sur son visage où toutes les couleurs étaient revenues, le souvenir de ce moment fit passer un frisson de plaisir. Catherine songea au jeune homme qui avait nagé en la tenant inanimée dans ses bras, à son corps presque nu ; à leurs mains ensuite qui semblaient ne pas vouloir se lâcher. « Ça ne me regarde pas », décida-t-elle.

Dans la maison, Florence alla droit à la cuisine et se versa coup sur coup deux verres d'alcool de prune. « Il me fallait ça ! » dit-elle seulement. Et comme Catherine s'inquiétait encore : « Je monte dans ma chambre. Je crois que je vais dormir. » Elle rinça le verre, rangea la bouteille dans le garde-manger. Ses mouvements étaient saccadés et maladroits, comme si le moindre de ses gestes lui coûtait un trop gros effort. Soudain elle prit Catherine dans ses bras et l'embrassa. Un baiser à la fois violent, pudique et désordonné qui parut la surprendre autant qu'il surprit Catherine.

— Je te demande pardon, dit-elle d'une voix sourde.

— Pardon de quoi ?

— De t'avoir fait peur. Quelle histoire imbécile...

Déjà elle s'éloignait. Précipitamment, comme quelqu'un qui s'enfuit. Mais sur le pas de la porte, elle s'arrêta.

— Je souhaiterais...

Elle parlait si bas qu'elle dut tousser pour s'éclaircir la voix.

— Je souhaiterais que ma famille ignore ce qui s'est passé... Inutile de les effrayer... Pareil avec Annie... Cet incident doit rester entre nous, et d'ailleurs nous allons très vite l'oublier. Promis ?

— Promis.

Catherine l'entendit monter l'escalier, ouvrir et refermer la porte de sa chambre. Puis ce fut de nouveau le silence. Désemparée, un peu perdue, elle s'engagea à son tour dans l'escalier. Aussitôt, sortant d'on ne sait où, la chatte bondit entre ses jambes. Elle renifla d'un air dégoûté le bas du jean, encore humide et qui sentait l'eau de mer, puis frotta son frais museau contre les doigts tendus. « Ma Divine... Ma Sublime... », murmura Catherine.

Dix minutes s'écoulèrent ; peut-être moins. Catherine, assise sur une marche, à mi-escalier, berçait la chatte enroulée en équilibre sur ses genoux. Jamais auparavant, elle ne s'était arrêtée là. C'était un lieu de passage obscur et poussiéreux, impropre à quoi que ce soit, sans air. Pourtant elle s'y sentait bien, comme dans une cachette, comme au cœur même de la maison. L'odeur du linoléum y était plus puissante encore qu'à l'étage. Et sans doute, à cette minute, était-ce ce qui comptait le plus pour elle ; respirer sans témoin cette odeur, si exactement semblable à celle de jadis. Elle rêvait. Manon était là, dans sa chambre au bout du couloir. Si menue dans ses vêtements de jersey noir. Ses courts cheveux blancs qui se terminaient en pointe sur la nuque. Sa main gauche avec les deux alliances — la sienne et celle de son mari, devenues trop grandes et qu'elle craignait de perdre, qu'elle égarait régulièrement et qu'il fallait chercher séance tenante ; l'autre bague, l'opale de Hongrie à qui la sagesse populaire prêtait des pouvoirs maléfiques. Ce que Catherine se refusait à croire.

Il y eut des craquements dans le plancher du couloir. Quelqu'un marchait à l'étage, se rapprochait de l'escalier. C'était Annie.

— N'aie pas peur, je suis là ! dit Catherine.

Et devançant la question qui, selon elle, ne manquerait pas de lui être posée :

— Je me shoote à l'odeur du lino. Tu devrais essayer, c'est épatant !

La chatte ronronnait, agrippée à ses genoux, indifférente à tout ce qui n'était pas les doigts de Catherine entre ses oreilles, sous la gorge. L'arrivée d'Annie ne la dérangeait pas, c'était comme si elle n'avait jamais existé.

Annie se laissa tomber plus qu'elle ne s'assit, deux marches au-dessus, le visage fermé, le corps recroquevillé, comme si elle avait froid ou mal au ventre.

— Ça ne va pas ? C'est ton travail ? demanda Catherine.

Annie hocha la tête. Mais de façon si confuse qu'il devenait impossible d'interpréter sa réponse. Elle fixait la rampe d'escalier, l'air morne, en frottant l'un contre l'autre ses poings serrés. Catherine regarda à son tour la tige de fer fixée au mur dont la peinture grise, par endroits, s'écaillait. Cette rampe aussi méritait qu'on s'occupe d'elle et cela lui arracha un soupir de lassitude : trop, il y avait trop à faire pour redonner à la maison l'éclat qu'elle avait du temps de Manon. Annie, en écho, soupira. Mais à sa façon, exagérée, dramatique. Si bien que Catherine en oublia sa rampe, sa maison, pour ne se souvenir que de ce que vivait Annie.

— Tu as du chagrin ? demanda-t-elle avec tendresse et compassion.

— Non !

La réponse claqua dans l'escalier, nette, presque agressive. Tendresse et compassion quittèrent immédiatement Catherine.

— On peut savoir pourquoi, alors, tu nous joues la-pauvre-petite-Annie-sans-son-chien-Zéro ?

— Pourquoi es-tu si désagréable ? Si tu crois que c'est facile à dire !

Comme cela lui arrivait souvent, Annie avait parlé trop fort, d'une traite, avec un essoufflement que ne justifiait pas sa position prostrée dans l'escalier. La chatte tressaillit, puis se rendormit.

— Parce que tu as quelque chose à dire ?

A dessein Catherine murmurait. La Mouffette était une chatte sensible qui supportait très mal les éclats de voix. Il fallait qu'Annie en tienne compte.

145

La tête enfouie dans les genoux et dont on ne voyait que les cheveux châtains fit oui. Un oui précis, qui ne trompait pas. Seulement, ce n'était pas tout. Des mots, très peu, quasiment inaudibles, suivirent le mouvement de tête. « Je suis une sainte », crut entendre Catherine. Et ces paroles, dans leur absurdité, lui provoquèrent un délicieux début de fou rire.

— Oh, Annie ! Comment tu as fait ?

Annie leva la tête, écarlate.

— Comme tout le monde !

Elle colla les paumes de ses mains sur ses joues brûlantes. « Tu as de ces questions ! » bredouilla-t-elle. Pour aussitôt ajouter, terrorisée, poignante : « Mais qu'est-ce que je vais faire ? » Et comme Catherine riait toujours : « Je ne croyais pas que ça pouvait m'arriver ! Pas à moi ! » Et elle se cogna la tête contre les genoux en répétant : « Mon Dieu ! Mon Dieu ! »

— Il te monte à la tête, ton Dieu ! dit Catherine. On n'a pas idée aussi de ne lire que Bérulle, Mme Guyon ou saint Jean de la Croix ! Il y a plein d'autres livres, ici...

— Catherine !

Annie s'était redressée et s'agrippait des deux mains à la rampe d'escalier.

— Catherine ! Arrête ! Ecoute ce que je te dis !

Elle chancela.

— Je suis enceinte, Catherine ! Enceinte !

— Entre dix-huit et vingt-deux ans, je me suis fait avorter trois fois. La troisième fois dans des conditions affreuses. Infection... Septicémie... Tu peux imaginer... Une gynécologue que j'ai consultée après, m'a affirmé que j'étais devenue stérile. Je l'ai crue ! Et depuis, durant toutes ces années, je n'ai pris aucune précaution... Sans le moindre accident, jamais... Et de tous les hommes que j'ai rencontrés, c'est de celui-là dont je suis enceinte ! De Jean-Michel !

— Tu es sûre que c'est de lui ?

— Evidemment ! Je ne l'ai jamais trompé, qu'est-ce que tu crois !

Catherine ne croyait rien, elle se souvenait. D'une Annie nettement plus débridée, avide d'aventures, les premières qui se présentaient pourvu qu'elles fussent intenses et sans lendemain. D'une Annie qui s'enivrait d'alcool et d'expériences, citait des poètes, des peintres et des fous et qui croyait ainsi marcher sur leurs traces. « Rien, je ne crois rien », répondit prudemment Catherine.

Elles descendaient le chemin qui menait au portail. L'air frais semblait griser Annie. Elle parlait avec un débit de mitraillette, sans discontinuer.

— Qu'est-ce que tu en penses ? demanda-t-elle enfin.

— Que comptes-tu faire ? demanda Catherine en retour.

— Je ne sais pas. C'est tellement nouveau, tellement extraordinaire, d'apprendre que je peux, moi, avoir un enfant...

Elle leva vers Catherine un visage subitement ébloui.

— Je crois que je détestais ma stérilité. C'était comme une punition. Une malédiction qui m'a gâché toutes ces dernières années ! Alors d'apprendre que je suis normale...

Elle rit de son drôle de rire, haché, strident.

— ... que je peux comme n'importe quelle femme porter un enfant...

— De Jean-Michel, dit Catherine posément.

— De Jean-Michel, répéta Annie.

Son pied se prit dans une racine. Elle se rattrapa aux premières branches d'un jeune pin, tangua un instant à la recherche d'un équilibre. Mais quand elle

147

le trouva, ce fut pour lancer à Catherine un regard si désolé, si perdu, que celle-ci ne put retenir un mouvement d'humeur.

— Tu ne vas quand même pas me dire, que dans ton émerveillement d'être enceinte, tu avais oublié qu'il y avait un père et que ce père est Jean-Michel !

— Heu, si...

Annie ne put s'empêcher de rire de l'air scandalisé de Catherine.

— Complètement oublié... Comme s'il n'existait pas...

Puis, plus sérieusement :

— Tu crois que je suis obligée d'en tenir compte ?

— Oh, Annie !

Elles approchaient du portail. Vers la route, une silhouette d'homme s'éloignait, très vite effacée par les pins et les mûriers sauvages.

— Pourquoi est-ce que je mêlerais Jean-Michel à cette histoire : en quoi ça le concerne ? Pourquoi serait-il le père d'un enfant qu'il n'a jamais désiré ? D'ailleurs il a horreur des enfants !

— Tu es sûre ? demanda distraitement Catherine.

Elle remontait vers la maison, Annie sur les talons. La silhouette n'était pas celle de Simon. Mais elle lui avait rappelé son existence. « Il faut que j'aille le voir. Il le faut. » Et elle eut honte de l'oublier si souvent.

— Si Jean-Michel aimait les enfants, il en aurait ! A quarante-cinq ans ! Alors, qu'est-ce que je fais ? Je le garde ? Je le fais passer ? Je suis enceinte de deux mois, d'après les analyses du laboratoire. Je viens de leur téléphoner.

Tout en parlant, Annie guettait les réactions de Catherine. Celle-ci la déroutait. Elle s'attendait à plus d'enthousiasme de sa part, tout au moins à plus d'émotion. Pour l'amener à se prononcer, elle venait exprès d'utiliser l'expression « faire passer ». Mais Catherine marchait devant elle, à grandes enjambées, les poings enfoncés dans les poches de son jean, muette, impénétrable.

Elles arrivaient près de la remise.

— Je peux très bien avorter, dit encore Annie.

Et comme Catherine ne protestait pas :

— J'ai l'habitude...

— Parole d'honneur, si je surprends le salopard qui déverse ses ordures chez moi, c'est la volée de plombs dans le cul !

Catherine donnait de-ci, de-là, des coups de pied dans les détritus. Mais le cœur n'y était pas et la colère non plus. A peine eut-elle un vague « la ferme ! » quand le coq se jeta en criant contre la clôture. On aurait dit qu'elle ne l'entendait pas plus qu'elle n'entendait Annie.

Elles contournèrent le grand buis. Derrière la rangée des tamaris, se dressait un portique métallique rouillé, avec une balançoire. Catherine s'assit sur l'étroite planche de bois, caressa du bout des doigts les cordes raidies. Annie était maintenant complètement découragée. De toute évidence, qu'elle soit enceinte n'intéressait pas Catherine. Et Annie, à ce moment-là, loin de lui donner tort, l'approuvait : ce qui lui arrivait était d'une banalité affligeante et ne méritait pas qu'on le prenne en compte.

— J'avais cinq ans quand Manon a fait construire ce portique, dit Catherine d'une voix morne. Il était magnifique, rouge, avec cette balançoire mais aussi un trapèze et des agrès. Là où tu te trouves, il y avait un bac de sable pour les petits. Au printemps...

Elle désigna un lilas dont les hautes branches encerclaient le montant gauche du portique.

— Ce lilas embaume. C'est même le lilas le plus odorant que je connaisse et...

Ses pieds raclèrent le sol pour interrompre le mouvement de la balançoire.

— Et si je savais quoi te conseiller, Annie, je le ferais. Mais je ne sais pas, vraiment pas !

Elle avait haussé le ton. Annie la devinait au bord d'exprimer une opinion qu'elle retenait, par tendresse, par prudence.

— Tu trouves que je ne devrais pas le garder ? demanda-t-elle en s'efforçant de parler doucement.

— Je n'ai pas dit ça.

Catherine reprenait son balancement, la tête rentrée dans les épaules, le regard fixe et buté. Annie se rapprocha. Elle se sentait déterminée et calme, maintenant, prête à tout entendre, y compris ce qui pourrait la blesser. Elle avait conscience de l'importance de ces minutes. Elle savait que sous ce lilas, entre les montants d'un vieux portique abandonné, se jouait ce qu'elle n'hésitait plus à appeler « sa vie ».

— Tu penses que je ne saurai pas élever un enfant, ni même gagner ma vie pour deux. Tu penses qu'un enfant mérite un père. Tu penses que je vis n'importe comment et que faire un enfant dans ces conditions est un acte complètement irresponsable. Tu penses que je ferais mieux d'avorter.

Qu'Annie lise à ce point en elle stupéfia Catherine.

— Je me trompe ?

« Non, pas du tout », pensa Catherine.

Mais des bruissements, dans la rangée des tamaris, attirèrent son attention. Quelque chose se déplaçait au ras du sol. Les branches s'écartèrent pour livrer passage à un chat gris, très maigre, dont les yeux jaunes fixèrent longtemps Catherine. Mais quand elle voulut se lever, il s'enfuit.

— Le chartreux ! dit-elle. C'est un des deux chats dont nous parlaient les filles ! Il paraissait épuisé, non ? Et le tigré, où est-il ?

Elle fit quelques pas le long des tamaris, appela : « Minou ! Minou ! », tenta un « Rrrrrr ». Sans succès.

— Je vais mettre une assiette avec de quoi manger

pour les attirer. Ce serait bien de les sauver, non?

— Donc, tu penses qu'il faut que j'avorte?

Ses réserves de calme s'épuisaient. Annie était si tendue que son corps tout entier vibrait. Catherine retint le oui qu'elle aurait dit, peut-être, une minute auparavant, et tenta une pirouette.

— « Puisse ma queue rester aux dents des petits chiens qui n'y voient pas encore, si l'ombre d'une telle pensée a traversé mon esprit. »

Des larmes brillaient dans les yeux d'Annie, elle allait pleurer. Sur ce qui lui arrivait, sur la prudence de Catherine qu'elle n'osait qualifier de lâche, si fort était son amour pour elle, mais qui la faisait se sentir plus seule qu'elle ne l'avait jamais été jusqu'à ce jour. Mais elle se fit brave.

— *Le Second Livre de la jungle* ou *Le Pays des fourrures*?

— *Le Second Livre de la jungle.*

Et parce qu'elle ne savait plus que dire et que la détresse d'Annie maintenant la bouleversait:

— Tu ne dois rien décider aujourd'hui. Laisse passer quelques jours. Consultons Florence...

Elle éternua. Deux éternuements successifs qui firent osciller la balançoire. Elle s'étonna.

— Je ne vais pas m'enrhumer dans l'endroit le plus abrité de la propriété!

Elle changea de sujet, très vite, sans regarder Annie.

— Il faudrait repeindre le portique, remplacer cette balançoire pourrie. Ou bien tout enlever et mettre à la place une table de jardin et des chaises! Ce serait idéal de travailler ici, sous ce lilas! Que penserais-tu de revenir au printemps? Ce serait ton bureau! Un bureau de conte de fées à ciel ouvert!

Catherine devenait de plus en plus volubile. Annie n'approuvait ni ne démentait. Elle froissait machinalement une feuille, l'air à la fois douloureux et concentré. Soudain l'exaltation de Catherine tomba.

— Je me demande pourquoi je fais tous ces projets.
Si ça se trouve, je n'aurai plus Marimé.

Annie, là encore, ne dit rien.

La journée bientôt s'achèverait. Elles faisaient le
tour de la propriété en longeant la clôture. Le grillage,
par endroits, se déchirait. « N'importe qui peut s'introduire chez moi. C'est gai ! » constatait Catherine.

Annie suivait en silence. Elle se sentait à des années-
lumière de son amie, mais aussi — et c'était bien ce qui
la troublait le plus, à des années-lumière de ce qu'elle-
même était hier encore. La décision qu'elle devait
prendre l'écrasait et l'exaltait tour à tour. Que Catherine ne l'y aide en rien avait cessé de la chagriner. « Je
suis seule. Complètement seule », se répétait Annie. Et
elle accordait ses pas sur l'adjectif seule, et elle
s'écoutait, s'épiait, guettant ce qui chez elle désirait cet
enfant et ce qui s'y refusait. Elle espérait un signe,
n'importe lequel : un pincement de cœur, un tressaillement dans son ventre, une manifestation extérieure.
Style un envol de colombes. De belles colombes qui se
substitueraient à ces grasses corneilles qui ricanaient
sur son passage, à ces pies si méprisantes.

En se rapprochant du portail, Catherine s'était mise
à marcher plus vite. Elle repoussait avec impatience
les branches et les ronces, oubliant qu'Annie derrière
elle risquait de les recevoir en pleine figure. Ce qui ne
manqua pas.

Annie porta la main à sa joue et la retira tachée de
rouge. Une ronce l'avait griffée sur plusieurs centimètres. Mais elle ne sentait pas la douleur. Elle fixait,
stupide, le sang sur sa main. Le sang lui évoquait
immanquablement l'avortement. Etait-ce là le signe
qu'elle traquait ?

Tout aussi stupide, Catherine contemplait une

énorme botte de chardons bleus qu'une main inconnue avait jetée par-dessus le portail. Les tiges semblaient avoir été coupées à la hâte. Annie en oublia sa joue.

— Des fleurs !

— Des chardons bleus des dunes ! Je croyais qu'on n'en trouvait plus au mois de septembre. Qui a pu faire ça ? Personne ne sait que nous sommes à Marimé !

— Ton ami Simon ?

— Non.

Catherine ramassa le bouquet, hésita.

— Nous devrions peut-être le laisser où il est...

Ce bouquet, à mieux le regarder, la mettait mal à l'aise. Elle se rappelait ses premières lectures d'enfance, ces histoires horriblement compliquées qui commençaient toujours comme ça, par la découverte d'un objet inattendu dans un endroit inadéquat. « C'est suspect ! » constatait invariablement le héros de l'histoire. Et Catherine, tant d'années après, de répéter, concentrée et soucieuse :

— C'est suspect !

Mais Annie se lassait. La journée touchait à sa fin et elle était pressée de regagner la maison, de s'allonger sur le divan vert du salon et de s'assoupir jusqu'au dîner. Elle contourna Catherine.

— Tu saignes ! s'écria celle-ci. Comment tu t'y es prise pour t'écorcher comme ça ?

Florence les attendait sur le perron, emmitouflée dans la cape en tweed de Manon. Son air était paisible, presque langoureux. Comme la veille et l'avant-veille à la même heure. « Florence à l'inverse des fleurs s'épanouit au crépuscule », pensa Catherine. Et elle fut frappée par sa grâce, par l'harmonie

153

qui se dégageait de toute sa personne et qui immédiatement faisait que l'on se sentait mieux, que quelque chose en soi se dénouait.

Elle sourit à Florence.

— Cette maison, décidément, te va bien, dit-elle.

— C'est vrai que nous nous convenons.

Et devant le bouquet :

— Quelle bonne idée d'être allée cueillir des fleurs ! Des chardons bleus, c'est charmant.

Catherine lui raconta la découverte du bouquet près du portail, ses hésitations à le ramasser. Florence ne les partageait pas.

— Quelqu'un nous fait un cadeau, il faut l'accepter. D'ailleurs j'ai repéré un gros pot en grès qui fera merveilleusement bien l'affaire...

Déjà elle se levait, déjà elle enlevait des mains de Catherine la botte de chardons. Avec une hâte qui fit qu'elle se piqua. Une minuscule goutte de sang à l'extrémité de son pouce, autant dire rien. Mais Annie l'avait vue. Comme pour la ronce qui lui avait griffé la joue, elle se troubla. Fallait-il y voir un deuxième signe ?

— Tu m'as fait peur !

Florence achevait de disposer les chardons bleus dans le vase. Elle se croyait seule, n'avait pas entendu venir Catherine. Sa façon de sursauter, la brève rougeur qui colorait ses pommettes avaient de quoi surprendre. Mais elle ne laissa pas à Catherine le temps de s'étonner.

— Occupons-nous du dîner. Je me charge de tout mais il faut que tu me trouves des œufs...

Florence eut un rire de petite fille excitée.

— Préparer un dîner, à Marimé, c'est comme

préparer une dînette quand nous étions enfants... Pourquoi tout s'apparente-t-il à un jeu, ici ?

Mais elle disparut sans attendre la réponse. On l'entendit traverser le vestibule, ouvrir les portes du salon, reposer à Annie la même question : « Pourquoi tout s'apparente-t-il à un jeu, ici ? »

Il faisait presque nuit quand Catherine sortit. Le ciel était encore miraculeusement bleu, traversé de part en part par les martinets. Seuls leurs cris troublaient le silence. De la baie montait une forte et nauséeuse odeur de vase. En face, les lumières une à une s'allumaient. Catherine cherchait celles de l'Hôtel-Restaurant du Port. Il lui était arrivé d'y passer des nuits avec des amants, quand Manon vivait et qu'il n'était pas question de venir autrement que seule à Marimé. Elle se souvenait avec quelle émotion elle regardait alors, de l'hôtel, sa maison, éteinte et fermée...

Catherine tourna le dos à la baie et il lui sembla qu'elle entrait dans la nuit. Le ciel était devenu bleu marine, presque noir. Aucun bruit ne parvenait jusqu'à elle hormis quelques cris d'oiseaux, de plus en plus isolés, les derniers, et le chant obstiné d'un merle. Aucune voiture ne passait sur la route. A croire que tous, hommes et bêtes, dormaient déjà.

Mais au moment d'ouvrir la porte du poulailler, elle eut l'intuition de quelque chose d'anormal. Elle attendit, écouta, cherchant les causes de son malaise. Un instant, elle crut que quelqu'un se tenait tapi dans l'ombre des arbres. Mais non. Personne ne se cachait derrière le grand buis, personne ne la guettait. Elle était seule, absolument seule. Plus qu'une impression, une certitude. Puis, elle comprit. C'était le silence qui était anormal. Un silence particulier, inquiétant. Comme si le coq et les poules n'avaient jamais existé, comme s'ils étaient morts ou disparus.

Elle poussa résolument la porte. Pour buter contre un objet mou. Son geste, le juron qui l'accompagna, provoquèrent un froissement d'ailes du côté des cabanes. A leurs plumes blanches, elle repéra deux des trois poules, tassées contre le grillage, à demi enfouies dans le sol. Elle les appela en baissant la voix de manière à ne pas les effrayer davantage. Seul le coq répondit. Un chant de haine et de triomphe, inhabituel à cette heure. L'objet contre lequel elle avait buté laissait sur sa peau une étrange sensation. C'était à la fois chaud et poisseux. Elle se pencha. A peine éclairé par la lune, le cadavre d'un chat inconnu gisait dans la poussière et les détritus. Un cadavre mutilé, déchiré, dont la tête n'était plus qu'une bouillie sanguinolente. Catherine chancela, voulut se redresser. Mais elle ne pouvait détacher son regard des yeux crevés; l'un pendait, sorti de son orbite, l'autre semblait l'accuser.

Le coq silencieusement se rapprochait. Quand enfin Catherine l'aperçut, il était à un mètre d'elle, la tête dressée, prêt à frapper. Et ce fut comme si elle le photographiait. Le coq, le beau coq couleur de feu, était plus rouge qu'il ne l'avait jamais été; sur ses plumes, le sang du chat commençait à peine à sécher. Catherine recula et d'un bond fut dehors.

Annie venait juste de s'assoupir. L'intrusion brutale de Catherine dans le salon, la réveilla en sursaut. Elle se releva épouvantée. Elle pensait à un début d'incendie, voulait appeler au secours. Mais Catherine, déjà, retraversait en sens inverse le vestibule, la salle à manger, jusqu'au portemanteau. Vestes, écharpes et imperméables volaient autour d'elle avant de s'éparpiller sur le carrelage. Elle pleurait. Des larmes qu'Annie ne comprenait pas et que Catherine repoussait rageusement de son coude. Parce qu'elle imaginait ses mains tachées de sang. Alors que seule sa cheville avait touché le cadavre, et encore, si peu. Enfin, elle trouva ce qu'elle cherchait, dissimulé sous la cape en tweed de Manon. La vue de l'arme fit reculer Annie.

— Catherine, dit-elle faiblement.

Mais Catherine s'était remise à courir. De nouveau toutes les portes claquèrent. Dehors, elle s'arrêta. Ce qu'elle s'apprêtait à accomplir nécessitait un calme qu'elle n'avait pas. Elle s'efforça de respirer, de maîtriser les battements précipités de son cœur. Cela ne dura pas longtemps, une minute tout au plus. Des voix parvenaient des abords de la maison. Florence et Annie l'appelaient. Le faisceau d'une torche électrique balaya la prairie du côté de la baie, puis les massifs d'hortensias.

Catherine se décida alors à entrer dans le poulailler. Ses gestes devenaient mesurés et précis. Le coq se montra aussitôt, prêt au combat, ses grandes ailes rouges battant l'air. Il fit un petit saut dans sa direction, elle fit un pas vers lui. Ils se fixèrent, soudain éclairés par la torche que Florence, maintenant, braquait sur eux. Catherine redressa lentement sa carabine, la porta à l'épaule. Son doigt s'enroula autour de la détente. Elle allait tirer, quand le coq cria. Un cri étrange, étranglé, presque humain, qui exprimait la peur et l'incompréhension. Ses ailes déployées retombèrent, son corps se tassa jusqu'à lui donner l'apparence d'un poulet, comme s'il rapetissait. Puis il entreprit de reculer, maladroitement, en se heurtant aux écuelles, au billot, à tout ce qu'il rencontrait. Et plus il reculait, plus il se ratatinait, miséreux et pitoyable, fuyant Catherine et le faisceau lumineux de la torche.

— S'il te plaît, ne le tue pas, implorait Annie qui avait rejoint Florence derrière le grillage. S'il te plaît…

Le coq avait atteint le point extrême du poulailler, là où s'alignaient les trois cabanes. Acculé entre elles et la clôture, il creusait le sol, désespérément, hâtivement, comme si un trou dans le sable était sa seule chance de salut. Toujours, il fixait Catherine.

— Eclaire-le, exigea celle-ci.

Florence obéit. Catherine avança encore. Le coq, ébloui, se redressa et fit face. Sa dernière parade, sa dernière esbrouffe. Catherine alors comprit qu'il savait ce qu'elle allait faire. Depuis le début. Depuis qu'elle avait commencé à marcher sur lui avec la carabine. Elle tira. A bout portant. Une détonation qui résonna longtemps dans la nuit et qui fit que pendant quelques minutes, des oiseaux volèrent dans tous les sens, égarés et affolés.

Florence attendait à l'extérieur du poulailler.

— Pourquoi ? demanda-t-elle.

Catherine prit la torche et éclaira le cadavre du chat. « Je ne peux pas le croire », murmura Florence.

— Je les enterrerai tous les deux demain matin, dit Catherine.

Elles regagnèrent en silence la maison. Adossée au volet resté ouvert de la cuisine, Annie les guettait. Il se dégageait d'elle une telle colère, une telle répulsion, que Catherine, saisie, s'arrêta. Qu'Annie lui en veuille était dans l'ordre normal des choses ; mais les sentiments qui semblaient l'agiter, se situaient bien au-delà.

— Désolée, dit Catherine sincèrement.

— Désolée ?

Annie s'arracha au volet. Elle agitait les bras comme pour frapper Catherine. Ce n'était d'ailleurs pas ce que celle-ci craignait le plus. Ce qu'elle redoutait, c'est qu'Annie s'en prenne à sa carabine, la lutte qu'il lui faudrait mener pour l'en empêcher. Elle n'ignorait rien de sa violence, de sa capacité à donner et à recevoir des coups. Comme lorsqu'elle s'était battue avec des inconnus, une nuit, à Belleville.

— C'était un tueur, ce coq !

— Un tueur ! Mais c'est toi le tueur ! Depuis le début tu ne rêvais que de l'abattre ! Tu tues ce coq ! Tu tues les oiseaux ! Faut avoir la rage de tuer pour se promener toujours avec un fusil !

Florence voulut la prendre par les épaules.

— Tu ne sais pas ce que tu dis. Ce coq...

— Mais si, je sais ce que je dis ! Un coq qui gêne ? On l'abat ! Un bébé qui encombre ? On avorte ! Oh, je déteste ce goût du sang !

Annie bouscula Florence et se jeta contre l'arbre le plus proche — un marronnier, dont la masse sombre se détachait dans le noir de la nuit. Sanglotante, hoquetante, elle se pressait contre le tronc, l'agrippait de ses bras, le tenait embrassé, comme si seul cet arbre pouvait la comprendre et lui redonner la force de vivre. La lune presque pleine au-dessus du marronnier, ressemblait à une lune de théâtre, posée là à dessein. Les étoiles, tout à coup, se mirent à briller.

— Cocottes, vous m'épuisez !

Florence avait fini par détacher Annie de son arbre, l'avait calmée et installée dans la cuisine, devant un verre de vin. Puis elle était ressortie chercher Catherine. Celle-ci, choquée à retardement par l'exécution du coq — que déjà, en elle-même, elle appelait « mon coq », blessée par les accusations d'Annie, refusait de regagner la maison. La carabine posée horizontalement sur les épaules, elle arpentait les allées, sourde aux appels de Florence. Mais le froid eut raison de sa bouderie et elle revint s'asseoir à son tour, devant la table, où le couvert était mis et le dîner préparé. Boire et manger achevèrent d'apaiser Annie, et, très vite, elle s'excusa. Excuses que Catherine s'empressa d'accepter. Maintenant, réconciliées, proches du fou rire, elles trinquaient à leur amitié retrouvée. Les paroles de Florence les prirent pareillement de court.

— Ces coups de feu... Ces portes qui claquent...

— Excuse-moi, dit Catherine.

— Les cris d'Annie... Ses larmes...

— Pardon, murmura Annie.

Florence fumait, renversée sur sa chaise. Dans son assiette, un hachis parmentier auquel elle avait à peine touché achevait de refroidir. Elle cala la cigarette entre ses lèvres, cligna des yeux pour éviter la fumée. Son regard allait de Catherine à Annie, incrédule, hésitant. Comme quelqu'un qui serait à la veille de prendre une décision importante et qui pèserait longtemps le pour et le contre.

— Tu songes à nous quitter ? demanda Catherine sur un ton qu'elle espérait léger.

Sans un mot, Florence gagna la porte vitrée. Elle resta ainsi quelques minutes, le visage collé au carreau, avec la cigarette qui se consumait au bout des doigts. Dehors, l'obscurité était telle qu'on ne distinguait plus grand-chose du jardin et des prairies. Mais Catherine sentait qu'il ne fallait plus poser de question. Annie débarrassait la table. En s'appliquant à ne rien heurter, presque sur la pointe des pieds.

— Je me sens si bien dans ta maison, Cathie... Qui parle de partir ? Rien que de l'envisager, j'en ai le cœur serré... Et pourtant...

— Et pourtant tes enfants te réclament ! compléta Annie en devenant aussitôt écarlate.

Quel besoin avait-elle de se soucier des enfants de Florence de Coulombs ? Etait-ce parce qu'elle se savait enceinte ? « Je deviens idiote. Idiote et conformiste », pensa-t-elle sévèrement.

— Oh, non !

Florence, comme à regret, détachait son visage de la porte vitrée. Elle souriait. Un sourire d'une sérénité ambiguë.

— Je découvre qu'on peut très bien se passer de moi. Aurore a pris la maison en main avec une efficacité époustouflante. Les jumeaux et mon mari ne manquent de rien. En trois jours, Aurore m'a remplacée à tous les postes clefs...

Son sourire s'accentua.

— Quelle leçon de modestie pour quelqu'un qui se croyait indispensable !

Elle sortit la crème à la vanille du frigidaire et reprit sa place entre Catherine et Annie.

— J'avais tellement plus besoin de maman qu'Aurore n'a besoin de moi... A son âge, je me séparais d'elle parce qu'il le fallait, parce que nous étions d'accord sur quelques points : mon indépendance de jeune fille, etc. Mais d'une certaine façon, je la laissais la mort dans l'âme...

Elle s'interrompit, rêveuse.

— La mort dans l'âme, quelle drôle d'expression.

Elle servait Catherine et Annie, se servait. Elle resta quelques secondes la cuillère dans la bouche.

— Pas tout à fait une crème à la vanille, pas tout à fait une crème brûlée... C'est vraiment la crème de maman ! Je suis contente de l'avoir aussi bien réussie. Toutes mes tentatives, auparavant, ont été approximatives. Et ici, je la réussis du premier coup ! C'est à cause de ta maison, Cathie !

Tout à la joie de cette dernière phrase, Catherine complimenta chaudement la crème — alors qu'elle n'aimait pas les desserts. Elle en oublia même le malaise que lui causait parfois Florence quand elle évoquait sa mère. Cela ne tenait peut-être qu'à sa façon de dire « maman », façon que Catherine ne pouvait s'empêcher de juger enfantine et un peu ridicule.

Annie ne partageait pas ce point de vue. Elle écoutait avec une attention accrue tout ce que disait Florence. Comme si Florence, malgré elle et sans le savoir, allait lui livrer la solution de son problème. La bouteille

161

d'alcool de prune était à sa portée, elle se servit un verre.

— Il y a des jours où maman me manque trop, poursuivit Florence, où son absence pèse plus que tout ce qui fait ma vie : mes enfants, mon mari, mon travail. Voyez-vous...

Elle parut soudain réaliser la présence des deux jeunes femmes.

— Qu'est-ce que je suis en train de dire ? Il ne faut pas me prendre au sérieux, cocottes !

Elle avala cul sec le petit verre d'alcool qu'Annie lui tendait.

— Avec Jacques et mes trois enfants, j'ai tout ce dont je pouvais rêver. Je suis comblée.

— C'est important, tu crois, d'avoir des enfants ? enchaîna Annie.

— Très ! Je te souhaite vraiment d'en avoir, ainsi que Cathie.

« Allons bon », gémit Catherine en elle-même. Un éloge prolongé de la famille lui était au-dessus de ses forces et elle s'empressa de changer de sujet. Malgré Annie dont le visage reflétait un intérêt avide et passionné.

— L'intuition des animaux est extraordinaire. Tout à l'heure, quand je suis entrée dans le poulailler, le coq m'a attaquée. Et puis, il a compris que je venais pour le tuer. A quoi ?

— A ton fusil, répondit Annie sombrement.

— Pas seulement. Hier quand il attaquait la Mouffette, je l'ai tenu en joue. Mais j'hésitais à tirer. Alors que tout à l'heure, j'étais déterminée. Il a senti la différence !

— Son heure était venue. Je crois que certains êtres savent à l'avance l'heure de leur mort, dit Florence.

— Il est mort noblement, en me regardant droit dans les yeux, dit Catherine.

— Ça me rappelle...

162

Le front plissé par l'effort, Annie cherchait à se souvenir. Trois petits verres d'alcool de prune l'aidaient à mieux prendre l'exécution du coq. C'était rentré dans l'ordre des choses, cet ordre naturel qui veut que qui a tué, soit tué à son tour. On lui avait raconté la découverte du chat, son corps mutilé.

> Comment on doit quitter la vie et tous ses maux,
> C'est vous qui le savez, sublimes animaux.

récita soudain Annie. Son buste se redressait, ses épaules s'effaçaient. On aurait dit qu'elle s'ouvrait de toutes parts, que l'air enfin circulait. Jusqu'à la peau de son visage qui devenait lisse et lumineuse.

> Gémir, pleurer, prier, est également lâche
> Fais énergiquement ta longue et lourde tâche
> Dans la voie où le sort a voulu t'appeler.

Elle marqua une pause et Florence immédiatement lui souffla :

> Puis, après, comme moi souffre et meurs sans parler.

— *La Mort du loup*, compléta Catherine. Nous avons toutes les trois appris la même poésie. En sixième, je crois...
Annie semblait très émue.
— C'est en récitant *La Mort du loup* devant une classe de petites filles insensibles et bornées, que j'ai découvert ma vocation. Je leur arrachais des hectolitres de larmes ! J'adorais ça !
Comme si elle en avait trop dit, elle se tourna vers Florence.
— Et toi ?
— Ces vers étaient enfouis au plus profond de

163

ma mémoire... « Souffre et meurs sans parler. » Peut-on concevoir meilleur programme ?

— Oh !

Le bras tendu, Annie désignait la fenêtre dont on avait oublié de fermer les volets.

— Il y a quelqu'un dehors !

Elle s'élança vers la fenêtre suivie de Catherine. Elles restèrent un moment collées contre la vitre, à scruter la nuit. Mais on ne distinguait rien d'autre que les massifs d'hortensias, au premier plan.

— Je t'assure, disait Annie. J'ai vu quelqu'un. Un visage...

— Tu n'as rien vu du tout, tu es myope comme une taupe, s'énervait Catherine.

— J'ai vu un visage !

— Un visage comment ? D'homme ? De femme ?

— Un visage !

Son obstination finissait par alarmer Catherine. Parfois, l'été, des promeneurs indélicats se permettaient de traverser la propriété pour regagner la route. Ils avaient suivi le bord de mer et trouvaient plus commode de couper par les prairies. Malgré la maison aux volets ouverts et aux lumières allumées, malgré la présence de ses habitants. Un temps, une pancarte « Propriété privée. Défense d'entrer » avait été supposée les avertir, mais cela ne changeait pas grand-chose et Manon la trouvait hideuse. « Elle gâche la vue sur la baie », disait-elle. On avait enlevé la pancarte.

Catherine se décida. Elle prit une écharpe, sa carabine et sortit.

— Je t'accompagne, dit Annie.

La nuit était froide et sombre. Des nuages filaient dans le ciel, masquant irrégulièrement la lune et les étoiles. Catherine avançait, la carabine à bout de bras, attentive au moindre bruit dans les fourrés, à la brise légère qui agitait les branches des premiers arbres. Elle entendait la respiration d'Annie, un peu oppressée, qui calquait son pas sur le sien ; ses espadrilles qui foulaient le sable.

Elles firent le tour de la maison et revinrent près de la cuisine.

— Il se tenait là, je te jure, chuchota Annie en désignant la fenêtre.

— Il ?

— Ou elle. J'ai mal distingué.

Catherine se faufila parmi les hortensias jusqu'à atteindre la fenêtre. Le passage n'en était pas aisé. Si quelqu'un était passé par là, comme l'affirmait Annie, il avait dû repousser les branches, veiller à ce qu'elles ne bougent pas, ne craquent pas. Avec l'intention délibérée de surprendre ce qui se passait à l'intérieur de la maison.

Catherine appuya son front contre le carreau. Dans la cuisine, Florence regardait sans la voir la chatte, grimpée sur la toile cirée, et qui léchait ce qui restait de crème dans les assiettes. Son visage semblait s'être figé dans une sorte d'attente rêveuse.

Elles se trouvaient toutes les trois devant la cheminée du salon, proches du sommeil mais le repoussant encore, quand le téléphone sonna. Une sonnerie qui les fit pareillement sursauter et qu'elles écoutaient sans se décider à réagir.

— O.K., c'est moi qui m'y colle, dit enfin Catherine.

Elle ne revenait pas. Annie rapprocha son fauteuil de celui où Florence somnolait en fumant une cigarette.

— J'ai peur pour elle, chuchota Annie.

— Il ne faut pas que Cathie perde sa maison, il ne faut pas... répondit Florence d'une voix lasse.

Elle se tut un instant.

165

— Ou alors, il aurait fallu nous enseigner dès l'enfance le détachement. Mais on nous élève dans l'idée que les êtres et les maisons demeurent... Nous organisons notre vie comme si nous étions éternels...

Elle posa sur Annie deux yeux graves et tristes.

— Je commence de plus en plus à penser que c'est vous qui êtes dans le vrai... Que vivre au jour le jour n'est pas si fou que ça... Mais Cathie ne joue pas le jeu. Elle est tellement attachée à cette maison. Trop...

— Je suis enceinte, dit Annie tout à trac.

Elle n'avait pas prévu d'en parler, cet aveu était sorti malgré elle.

— De ton homme ?

— Oui.

— Que comptes-tu faire ?

— Je ne sais pas.

— Ne réfléchis pas, garde-le.

Dans un élan juvénile, Florence venait de lui prendre les mains. Les flammes se reflétaient dans ses yeux. Elle resplendissait d'ardeur et de conviction. Au point qu'Annie, effrayée, retira ses mains. Sans parvenir à fuir ce regard qui l'hypnotisait.

— Je n'ai pas ta force...

Une bûche s'écroula dans la cheminée. Elles ne songèrent pas à la redresser. Les paroles de Florence résonnaient dans le cœur d'Annie. C'était exactement ce qu'elle avait souhaité entendre, pourtant elle reculait encore.

Catherine revenait. Elle traversa le salon en hésitant, s'attarda devant les portraits de son père et de son oncle, puis devant le bouquet de chardons bleus. « Qu'est-ce que c'est que ça ? » maugréa-t-elle. Près de la cheminée, elle eut un sifflement excédé.

— On ne peut rien vous confier ! Le feu meurt !

Armée du tisonnier, elle remua les braises, ajouta une bûche, actionna le soufflet. Un antique soufflet qui émettait un son lugubre proche d'une mons-

166

trueuse respiration. « Une respiration d'ogre », pensa
Annie.

— Mon oncle débarque demain soir, dit enfin Catherine.

— Pour quoi faire ? demanda Annie.

— Bah...

Le récit que s'apprêtait à faire Catherine avait du
mal à se mettre en place. Sa propre confusion, mais
pas seulement. La confusion se trouvait d'abord chez
son oncle Gaétan, dans le discours qu'il lui avait tenu.
Un discours aussi embrouillé que vague, avec des
phrases tortueuses, des bafouillements exagérés, des
points de suspension partout.

Le feu repartit. De grandes flammes qui obligèrent
Catherine à reculer précipitamment. Elle pensa, et
cette pensée la surprit : « Si j'avais les longs cheveux
de ma cousine Patricia, je me serais transformée en
torche vivante. »

— Raconte-nous, dit Florence d'une voix posée.

— Il n'y a rien à raconter ! Il vient pour rencontrer
des gens « susceptibles de l'aider à résoudre le problème Marimé ». C'est tout ce que j'ai pu tirer de lui ! Il
n'a même pas été fichu de prononcer le mot vente !

Catherine s'échauffait. Elle avait l'impression de
voir physiquement son oncle lui parler au téléphone,
de cet hôtel de Rennes où il prétendait être descendu.
Sa grande taille coincée dans la cabine, ses coudes et
ses épaules qui se cognaient aux parois — et comme il
était maigre, il se faisait mal, elle était sûre d'avoir
entendu quelques « hou, hou, hou » caractéristiques.
Sa tête courbée sous le plafond trop bas, qu'il heurtait
dès qu'il la redressait.

— Où en suis-je ? dit-elle, soudain perdue.

— Tu nous disais qu'il n'a pas parlé de vente, lui
souffla Annie.

— Exact. Il a trouvé le moyen de dévier sur les
migrations ! Lancé là-dessus, j'ai eu beaucoup de mal à

167

le stopper ! Ça me fait une belle jambe d'apprendre que les grues cendrées peuvent s'arrêter sur des prairies humides !

Elle se rapprocha du feu. Florence, de son fauteuil, la regardait d'un air grave.

— A quoi penses-tu ? demanda Catherine.

— A ton oncle. On ne se défait pas d'une maison comme celle-ci aussi facilement... Et puis, il ne t'a rien dit de précis peut-être parce qu'il n'entreprend rien de précis... Il vient pour des contacts... Pour se faire une idée... Pour retrouver le Marimé qu'il aime, qui sait ?

Elle secoua la tête.

— Sincèrement, Cathie, je pense que si quelque chose de nouveau, de grave, menaçait la maison, il t'aurait prévenue. Tu es sa nièce !

— Bien sûr, approuva Annie.

La confiance de ses amies ne parvenait pas à gagner Catherine. Sa main caressait furtivement l'arrondi de la table. « Elle touche du bois », devina Annie. Et par solidarité mimétique, elle se déchaussa et frotta ses pieds nus sur le plancher.

— N'empêche, dit Catherine. C'est pour se débarrasser de Marimé qu'il vient ! Je le jurerais !

Florence eut un geste apaisant.

— Avec lui montre-toi digne. Pas de cris, pas de menaces. Evite même de le questionner, si tu peux... Qu'il ne puisse rien te reprocher, rien retourner contre toi.

Elle esquissa derrière son mouchoir un discret bâillement. Dehors, à trois reprises, la chevêche miaula.

— Montons nous coucher, décida Catherine.

Annie se demandait si elle allait ou non parler à Catherine. Elle pesait le pour et le contre en buvant son café au lait, s'attendant à ce que Catherine, la première, pose une question, n'importe laquelle, pourvu qu'elle ait un rapport avec la seule qui l'intéressait et qui pouvait se résumer à ce simple mot : « Alors ? » Mais Catherine lisait *Le Pays des fourrures*, les deux coudes sur la toile cirée, le menton collé entre les mains. Avec une concentration studieuse décourageante.

— J'ai décidé de garder mon enfant, dit Annie d'une traite.

Catherine releva la tête en clignant des yeux comme une chouette tirée trop brutalement de son sommeil.

— Tu fais bien, dit-elle.

— Tu crois ?

— Je crois.

— Vraiment ?

— Oui.

Un tel laconisme avait de quoi surprendre Annie. Mais ce qu'elle ignorait, c'est que Catherine avait déjà tout deviné. A cause du rayonnement si particulier qui émanait d'Annie ce matin-là, qu'on ne lui voyait qu'au théâtre, et encore, dans certains rôles. Un rayonnement qui avait tout de suite frappé Catherine. « Elle a pris sa décision et elle est très heureuse », avait-elle jugé. Et elle avait ouvert le livre pour dissimuler son émotion. Car elle ne savait toujours pas quoi penser du choix d'Annie. Mais elle se voulait solidaire, comme Annie l'était d'elle à propos de Marimé.

— Je serai toujours à tes côtés, dit-elle simplement.

Et pour qu'Annie surtout ne s'attendrisse pas :

— Tu vas avertir Jean-Michel ?

— Il est sur le point de s'envoler vers l'Afrique. Où est l'urgence ?

Le sujet était clos.

— Le coq m'a manqué, ajouta-t-elle.

— A moi aussi. Il faisait partie de la maison...

Catherine rêva un instant. C'était désorientant une journée qui commençait sans ses horribles cris. Elle se souvenait comme il l'avait regardée avant de mourir.

— Je vais l'enterrer, ainsi que le chat, décida-t-elle.

Dehors, les dernières brumes commençaient à se dissiper. Des pans entiers de ciel bleu apparaissaient. Une vingtaine de mouettes rieuses s'étaient aventurées sur la prairie. Pour s'envoler dès l'apparition de Catherine. Leurs cris troublèrent un long moment le silence. Puis ce furent les cloches des trois églises qui sonnèrent chacune la demie de dix heures. Elles évoquaient à Catherine les fêtes de Pâques, ces radieuses matinées de jadis. Il ferait encore si beau, aujourd'hui.

Un bouquet de roses jaunes, posé bien en évidence sur le banc de pierre, semblait attendre qu'on le ramasse. Des roses de jardin comme il en poussait un peu partout dans la région, liées entre elles par de la ficelle. La même que pour les chardons bleus. Mais les deux bouquets ne se ressemblaient pas. Celui de la veille paraissait maladroit, fabriqué à la hâte. Le nouveau, à l'inverse, était délicat et harmonieux. On avait choisi avec soin chaque rose — des roses à demi ouvertes, souvent doubles, enlevé les feuilles et les épines. Ainsi donc quelqu'un s'était introduit dans la propriété. Quelqu'un qui n'avait pas craint de s'approcher jusqu'à la maison, qui se serait tenu derrière la fenêtre et dont Annie aurait fugitivement entrevu le visage. « Il faut que j'aille en parler avec Simon » pensa Catherine.

Dans la remise, elle trouva une bêche.

Après le portique, entre la rangée des tamaris et les premiers pruniers, s'étendait sur deux mètres carrés à peine ce qu'elle appelait, enfant, le cimetière des bêtes. Sa cousine Patricia et elle y avaient enterré beaucoup de petits animaux : souris, mésanges, moineaux, abeilles et autres insectes. Le chat Pirate — un félin noir, à demi sauvage, qui vivait toute l'année à Marimé et qui redevenait civilisé dès que l'été ramenait Manon et sa famille, avait une tombe à part, à l'entrée de ce qui avait été, autrefois, un jardin potager. Catherine se rappelait la croix plantée dans la terre, sur laquelle on avait peint en lettres gothiques : « Ci-gît le chat Pirate 195...? — 1964. Nous l'aimions. » La croix avait duré des années puis avait fini par se désagréger et disparaître, on ne savait pas quand. Un jour elle n'avait plus été là, et c'était tout.

Catherine creusa deux trous côte à côte. Dans le premier, elle ensevelit le cadavre du coq et dans le second, celui du chat.

Cela lui fut moins pénible qu'elle ne l'avait imaginé ; la mort, à Marimé, gardait quelque chose de simple sur quoi il convenait de ne pas trop s'attendrir, de ne pas trop pleurer. Elle s'étonna de la disproportion des deux corps. Celui du coq, redevenu grand et lourd, celui du chat qui ne pesait presque plus rien. Il devait être à bout de forces pour s'être laissé surprendre de la sorte. Mais au soleil, on ne pouvait plus avoir de doute : c'était le chartreux qu'elle avait entr'aperçu la veille, près du portique.

Quand tout fut fini, il n'y avait plus la moindre traînée de brume. Onze heures sonnèrent au clocher des trois églises et Catherine en eut le cœur serré. Cette matinée était idéalement limpide, plus belle et plus pure, peut-être, que les précédentes. Avec quelque chose de cruel qui flottait dans l'air et qui avait à voir avec l'harmonie même de cette heure. « J'irai voir Simon plus tard », se dit Catherine très vite.

Un merle chantait dans le grand buis. La perfection de son chant, le bonheur qu'il exprimait, ne firent que lui serrer le cœur davantage.

Il n'y avait plus de bouquet sur le petit banc de pierre.

Dans la cuisine, Florence achevait de disposer les roses jaunes dans les deux opalines Charles X qui ornaient traditionnellement la cheminée du salon. Leur rareté, leur merveilleuse couleur verte — un vert d'eau laiteux, faisaient la fierté de Manon. Elle ne les utilisait jamais, ayant décrété une fois pour toutes qu'elles étaient « purement décoratives ».

— Quelqu'un s'est introduit dans la propriété pour déposer ce bouquet, dit Catherine.

— Ce quelqu'un a bon goût.

— Tu ne trouves pas ça inquiétant ?

— Aide-moi à emporter ces vases au salon.

La paire d'opalines retrouva sa place au-dessus de la cheminée. L'ensemble, avec les roses, avait un éclat intense qui faisait paraître terne tout le reste de la pièce. « Trop raffiné pour Marimé », pensa Catherine.

Florence se reculait, admirait.

— Pas mal, pas mal du tout. On les voit enfin, ces ravissantes opalines.

Elle allait et venait dans le salon, ramassant un coussin, redressant l'angle d'un tableau. Ses yeux

172

attentifs enregistraient les mauvais plis du rideau, la poussière sous les meubles, la pendulette qu'on avait oublié de remonter et qu'elle remit à l'heure. Longtemps, elle contempla le plancher.

— Je me demande si je ne vais pas le cirer, dit-elle. Peut-être cela influencerait-il ton oncle ? Que cette maison retrouve un peu de sa splendeur...

— Va savoir. Il est tellement...

Catherine cherchait le mot juste. Elle dit « spécial », mais ce n'était pas ça. « Imprévisible », non plus. Gaétan Chevalier était en même temps complètement conforme aux hommes de son milieu et très particulier.

— Que fait-il ? demanda Florence.

— Il était médecin. Maintenant, il est à la retraite.

— Il n'a plus de cabinet ?

Florence avait sorti son mouchoir et époussetait un à un les bibelots et les pieds de lampe.

— Non. Il trouve qu'exercer la médecine loin des hôpitaux ce n'est plus exercer la médecine. Il a renoncé à son cabinet quand on lui a enlevé l'hôpital...

— C'est tout à son honneur !

— Ça lui permet surtout de se consacrer exclusivement aux oiseaux !

Gaétan Chevalier avait été un excellent médecin recherché pour l'audace et la justesse de ses intuitions. Mais Catherine n'avait pas envie de faire son éloge. Pas plus qu'elle n'avait envie de se souvenir à quel point elle l'avait aimé et admiré. Aujourd'hui, il représentait l'ennemi et il convenait de le traiter comme tel. En utilisant toutes les armes.

— Si tu crois que cirer le plancher est une bonne idée, commença prudemment Catherine.

Florence était catégorique.

— Il faut avant tout que cette maison n'ait pas l'air abandonnée.

Déjà elle poussait les meubles, roulait les tapis.

— C'est étrange, tu sais, Cathie, mais je me sens tellement liée à Marimé. Je ne supporterais pas qu'il nous échappe.

Le « nous », dit si simplement, bouleversa Catherine. Comme dans les romans russes, elle avait envie de s'agenouiller devant Florence et de lui baiser les mains.

— Tout s'arrange quand tu es là !

Elles travaillèrent jusque tard dans l'après-midi, puis décidèrent d'aller se reposer un moment sur la plage. La maison tout entière paraissait rajeunie. Des odeurs de cire flottaient dans l'air que Catherine entretenait en gardant fermées toutes les fenêtres.

Annie les avait un peu aidées. Maintenant, elle dormait tout habillée sur son lit, au milieu d'un désordre de livres, de cahiers et de crayons de couleur. La chatte — fait sans précédent car la Mouffette ne tolérait que Catherine, dormait contre ses pieds.

— Tout est en place pour l'arrivée de l'oncle Gaétan ! dit Catherine avec satisfaction.

La plage était vide et tiède, livrée aux seuls goélands. La mer se retirait. De l'autre côté de la baie, les maisons blanches et les flèches des églises se dessinaient, encore très nettes, sur le bleu du ciel. Parce qu'elle les contemplait, Catherine ne vit pas le garçon s'approcher et quand elle se retourna, il était là, à un mètre à peine.

Mais Florence l'avait déjà vu.

— Bonjour, mon sauveur !

— Je viens prendre de vos nouvelles.

— Je vais très bien.

174

Debout devant elles, les poings enfoncés dans les poches de son jean, il ne bougeait pas.

— Puisque vous allez bien, tout va bien, dit-il. Je ne vais pas vous déranger davantage.

— Restez un peu avec nous, dit Florence.

Elle lui désignait un carré de sable entre Catherine et elle. Il hésita, puis s'y assit, un peu raide, comme à contrecœur. Florence avait Catherine à sa gauche et le garçon à sa droite. Elle parlait tantôt à l'un, tantôt à l'autre. Des propos légers, faciles, qui semblaient aller de soi et qui faisaient qu'on pouvait y répondre de la même façon, avec la même aisance. Un sourire heureux éclairait constamment son visage.

Catherine les observait avec des sentiments mélangés. Florence, incongrue dans son élégante robe bleu marine, avec ses pieds aux ongles peints, sa chevalière en or qui attrapait les derniers rayons du soleil. Si aimable, si gaie. Et lui. Son jean et son tee-shirt noirs délavés, son corps trapu de jeune sportif. Ses taches de rousseur sur la nuque et les avant-bras, que Catherine n'aimait pas, qui la dégoûtaient même un peu. Elle songeait à un léopard, puis à un certain poisson des mers tropicales dont elle avait oublié le nom. Mais de le comparer à un léopard était trop flatteur et au poisson pas assez. Les yeux brun-jaune, très fendus, très écartés, lui plaisaient davantage. Mais pas sa bouche, trop grande, et pas son cou, trop court. Et surtout pas son parler, lent, souvent laborieux, que Florence, avec la grâce et une technique de maîtresse de maison, transformait à son insu en hésitations charmantes.

— Quel âge avez-vous ? demandait-elle.

— Vingt et un an.

— Vous faites beaucoup moins. Dix-huit ans tout au plus... Un gamin !

Impossible de savoir comment il prenait cette remarque, tant il souriait. « Il n'écoute pas ce qu'elle lui dit, pensa Catherine, il écoute juste le son de sa voix. »

— J'ai plus du double, dit encore Florence.

Il se taisait, elle se tourna vers Catherine en feignant d'être vexée.

— Il ne proteste même pas !

Elle revint au garçon, le tança du doigt.

— Quand une femme vous avoue son âge, il faut toujours protester. Toujours !

— Je m'en souviendrai. Recommencez, pour voir.

— J'ai plus du double, répéta Florence.

Elle s'appliquait, retrouvait ses premières intonations.

— Je vous donnais dix ans de moins. Non, quinze !

— Bravo !

Elle l'applaudit, réclama l'approbation de Catherine.

— Epatant, dit celle-ci.

Elle avait répondu pour lui faire plaisir, en se forçant, mais gagnée malgré elle par l'entrain de Florence, par sa façon si insolite de se prendre au jeu. Ce n'était pas sa civilité qui la surprenait le plus — Catherine y était habituée, c'était qu'elle s'amuse autant. Car Florence s'amusait vraiment. Des moindres mots du garçon, de ses silences, de sa façon de froncer les sourcils.

Les trois églises sonnèrent successivement six coups. Le garçon se leva.

— Il faut que j'y aille, dit-il.

— Votre fiancée ? demanda Florence.

— Elle est en apprentissage dans un salon de coiffure. Je passe tous les jours la prendre.

Il se tenait debout devant les deux femmes et sautillait sur place comme un coureur avant le départ de la course.

— Comment s'appelle votre fiancée ? demanda encore Florence.

Il semblait à Catherine que Florence se fichait bien du prénom de la jeune fille, que ce qui comptait, à cette minute, c'était de retenir le garçon encore un peu sur la plage.

— Marie, dit-il. Elle a eu dix-sept ans le 15 août.

— Un bien beau prénom, commenta Florence. Et vous déjà ?

— Milou.

Parce qu'il s'apprêtait à tourner les talons, Catherine fit ce qu'elle n'aurait jamais fait si elle n'avait pas senti, même de façon confuse, que Florence regrettait de le voir s'en aller, elle l'invita.

— Venez quand vous voulez... Avec Marie... Sans Marie...

Il s'inclina devant elle et pour la première fois lui sourit. Un curieux sourire, presque féminin, où la coquetterie l'emportait sur la gravité.

— Merci.

Et il s'en alla. En courant au bord de l'eau, tête baissée.

« Un bélier, un vulgaire petit bélier », pensa Catherine. Pour s'en vouloir aussitôt. Elle venait de le juger exactement comme l'aurait fait Manon. Avec la même cruauté, le même dédain. Elle le suivit des yeux alors qu'il grimpait entre les rochers, agile, rapide. Pas une fois il ne se retourna. Elle crut que Florence guettait un geste de lui, une sorte de dernier au revoir. Mais Florence regardait les flèches des églises que la brume du soir commençait à estomper, les oiseaux qui se posaient de plus en plus nombreux sur les bancs de sable découverts et qui fouillaient la vase. Comme si le garçon n'avait jamais été là, comme s'il n'avait même jamais existé. Qu'elle s'y soit intéressée pendant plus d'une demi-heure continuait à intriguer Catherine.

— Qu'est-ce que tu lui trouves ? demanda-t-elle.

— Rien.

Sa réponse sonna nette et paisible. Mais la grimace dubitative de Catherine la poussa à en dire plus.

— A Paris tout ce que je fais a une raison. Les moindres de mes rencontres sont programmées. Ma famille, mon travail, mes photographes... Tu sais tout ça. Ici, chez toi, c'est l'inverse...

Elle chercha le regard de Catherine, l'obtint.

— Je ne trouve rien de spécial à ce jeune homme. Il existe, c'est tout.

A sa façon de se détourner pour enfiler les vieilles chaussures de tennis, Catherine comprit que ses confidences s'achèveraient là. Et quelque chose en elle fut froissé.

— Milou, quel surnom imbécile ! dit-elle.

— Pourquoi ? C'est le diminutif d'Emile, un prénom qui se fait rare, très répandu dans le Sud-Ouest.

Elle avait répondu gentiment, avec le sourire un peu las des grandes personnes que les enfants, avec leurs caprices répétés, finissent à la longue par fatiguer.

Gaétan Chevalier arriva ce même soir, un peu après dix heures. Elles se trouvaient dans la cuisine où elles achevaient de dîner. Elles n'entendirent ni le moteur de la voiture, ni ses pas autour de la maison. Il frappa aux carreaux. Trois coups précipités suivis d'un quatrième, plus léger, plus long à venir : le signal propre aux membres de la famille. Déjà la poignée tournait, déjà il se profilait dans l'encadrement de la porte.

— Excusez-moi de me présenter si tard, dit-il. J'ai conscience de déranger une assemblée de dames...

Ses yeux se rétrécirent derrière ses lunettes en demi-lune.

— ... Que dis-je, un pensionnat de jeunes filles !

Il referma la porte et resta quelques secondes à contempler les trois femmes.

— Tu ne me présentes pas tes amies ?

Catherine s'exécuta mollement. Il serra les mains de Florence et d'Annie, embrassa Catherine sur le front. Un baiser amical qu'elle ne lui rendit pas. Enfin il s'assit.

— Je te sers un verre de vin ? proposa Catherine.

Il hocha la tête. Une drôle de tête, longue, étroite, que prolongeaient encore des cheveux poivre et sel coupés en brosse et que traversait une épaisse moustache. A la base du cou, un nœud papillon de travers semblait mettre une sorte de point final à l'ensemble. Son regard balaya rapidement la cuisine. Pour se fixer sur l'étiquette de la bouteille de vin.

— Un chassagne-montrachet, un grand bourgogne blanc, dit aussitôt Catherine. Puisé dans la sacro-sainte réserve.

Il y avait de l'agressivité dans ses paroles, dans le timbre même de sa voix.

— Tu as bien fait, répondit paisiblement Gaétan Chevalier.

« Je me fous de ton approbation », faillit dire Catherine. Mais elle lut une prière sur les lèvres de Florence et cela lui suffit : elle se tairait. Pas longtemps.

— J'ai beaucoup puisé dans la réserve de Manon et je peux t'affirmer que toutes ses bouteilles étaient excellentes, reprit-elle.

Pour Catherine, c'était une provocation. Une provocation mineure, pas trop affirmée, juste ce qu'il fallait pour le mettre mal à l'aise. Mais il la négligea et se tourna vers Florence et Annie qui se taisaient, tendues, prêtes à se lever, à laisser face à face l'oncle et la nièce, ou bien à l'inverse et avec

179

la même conviction, prêtes à intervenir, à défendre Catherine contre d'éventuelles attaques.

— Cathie s'est toujours autorisé des choses que moi et tous les autres nous nous interdisions.

D'une chiquenaude il fit teinter le verre en cristal.

— Comme ces verres que tu as pris dans la grande armoire de la salle à manger et qui sont beaucoup trop fragiles pour un usage quotidien.

Catherine rougissait, un peu mortifiée. Il s'en rendit compte et lui sourit.

— Mais elle t'aurait pardonné!

Il revint à Florence et Annie et feignant de chuchoter leur désigna Catherine d'un mouvement d'épaules.

— Ma mère avait pour elle toutes les faiblesses du monde...

— Quelles faiblesses? s'entendit demander Catherine.

Elle détesta sa voix. Une voix de petite fille sur le point d'être grondée.

— Toutes. Tu ne peux pas nier qu'elle t'a préférée... Ouvertement, honteusement! A tes cousins, à tes cousines, à ses propres enfants, qui sait!

— Mais moi, je l'aimais!

La réponse de Catherine sonna comme une riposte, comme une déclaration de guerre. Elle démonta un instant Gaétan Chevalier.

— C'est vrai que tu l'as aimée. Sûrement plus que beaucoup d'entre nous, admit-il enfin.

Il y eut un silence que Florence s'empressa de briser. Avec tout l'arsenal de la séduction : voix caressante, sourire enjôleur, tête légèrement inclinée. Elle loua le charme de la maison, sa situation exceptionnelle sur la baie. Son enthousiasme s'étendait aux plages, à la fougeraie, au calvaire.

— Si je comprends bien, vous vous plaisez dans cette vieille baraque, dit Gaétan Chevalier.

Il semblait flatté, émoustillé, comme si tous ces

compliments le concernaient directement. Mais l'expression « vieille baraque » et son air satisfait déplurent à Catherine. Elle ouvrit la bouche pour répliquer, pour lui asséner quelque chose de désagréable, n'importe quoi. Mais de nouveau elle croisa le regard suppliant de Florence. « Ne t'en mêle pas... Laisse-moi faire », disaient les yeux. La chatte était là, qui rôdait sous la table, entre les chaises et les jambes des dîneurs et qui sauta sur les genoux de Catherine.

— Et voilà le sconse ! s'exclama Gaétan Chevalier. Bonjour le sconse !

Il tendit sa main à la chatte qui la flaira à peine et s'en retourna à Catherine. Pour se dresser en équilibre sur ses pattes arrière, les pattes avant posées à hauteur de la poitrine. Trois fois de suite, elle frotta son museau au menton de Catherine. Trois vrais, et délicieux, et délicats baisers de chats. Puis elle sauta à terre et regagna une de ses cachettes favorites, sous l'armoire.

— Ton sconse est d'une amabilité...

— Elle s'appelle la Mouffette, dit Catherine froidement.

— Un sconse, une mouffette, entre mustélidés...

Gaétan Chevalier avait quitté sa chaise et faisait le tour de la cuisine. Son cou se tendait vers les murs qu'il examinait avec une grimace désapprobatrice. Il alla jusqu'à la fenêtre, l'ouvrit, la referma.

— Je suis étonné qu'elle fonctionne, dit-il.

Il recommença la même opération. Brutalement en la faisant claquer.

— Normalement, la poignée aurait dû me rester entre les mains !

— C'est ce qui va finir par arriver si tu continues !

Catherine le regardait agir avec une colère croissante. Annie voyait ses poings qui se crispaient sur la toile cirée, sa bouche dont les commissures s'abaissaient. Elle se lança à son secours.

— Si vous voulez nous démontrer que la cuisine est

en mauvais état, vous ne parviendrez pas à nous convaincre ! Nous la trouvons très bien comme ça, cette cuisine !

— Annie, dit doucement Florence.

Elle s'inquiétait à tort. Cette tirade n'eut aucun effet sur Gaétan Chevalier.

— Balivernes, mademoiselle. Balivernes, fadaises et billevesées ! dit-il avec conviction.

Décontenancée par ces mots dont un lui était inconnu, Annie se tourna vers Catherine. Et s'étonna de la voir esquisser un sourire. C'est que celle-ci, l'espace de quelques secondes, retrouvait son oncle Gaétan de jadis, l'oncle aux oiseaux. A cause de ces trois mots qu'il avait jetés pour faire diversion et derrière lesquels il s'abritait pour mieux disparaître. Aujourd'hui encore, sa ruse marchait. Il n'y avait qu'à voir ce qui se passait dans la cuisine. D'un côté Annie à qui il venait de clouer le bec, de l'autre lui qui en profitait pour s'esquiver. Sur un sémillant : « Je m'en vais saluer cette vieille baraque ! »

Il avait tout naturellement retrouvé une de ses positions favorites et se tenait debout, le dos appuyé au manteau de la cheminée. Il fumait une cigarette anglaise — « Ma cigarette du soir », avait-il tenu à préciser, dont l'arôme évoquait à Catherine l'époque lointaine où elle les lui volait pour s'en aller les fumer seule, à la tombée du jour, au cap Bathurst.

— Je ne vous dérangerai pas longtemps, expliquait-il. Demain je serai absent une grande partie de la journée. Je ne rentrerai que le soir et peut-être après le dîner. Après-demain, pareil. A moins que je puisse grouper tous mes rendez-vous. Auquel cas, je regagnerai Paris plus vite. Mais je voudrais aussi profiter de ma présence ici pour voir où en sont les migrations. Avec cet été qui n'en finit pas, tout est décalé. La plupart des espèces sont sur le point de partir mais toujours là, trompées par ce beau temps, par cette chaleur. C'est un des moments les plus passionnants de l'année !

Il n'avait fait aucune remarque sur le plancher ciré et les bouquets de fleurs. Il n'avait rien dit de désagréable non plus. L'attention que lui prêtaient les trois femmes, les questions qu'elles ne posaient pas mais qu'il subodorait, le poussaient à dévier sans cesse vers son sujet favori. Entre chacune de ses phrases, il aspirait la fumée qu'il avalait en clignant des yeux. A le voir si égal à lui-même, si peu vieilli, Catherine en aurait oublié le pourquoi de sa présence et se laissait gagner par l'atmosphère bon enfant qui régnait dans le salon.

— Les oiseaux migrateurs ne migrent pas tous en même temps. Les rapaces et les corvidés, par exemple, préfèrent voler le jour alors que la majorité des passereaux choisissent la nuit !

— Et les autres ? demanda Annie.

Catherine n'avait pas besoin de la regarder pour savoir qu'elle était à son affaire, tout à la joie d'apprendre. Elle devinait son visage passionné tendu vers Gaétan Chevalier, ses yeux brillants. Une auditrice de rêve, Annie...

— Si par les autres vous entendez des espèces telles que les hirondelles, les oies, les grues ou les cygnes, je vous dirai qu'elles volent indifféremment le jour ou la nuit. Cela dépend du ciel, des conditions météorologiques. Savez-vous ce qui leur convient le plus ?

Très instituteur, il se tourna vers les jeunes femmes qui faisaient cercle autour de lui, Florence dans le fauteuil de Manon, Catherine et Annie, à même le sol sur le tapis.

— Un vent de côté !

— Ah ! fit Annie d'un ton sincèrement pénétré.

— Avec un vent de côté, ils deviennent très performants. Comme vous le savez, par mauvais temps, la migration ralentit. Avec eux tout est question de navigation et d'orientation...

Il écrasa dans le cendrier ce qui restait du mégot, qu'il avait fumé jusqu'à se brûler les doigts. Il prit un air contrit.

— Mais je vous rase. Je vois bien la tête que fait Catherine. Elle se dit : « Va-t-il enfin se taire, ce vieux gâteux ? »

C'était pure coquetterie de sa part, Catherine le savait. Aussi ne se donna-t-elle pas la peine de protester, certaine qu'Annie le ferait à sa place. Ce qui ne manqua pas.

— S'il vous plaît, dit-elle d'une voix suppliante, continuez.

Il se frotta les mains et se racla la gorge.

— A observer les départs et les arrivées — car si certaines espèces s'en vont d'autres arrivent, les canards par exemple, on voit des choses étonnantes ! Vous me croirez peut-être pas, mais il m'est arrivé de détecter en France des oiseaux purement américains déportés par les vents ! Alors qu'ils migraient vers les Caraïbes dans un mouvement nord-sud classique !

Catherine n'écoutait plus son oncle, elle oubliait les présences de Florence et d'Annie, la chatte qui dormait enroulée contre ses pieds. Elle revoyait ce salon tel qu'il avait été à différentes époques et qui changeait si peu, Manon, bien sûr, mais aussi son père. Elle croyait se souvenir de sa silhouette impatiente, toujours près d'une porte ou d'une fenêtre, toujours sur le point de s'esquiver. Très tôt, elle avait compris que ces soirées familiales l'ennuyaient et qu'il avait hâte de s'en aller du côté de ce que le premier il avait baptisé le cap

Bathurst. Avec sa carabine en bandoulière. Elle croyait se souvenir de l'effroi que ces promenades suscitaient chez Gaétan, son frère aîné. « Tu ne tireras pas sur les oiseaux ? » disait-il. Et Catherine, chaque fois, croyait entendre : « Tu ne tireras pas sur *mes* oiseaux ? »

La brise, par instants, soulevait le rideau. La fenêtre était restée ouverte. C'est par là que son père aimait s'échapper, un doigt sur la bouche pour exiger son silence.

Debout contre la cheminée, Gaétan Chevalier décrivait le plumage nuptial du canard colvert. Et soudain il cessa tout à fait de la charmer. Catherine le jugea complaisant, cabotin. Il était là pour se débarrasser de Marimé et il parlait d'oiseaux. Innocence ? Fourberie ? Sûrement un peu des deux.

Annie avait toujours cette expression avide. « Elle n'en aura donc jamais assez ! » se dit Catherine. Elle regarda Florence qui écoutait Gaétan Chevalier les mains jointes sous le menton, un sourire fervent aux lèvres. Un sourire que Catherine reconnut. C'était celui qu'elle arborait dans sa galerie quand elle s'ennuyait. Mais ça, Gaétan Chevalier l'ignorait. « Le vol triangulaire est avantageux. Les oies, les grues, les pélicans et les cygnes l'ont adopté », disait-il. Ses bras, dans l'espace, traçaient un V.

— Attention !

Le cri de Florence se perdit dans le fracas. Un des deux vases en opaline, que le coude de Gaétan Chevalier avait heurté, venait de s'écraser au pied de la cheminée. Les éclats multiples de la pâte de verre et les roses jaunes s'éparpillaient sur le parquet foncé comme autant d'éléments d'un puzzle. Gaétan Chevalier contemplait, ahuri, le désastre, tandis que Florence et Catherine ramassaient les débris. La chatte s'était enfuie pour lécher à l'écart sa fourrure mouillée.

— L'opaline de Manon ! se lamentait Catherine. Elle l'aimait tellement !

Gaétan Chevalier retrouvait ses esprits.

— Quelle idée aussi d'utiliser ces vases ! Quand il y en a tant d'autres !

Il s'adressait maintenant exclusivement à Catherine. Son ton s'était à peine modifié, il le voulait léger, et pourtant quelque chose de différent commençait à poindre. Comme une réprobation trop longtemps retenue, que l'on s'efforce de garder pour soi et qui trouve enfin le prétexte à s'exprimer. « Nous y voilà », pensa Catherine.

— Tu as de ces façons de vivre, ma petite ! Des goûts de châtelaine ! Ni ta grand-mère, ni tes tantes, ni moi-même, ni personne, n'affichons ce train de vie ! Ces verres et cette vaisselle au dîner... Et maintenant ce vase ! Une opaline de la première moitié du XIXe !

Florence leva vers lui un visage consterné.

— Catherine n'y est pour rien. C'est moi qui suis allée chercher ces vases, moi qui ai fait ces bouquets...

— Laisse-le parler, lui souffla Catherine.

Elle était partagée entre la tristesse et la curiosité de ce qui allait venir. Mais son oncle ne semblait pas disposé à l'affrontement.

— Bah, tout casse, tout lasse, tout passe, dit-il.

Il se pencha en avant pour ramasser une rose. Non sans quelques douloureuses grimaces accompagnées d'un « Aïe ! Aïe ! Mon vieux dos ! »

— Pourquoi as-tu dit tout casse, tout lasse, tout passe ? demanda Catherine.

Annie était allée chercher une éponge à la cuisine et aidée de Florence, achevait de nettoyer le sol autour de la cheminée. Catherine regardait son oncle droit dans les yeux. Il ne se dérobait pas.

— Parce que c'est la vie.

— Tu parlais de Marimé ?

— Pas précisément, mais ça peut s'appliquer aussi à Marimé.

Quelqu'un qui n'aurait pas su ce qui les opposait

186

aurait pensé qu'il s'agissait d'une de ces banales conversations d'après-dîner tant ils semblaient paisibles l'un et l'autre.

— Il ne faut pas trop s'attacher. Le détachement est une vertu à cultiver. Quand tu auras mon âge...

— Je n'ai pas ton âge.

— Quand tu l'auras, tu verras que ce n'est plus si important que ça, un vase, une maison... Tu verras que ce qui compte c'est le souvenir qu'on en garde. La qualité de certains souvenirs...

— Je ne te laisserai pas faire.

— Pardon ?

— Je ne te laisserai pas nous retirer cette maison.

Il eut un geste las.

— Nous t'empêcherons de...

Là, il s'autorisa un petit sourire narquois et vaguement apitoyé qui fit qu'elle n'acheva pas sa phrase. Il en profita.

— Mais qu'est-ce que c'est que ce « nous » ? Tu veux parler de tes cousins ? De ta cousine Patricia ? Mais « nous », aujourd'hui, ne représente plus rien ! « Nous », c'était quand tu étais petite ! « Nous » n'a pas survécu à l'adolescence ! Et j'en reviens aux souvenirs, aux merveilleux souvenirs...

— Je me fous de tes merveilleux souvenirs !

Elle venait d'élever la voix et il eut l'air choqué. Florence et Annie quittèrent le salon en emportant avec elles les roses et les morceaux de pâte de verre.

— De toute façon, dit-il, rien n'est encore décidé.

Elle fut sensible à ces paroles mais ne put s'y accrocher longtemps.

— Tu n'aimes plus cette maison ! dit-elle d'un ton accusateur.

Il l'admit.

— Pourquoi ?

Il haussa les épaules.

— Je l'ai aimée.

— Plus que tous les autres, plus que mon père !

— Ton père, c'était différent. Lui, il étouffait. Sa mère — qui entre parenthèses est aussi la mienne, l'aimait trop et c'est cet amour qu'il supportait mal. Et puis il avait soif d'ailleurs, comme ces aventuriers de romans pour enfants. Il est vrai qu'il était jeune et que ça se serait tassé par la suite. Malheureusement, il est mort très vite, ton pauvre père. Quant aux autres, comme tu dis...

Il se détourna de Catherine, fit quelques pas dans le salon, soudain agacé.

— Manon a fait le vide ! Elle avait une façon tellement égoïste, tellement tyrannique de se servir de cette maison... A son exclusif usage personnel ! Que ce soit dans ma génération ou dans la tienne, personne n'a jamais pu venir sans elle à Marimé ! Il n'y avait que toi pour la supporter !

Il s'emballait, parcourait le salon à grandes enjambées, frôlant les meubles, s'y heurtant parfois.

— Quand cesseras-tu de voir Manon avec les yeux de l'amour !

Florence avait pris soin de refermer la porte derrière elle. Il l'ouvrit si violemment qu'on aurait cru qu'il cherchait à l'arracher à ses gonds.

— Manon était un être insupportable !

Et il disparut en claquant la porte. Avec une telle fureur que les murs tremblèrent. Catherine l'entendit monter l'escalier, parcourir le couloir jusqu'à sa chambre. Dont il ouvrit et referma tout aussi furieusement la porte.

Florence et Annie l'attendaient dans la cuisine, partagées entre le fou rire et la consternation. Chez Florence, c'était le fou rire qui l'emportait.

Elle riait, silencieusement, les deux poings collés contre sa bouche.

— Excuse-moi, dit-elle, c'est nerveux. Mais tout ce ménage pour en arriver là...

Annie avait sa mine douloureuse des grands jours.

— Je suis désolée, dit-elle.

On lui aurait demandé pourquoi, elle n'aurait guère su l'expliquer. Mais elle se rappelait la ferveur avec laquelle elle avait écouté Gaétan Chevalier. Un début de trahison, en somme...

Catherine vit tout cela quand elle pénétra dans la cuisine. De quoi avait-elle peur ? Elle n'était pas seule mais avec Florence et Annie, ses amies, ses alliées. Dans ce nouveau contexte, les mots prononcés par Gaétan Chevalier devenaient anodins, désopilants même. Elle éclata de rire. Florence repartit de plus belle et Annie, stupéfaite, les vit tituber dans la cuisine telles deux femmes ivres qui chercheraient à se rejoindre et qui n'y parviendraient pas. Elle tenta de faire écho à leur gaieté. Mais l'espèce de gargouillis qui sortit de ses lèvres n'avait rien de joyeux. D'ailleurs, elle ne comprenait pas ce qu'il y avait de drôle. Vraiment pas.

— La tête que fait Annie... Oh, la tête d'Annie ! se moquait Catherine.

Pour Annie, c'en était trop. Elle n'entendait plus rien à cette histoire de maison, d'oncle et de nièce, plus rien à ces gens, à ces mœurs. Elle suffoquait. Au point de songer à regagner Paris. Elle entrevoyait une gare, un compartiment de train, des rails de chemin de fer.

— Je vais me promener, dit-elle.

— On vient avec toi.

Le ciel était constellé d'étoiles comme en été. Mais c'était déjà une nuit d'automne, fraîche et humide.

A l'étage, une seule fenêtre était allumée : celle de Gaétan Chevalier.

Catherine et Florence ne riaient plus. Elles marchaient sans but précis, à quelque distance d'Annie. Enfin, elles s'arrêtèrent sur le chemin qui surplombait la petite plage.

La mer était presque haute et dégageait une forte odeur de sel et d'iode. Le clapotis régulier des vagues semblait tout à coup démesuré. Peut-être parce qu'on ne le percevait pas de la maison et qu'il vous arrivait d'un coup, dès que l'on quittait la prairie. La plage, rétrécie, réduite à une mince bande de sable, brillait, très claire, entre l'eau et les rochers. Une ombre s'y détachait. « Il y a quelqu'un », dit Annie. Catherine aussi l'avait vu. Depuis quelques secondes. Elle croyait deviner, s'y refusait.

Florence s'était aventurée à l'extrême bord des rochers. Catherine fit le pas qui la séparait d'elle et Florence alors bougea. Un mouvement minuscule, un visage qui pivote sur un ou deux centimètres, pas plus. Mais chargé d'une telle tension qu'on ne savait plus à quoi on avait affaire. Son regard ne se dérobait pas, ne demandait rien. Il exigeait. Qu'on se taise, qu'on la laisse tranquille. Sur la plage, l'ombre ne remuait toujours pas et cette immobilité, qui s'ajoutait au silence, effraya Annie. « Je rentre », dit-elle. « Je rentre aussi », dit Catherine.

Elles virent s'éteindre la lumière dans la chambre de l'oncle Gaétan. Catherine marchait en regardant les étoiles, insensible à l'herbe humide de la prairie, au froid qui pourtant la gagnait.

— Florence ? demanda Annie. Elle reste là-bas ?

Et comme Catherine se contentait de hausser les épaules.

— Mais il y a quelqu'un sur la plage !

— Il n'y a personne.

Ce n'était pas ce qu'avait prévu de répondre Cathe-

190

rine, c'était injuste pour Annie et surtout ridicule. Pour se faire pardonner, elle lui désigna le ciel : « Tu vois l'étoile, là-haut, la dernière de celles qui forment la Petite Ourse, c'est l'Etoile polaire. »

Il y eut un bruit d'herbe que l'on foule. Florence les rattrapait et les dépassait, pressée, indifférente. La première elle atteignit la cuisine. « Je ne comprends plus rien à ce qui se passe dans cette maison », pensa Annie. Pour la deuxième fois elle imagina la gare, le train, les rails et Paris au bout. Avec Jean-Michel sur le quai, peut-être, à qui elle raconterait tout. « Je vais avoir un enfant », pensa-t-elle encore. Et elle envoya des baisers aux cimes des arbres, à la lune et aux étoiles que Catherine continuait à contempler avec cet air têtu et concentré qui la faisait ressembler à la petite fille de l'album de photos.

Il semblait à Annie qu'elle venait à peine de s'endormir quand elle entendit Catherine crier quelque chose qu'elle ne comprit pas. Elle avait passé une partie de la nuit à veiller, à imaginer ce que serait dorénavant sa vie. Elle n'avait pas peur. Bien au contraire, tout lui apparaissait comme simplifié, ou mieux encore, justifié. Elle travaillerait pour élever son enfant, trouverait un appartement tranquille près d'un jardin public. De devoir penser pour deux atténuait cet immense sentiment de solitude qui ne la quittait pas depuis tant d'années, depuis toujours. L'image de Jean-Michel, au fil des heures se coulait dans ses rêveries. « Il m'a fait un enfant », se répétait-elle avec gratitude.

Au rez-de-chaussée, les portes claquaient les unes après les autres. On ouvrait sans ménagement les volets, on montait et descendait l'escalier au pas de course. La voix perchée de Catherine arriva jusqu'à l'étage : « C'est trop facile de regretter après coup ! Tu l'as dit ou tu ne l'as pas dit que Manon était un être insupportable ? » La réponse se perdit dans un nouveau claquement de porte : Gaétan Chevalier s'enfermait dans sa chambre, voisine de celle d'Annie. Celle-ci attendit quelques secondes, inquiète de ce qui allait suivre. Mais rien ne vint et elle envisagea, soulagée, la perspective de se rendormir. Pas longtemps. Gaétan Chevalier déjà quittait sa chambre. Du rez-de-chaussée, Catherine cria encore quelque chose. « Tu es une hystérique au sens clinique du terme ! » répondit Gaétan Chevalier. Ses pas ébranlèrent le couloir. « Qu'est-ce que je fais avec ces dingues ? » gémit Annie en rabattant sur sa tête les draps et les couvertures.

Catherine avait suivi son oncle jusqu'au seuil du vestibule et le regardait rectifier avec application son nœud papillon. Il sifflotait un air de jazz improvisé à partir de mélodies de Stéphane Grappelli et Django Reinhardt. « Toute ma jeunesse ! » aimait-il préciser.

— Tu m'accompagnes jusqu'à ma voiture ? Elle est garée près du portail.

Il ne lui avait pas dit où il se rendait, elle ne le lui avait pas demandé. Par orgueil, mais aussi parce qu'elle connaissait son goût du mystère, sa manie du secret. Mieux valait patienter. En l'escortant jusqu'à la route, peut-être se laisserait-il aller à quelques confidences.

— Ah non ! On n'est pas au Liban, ici !

Il désignait avec répugnance la carabine que Catherine avait emportée. Il grommela une phrase dont seuls trois mots émergèrent : « Ton pauvre papa », mots qui arrachèrent à Catherine un soupir irrité.

— *Ici*, comme tu dis, je ne me déplace qu'avec ma carabine, répliqua-t-elle sèchement.

Ils s'engagèrent dans le chemin qui descendait vers le portail. Tout de suite, il fulmina.

— Cette propriété ne ressemble plus à rien ! C'est devenu un terrain vague ! Une jungle ! Bientôt on ne circulera plus qu'en half-track ! Les fougères sont trois fois trop hautes ! Et ces pins ! Beaucoup sont morts, il faudrait les abattre ! Débroussailler partout ! C'est dangereux, avec cette chaleur, ça brûlerait en un rien

194

de temps! Je m'étonne qu'il n'y ait pas encore eu un incendie!

— Une allumette et tu l'as, ton incendie!

— Allons, allons, dit-il d'un ton apaisant.

Mais Catherine était lancée.

— Mettre le feu à Marimé! Une solution épatante! Et nous, nous brûlerions avec! Quand tu veux, mon cher oncle!

Il feignit de n'avoir rien entendu. Mais il repoussa avec horreur le canon de la carabine qui venait de lui heurter malencontreusement les reins.

— Chargée? demanda-t-il d'une voix blanche.

— Toujours.

— Alors passe devant moi!

Il avait avalé de travers, il avait frémi des épaules, bref il avait eu peur et Catherine s'en réjouit. Désormais, elle ne quitterait plus sa carabine. Jusqu'à ce qu'il s'en aille, jusqu'à ce qu'il reparte, bredouille, vers Paris. Car — était-ce ce que lui avait dit Florence? était-ce cette délicieuse matinée, il lui semblait que rien de sérieux ne menaçait Marimé. Pour l'instant, du moins.

— Du temps de ta grand-mère, les allées étaient soigneusement entretenues! Et maintenant... Moi, ça me fait mal au cœur! J'irai même plus loin, ça me désespère!

— Quand on veut noyer son chien, on dit qu'il a la rage!

— Catherine, vraiment, je... Oh!

Le visage de Gaétan Chevalier se détendit en une expression émerveillée. Du doigt, il désignait quelque chose sur le chemin, dans les fougères, Catherine ne savait pas, ne voyait rien. « Là... Là... », disait-il avec impatience. Et comme elle ne distinguait pas mieux :

— Près de ton espadrille... Une plume!

Courbé en avant, le bras raidi, il essayait de se rapprocher du sol. Mais très vite son corps se figea.

195

« Aïe ! Aïe ! Aïe ! » gémit-il. Derrière ses verres en demi-lune, ses yeux imploraient Catherine. « Tu peux toujours te fouiller, pensait-elle. Je ne te la ramasserai pas, ta plume. » Il se pencha alors un peu plus, plia des genoux qui craquèrent et attrapa la plume. En se redressant, il gémissait encore mais avec moins de conviction. Pour pousser un vrai cri de vraie frayeur : le canon de la carabine que Catherine tenait à bout de bras se trouvait brusquement à dix centimètres de son visage. Cela ne dura pas longtemps, une seconde ou deux tout au plus, puis il se releva complètement, avec la souplesse et la rapidité d'un jeune homme. « Comédien ! » maugréa Catherine tandis que lui, à voix basse, s'indignait : « Non, non, non ! Jamais je ne me ferai à ce fusil ! » Mais heureusement il y avait la plume.

— Regarde-moi ça, dit-il en oubliant toute sa rancune. C'est une plume de busard des roseaux ! Que fait-elle là ? Sous nos pins ? Les busards des roseaux chassent plutôt dans les roselières, ou au bord des étangs, ou sur les prés et les champs attenants... Tu me diras qu'il y a les étangs de Baradoz, pas loin d'ici...

« Je ne te dirai rien du tout », pensait Catherine en haussant dédaigneusement les épaules.

— Tu ne sais pas voir ce qui est précieux, dit encore Gaétan Chevalier.

Il ouvrit le portail. La voiture attendait, garée le long de la clôture, à l'ombre des arbres. Alentour, il n'y avait personne. Catherine se rappela le bouquet de chardons bleus et, dans la foulée, le grand coq couleur de feu.

— J'ai oublié de te raconter. Le coq...

Mais Gaétan Chevalier n'était pas disposé à ce qu'on lui parle de coq quand il était question de busard des roseaux.

— J'ai souvent surveillé les rapaces. J'en reconnais certains à leurs cris : « Kvoui-e ».

Il rangea la plume dans son portefeuille, entre son

permis de conduire et sa carte d'identité, tâta ses poches à la recherche de ses clefs.

— C'est par ignorance que tu méprises cette plume ! Tu ne sais pas que chez ce rapace le dimorphisme sexuel est très marqué au niveau de la coloration du plumage. « Kvoui-e... »

— Colle-toi-z-en une au cul, t'auras l'air d'un oiseau !

Il se retourna vers elle, incrédule. Mais Catherine avait parlé si vite qu'il pouvait ne pas avoir entendu la phrase dans sa totalité.

— Pardon ? demanda-t-il.

— Rien.

— Bon.

Ils se saluèrent d'une brève inclination de la tête. Catherine savait qu'elle avait rougi comme aux pires moments des pires bêtises de son enfance. Mais elle respirait mieux.

Sortant d'entre les ronces et les fougères, la chatte apparut, rassurante et mystérieuse. Elle se frotta un instant contre ses jambes, puis se dirigea vers la maison. Catherine l'y suivit. A sa manière elle sifflotait la mélodie de Stéphane Grappelli.

Elle sifflotait toujours en poussant la porte de sa chambre.

— Tu m'as l'air bien joyeux, ce matin !

Catherine réprima un mouvement de surprise. Florence était assise dans le fauteuil de peluche rouge, souriant à demi.

— Je t'attendais.

— Il y a un problème ?

Cette question accentua le sourire de Florence. Un curieux sourire empreint de quelque chose qui ressemblait à de la compassion. « Mais de la com-

passion pour qui ? pensa très vite Catherine. Pourquoi ? »

— J'aurais besoin que tu me prêtes un chemisier.

La demande déçut Catherine par sa simplicité.
« Bien sûr », murmura-t-elle. Elle sortit de sa valise les
quelques vêtements qui s'y trouvaient encore et qu'elle
avait négligé de ranger. « Choisis ce que tu veux. »
Florence se décida pour une chemise en soie lavée vert
émeraude qu'elle ajusta contre son buste. La chemise
lui allait bien au teint et mettait en valeur les reflets
roux de ses cheveux. Mais après avoir remercié Catherine, elle ne s'en allait pas. Elle se promenait dans la
pièce, examinait l'ange musicien, le buste de jeune fille
en biscuit. Avec un air distrait qui semblait annoncer
autre chose. Ce que fugitivement, Catherine comprit.

— J'aimerais qu'on parle de toi, dit enfin Florence.

Elle était allée s'adosser à la fenêtre. Contre le
chambranle, il y avait la commode et sur le marbre de
la commode, dans un plat de faïence, le Leica.

— Que veux-tu que je te dise ? dit Catherine d'une
voix lasse.

— Ce qui ne va pas. Ce qui s'est passé cet été. Car il
s'est passé quelque chose, n'est-ce pas ?

— Si peu.

Florence tournait le dos à la prairie et à la petite
plage. Une générosité diffuse émanait d'elle, gagnait
Catherine, l'enveloppait.

— C'est important que je sache, Cathie. Si je suis
venue à Marimé, c'est d'abord pour t'aider.

Ça, Catherine le savait. Elle rejoignit Florence qui lui
fit une place contre elle, dans l'encadrement de la
fenêtre. Elle sentait sur sa nuque la chaleur du soleil.
Aujourd'hui encore, il n'y avait pas le moindre souffle
de vent. Le merle chantait, pas loin et c'était comme si
ce chant lui était destiné. Il lui contait à quel point elle
était attachée à cette maison. De tout son être et pour
toujours. Mais il fallait répondre à Florence.

— Tu sais comme j'aime la campagne, dit-elle. Eh bien, je n'en retire plus rien qui se tienne, artistiquement parlant. Début août, il y a eu cette commande sur les vallées de la Dordogne. On me demandait des photos qui montreraient comme les routes sont en bon état, les châteaux bien restaurés, etc. Moi je voyais ces routes, ces châteaux, et je les détestais! J'en étais venue à prendre le paysage en haine! Alors que normalement, c'est tout ce que j'aime! Je n'ai fait qu'un seul film, péniblement, en me forçant, et tu sais quoi?

« Oui », dit le regard de Florence.

— Ce seul film était flou! Du coup, j'ai donné ma démission et je me suis dit : « Laisse tomber, ma fille, la photo c'est fini pour toi. »

Il y eut un cri d'enfant quelque part sous la fenêtre, puis des voix d'adultes. Un couple et une petite fille remontaient de la plage, prenaient le chemin qui longeait le bord de mer. Au son de leurs voix, Catherine comprit qu'ils s'engageaient dans la fougeraie.

— Que veux-tu que je te dise d'autre? Vous êtes quelques-uns à me reconnaître le sens des lignes, du cadre, de la composition. Mais toutes ces photos réussies derrière moi, me font horreur! Il y en a tellement!

Catherine se détourna pour regarder la baie. Tout à coup, elle se sentait horriblement gênée. Par ses confidences. Par l'écoute à la fois attentive et distraite de Florence. « La multiplicité, c'est insupportable », conclut-elle. Mais à mi-voix, dans une sorte de douloureux murmure.

Sur le chemin, le couple et l'enfant disparaissaient dans les fougères. On entendait encore leurs voix, le rire heureux de la petite fille. Un rire qui ressemblait au chant du merle. « Tant de bonheur », pensa Catherine. Et sans savoir pourquoi, elle frissonna.

Son regard quitta le chemin, balaya la petite plage.

Une silhouette masculine vêtue d'un jean et d'un tee-shirt noirs avançait au bord de l'eau. Depuis combien de temps était-il là ? Comment avait-elle fait pour ne pas le voir plus tôt ? Un coup d'œil à Florence lui fit penser que celle-ci n'avait rien vu. D'ailleurs, elle se détachait de la fenêtre.

— Cocotte, ça s'arrangera, dit-elle d'une voix égale. Photographie ce qui te tient vraiment à cœur... Ma-rimé.

Elle gagnait la porte, comme pressée d'en finir. « C'est tout ? » pensa Catherine. Elle écoutait les pas décroître dans le couloir. Avec un sentiment proche du malaise : Florence ne lui avait en fait vraiment rien dit, rien proposé. L'avait-elle seulement écoutée ? Mainte-nant, elle en doutait.

Machinalement, elle prit entre ses mains le Leica. Un appareil usé aux coins, dont le cuivre ressortait sous la peinture noire. Elle l'avait acheté presque neuf à un photographe de mode, vingt ans auparavant. Depuis, elle n'avait cessé de l'utiliser : il ne faisait pas de bruit, ne prenait aucune place.

Elle regarda dans le viseur tout en réglant la mise au point. Le garçon réapparut dans le cadre, assis sur le sable, à égale distance de l'eau et des rochers. Il était à demi tourné vers la maison. Catherine voyait distincte-ment l'expression à la fois soumise et impatiente de son visage. Elle abaissa son appareil photo. Il lui semblait qu'on ne voyait plus que lui. De partout. Florence, de sa chambre, l'avait-elle aperçu ?

Brusquement, Catherine eut envie de savoir. Quoi ? Elle n'aurait pas su le préciser. Une impulsion qui l'amena à frapper à la porte de Florence.

Florence se tenait en retrait de la fenêtre, le corps en partie dissimulé par les plis du rideau. Elle avait cette expression lointaine et impénétrable qui rendait tout plus difficile. Son parfum emplissait la pièce. Sur le petit bureau, le contenu de sa trousse de maquillage s'était répandu et Catherine vit le flacon de vernis à ongles et le poudrier. Elle vit encore le miroir de poche que Florence tenait dans une main et le bâton de rouge à lèvres abandonné ouvert, sur le rebord de la fenêtre. Les roses jaunes, transférées dans un autre vase, éclairaient l'angle le plus sombre de la pièce.

— J'aurais trouvé dommage de les jeter, expliqua Florence.

Sa main gauche se détachait sur le velours marron des rideaux. L'alliance et la chevalière prirent soudain une importance incongrue aux yeux de Catherine.

— Tu as eu ta famille au téléphone ? demanda-t-elle sans comprendre pourquoi c'était cette question-là qu'elle posait.

— Oui.

— Tout va bien ?

— Oui.

On ne pouvait guère être plus bref, on ne pouvait guère paraître moins enclin aux confidences. Pourtant Catherine ne se décidait pas à quitter la chambre. Quelque chose chez Florence la retenait. Par la fenêtre grande ouverte, on voyait la plage et le garçon vêtu de noir. Un chien courait, pourchassant les oiseaux et les vaguelettes. Mais Florence ne les regardait pas. Si elle regardait quelqu'un, c'était Catherine. Un curieux regard, vide et fixe, traversé par instants d'une lueur de vie qui semblait réclamer quelque chose. Mais quoi ? Catherine avait la désagréable sensation de frôler un secret. Une sensation très floue et qui persistait. Mais ces quelques secondes passées à vouloir cerner cette sensation furent en trop et elle s'évanouit. Comme s'évapore un parfum trop subtil, comme s'efface un lambeau de rêve.

— Veux-tu que nous allions nous promener ? proposa Catherine.

— Je suis fatiguée. En fin d'après-midi, peut-être...

Florence ramassait le bâton de rouge à lèvres, le vernis et le poudrier ; refermait la fenêtre. Des gestes quotidiens et tranquilles.

— Je dois aussi écrire à Aurore et aux jumeaux...

Et comme Catherine hésitait encore à s'en aller :

— Il fait moins beau. Le temps se gâte...

Elle ne se trompait pas. Des nuages venus de l'ouest envahissaient progressivement le ciel.

Ils le couvraient entièrement vers cinq heures de l'après-midi, quand Catherine proposa de nouveau une promenade. Florence refusa encore prétextant sa crainte de la pluie. « Et puis je suis si bien dans cette chambre, dans ta maison... » Annie accepta avec soulagement. Depuis le matin, elle errait avec une seule idée en tête : devait-elle ou ne devait-elle pas prévenir Jean-Michel ? Vingt fois elle avait failli appeler, vingt fois elle s'était arrêtée, la main sur le combiné du téléphone. Cette indécision devenait, au fil des heures, une torture. Pas une minute, elle ne songea à demander conseil à Catherine. Celle-ci, d'ailleurs, ne semblait pas disposée à converser. Elle allait à travers champs, rapide et taciturne. « Le calvaire, ça va ? s'était-elle contentée de demander. — Ça va », avait répondu Annie.

Le vent s'était levé. Un vent d'ouest que Catherine qualifia de « mauvais ».

Quand des dernières marches du calvaire, elles contemplèrent le ciel, il était devenu si bas, si sombre, qu'on se serait cru à quelques minutes de la nuit. Les grands anges cassés veillaient toujours, au pied de l'escalier, comme de terribles gardiens. Peut-être à cause d'eux, peut-être à cause des croix, ce lieu, décidément, rebutait Annie. Elle ne le trouvait même pas laid, ce calvaire, elle le trouvait sinistre. « Une lumière de fin du monde, n'est-ce pas ? dit soudain Catherine. — Oui », soupira Annie. En d'autres circonstances, sans doute aurait-elle apprécié ce ciel d'avant la tempête, sans doute aurait-elle cité à son sujet quelques grands peintres. Mais aujourd'hui rien de semblable ne pouvait l'émouvoir. Elle attendit, patiente, que Catherine se lasse. Le vent soulevait de minces tourbillons de poussière sur les marches. « Rentrons », décida enfin Catherine.

Les premières gouttes de pluie commençaient à tomber quand elles arrivèrent à Marimé. Une pluie fraîche et brève comme une pluie de printemps. Mais qui reprit, avec une violence que rien ne laissait soupçonner, alors qu'Annie était déjà à l'abri dans sa chambre et que Catherine, du dehors, achevait de fermer les volets.

Elle resta un instant le dos collé au mur de la maison, le visage tourné vers le ciel. Il était complètement noir, si proche qu'on l'eût dit posé sur la cime des arbres. La girouette, sur le toit, tournait avec un grincement métallique qui la surprit. Un bruit de toujours, si connu, si familier, qu'elle l'aurait identifié n'importe où, n'importe quand. C'était une banderole de fer, ou un étendard, elle ne savait plus : un jour, elle avait cessé de la voir et cessé de l'entendre. Elle se demanda avec effroi s'ils étaient nombreux les bruits oubliés, nombreuses les images et les odeurs effacées, et comment se faisait le tri. Elle pensait aux hommes qu'elle avait rencontrés, avec qui, parfois, elle avait vécu. Elle avait à peu près tout oublié de certains, alors que d'autres demeuraient bien vivants dans sa mémoire. Qu'est-ce qui distinguait les premiers des seconds ? Cela n'avait rien à voir avec leur valeur propre. Bientôt elle aurait quarante ans. La pluie s'écrasait sur son visage et balayait ses larmes. Un sentiment déchirant d'inutilité, de vie passée et perdue, la tenait collée au mur.

— Un chat de gouttière efflanqué qui serait tombé dans la mare !

Florence la poussait dans la salle de bains où la baignoire, remplie aux deux tiers d'une eau brûlante l'attendait. Catherine se déshabilla sans protester. D'être restée ainsi sous la pluie la faisait trembler, rendait le moindre de ses mouvements maladroit et saccadé. Quand enfin nue elle entra dans la baignoire, elle sentit posé sur elle le regard critique de Florence. Et en fut légèrement mortifiée.

— Efflanqué, d'accord ! Mais pourquoi de gouttière ? Quelqu'un m'a dit un jour que je ressemblais à un chat siamois ! dit-elle dans un esprit de parade, pour penser aussitôt : « Et quelqu'un d'autre à une licorne. »

Et cela lui serra le cœur comme si, déjà, son chagrin de tout à l'heure se réveillait.

— Florence ? Tout se vaut-il ? demanda-t-elle à voix haute.

— Je ne comprends pas ta question.

— Moi non plus.

Catherine s'enfonçait dans la baignoire. L'eau arrivait jusqu'au menton, jusqu'à la bouche aux lèvres bien closes, jusqu'aux yeux et au front. Elle se laissait glisser en retenant sa respiration, attentive au contact de l'émail sous ses reins. Peu à peu, elle s'immergea. Sous l'eau, elle comptait : « Un... Deux... » Elle entendait les battements affolés de son cœur, les bruits de la

tuyauterie, exagérément amplifiés. « Cinquante-neuf...
Soixante... » Deux mains agrippèrent ses épaules, la
ramenèrent de force à l'air libre, et la relâchèrent
ensuite si brutalement que sa tête heurta les robinets.
« Quoi ? » cria Catherine. Ses oreilles bouchées l'empê-
chèrent de comprendre ce que disait Florence.

Celle-ci se tenait maintenant prostrée sur une chaise
basse, la seule de la pièce. Ses bras mouillés laissaient
des traces humides et sombres sur le chemisier vert
émeraude. « On ne joue pas à certains jeux », crut
comprendre Catherine. Son amie était devenue très
pâle. « Florence ? » appela-t-elle pour se rassurer. Mais
Florence, sur sa chaise, ne répondit pas. Sa tête s'était
affaissée. Catherine s'enveloppa dans le peignoir à
capuche qui pendait, accroché à une patère. L'immobilité de Florence la paniquait. Cela ne lui ressemblait
pas, cela ne voulait rien dire.

Catherine répéta son prénom, deux fois, à voix basse.
Sans obtenir la moindre réaction. Alors elle tendit la
main, souleva le visage baissé, caché sous les cheveux,
jusqu'à ce qu'il apparaisse dans la lumière blanche de
la salle de bains, jusqu'à ce qu'elle y voie exactement
ce qu'elle craignait : des yeux pleins de larmes, si
désespérés, qu'on ne savait plus ce qu'il convenait de
faire, qu'on ne savait plus s'il fallait s'éloigner de cette
femme, ou bien lui parler, l'étreindre, la consoler.

Elle la prit dans ses bras, la serra. Florence eut une
sorte de spasme et comme si elle n'attendait que ça, ces
bras autour de ses épaules, ce corps contre le sien, elle
se mit à pleurer. Des larmes qui venaient mouiller le
haut du peignoir éponge de Catherine.

Dehors, la pluie reprenait par intermittence. On
l'entendait frapper les carreaux, courir le long de la
gouttière. L'orage grondait au loin. Mais peut-être
n'était-ce qu'un moteur de voiture sur la route, un
avion dans le ciel. Du rez-de-chaussée parvenait la voix
d'Annie : « Catherine ? Florence ? Vous êtes là ? » Une

voix que la crainte de déranger rendait incertaine. Florence, peu à peu, repoussait Catherine. « Mon Dieu, soupira-t-elle, si quelqu'un nous voyait ! » Elle essuyait ses joues du plat de la main.

— C'est l'orage, qu'on entend ?

Elle n'écouta pas la réponse, se dirigea en titubant vers le miroir.

— Dieu me pardonne, quelle figure !

Elle ouvrit en grand les robinets, aspergea d'eau froide son visage blême. La peau devint rouge.

— Quelle figure ! redit-elle.

Elle l'aspergea de nouveau comme pour en effacer les couleurs. Dans le miroir se reflétait aussi Catherine, agenouillée sur le carrelage et qui, à cause de son peignoir immaculé à capuche, avait tout à coup des airs de première communiante. C'était si inattendu que Florence ne put s'empêcher de rire. Un rire convulsif, bruyant et qui s'arrêta net quand elle surprit sur elle le regard courroucé de Catherine.

— Je te trouve bien bizarre, dit celle-ci.

— C'est sans importance, oublie tout ça.

D'une démarche encore hésitante, Florence gagna la fenêtre et l'ouvrit. Un vent chargé de pluie pénétra dans la salle de bains. On ne distinguait rien de la campagne tant la nuit était noire. Les cimes des pins balancées par le vent, craquaient parfois de façon tellement sinistre que Florence se retourna vers Catherine.

— Qu'est-ce que c'est ?

Catherine la rejoignit.

— Rien. Certains pins sont très vieux et très malades. J'en ai repéré deux près de la cuisine...

Elle tendit un bras qu'elle ramena trempé.

— Par là, côté prairie... Une bonne tempête, crac, ils tombent et écrasent la maison !

Son air satisfait choqua Florence.

— Je ne trouve pas ça drôle, dit-elle

— Moi si. J'en viens à souhaiter que les pins détruisent la maison, qu'ils flambent... Que tout disparaisse de façon naturelle... Une vraie, et bonne, et authentique catastrophe naturelle !

Catherine se pencha en avant, les mains en porte-voix et se mit à crier à la nuit, au vent et à la pluie : « Levez-vous, orages désirés ! » Florence la tira en arrière et referma la fenêtre.

— Tu es folle ! dit-elle sévèrement.

Elle tressaillit aussitôt. Un éclair venait de traverser le ciel, illuminant les prairies et les champs, de l'autre côté de la route. Le coup de tonnerre qui suivit fut immédiat et effrayant.

— La foudre n'est pas tombée bien loin, constata Catherine. Dieu est avec moi !

Elle s'amusait. Pas Florence.

— Laisse Dieu tranquille ! Ne le mêle pas à nos histoires... Et puis n'appelle jamais le malheur, il vient bien assez vite !

Elle était redevenue très pâle. « On ne plaisante pas avec certaines choses... On ne joue pas à certains jeux... », dit-elle encore. Et elle cacha son visage derrière ses mains. Cela dura une longue minute. « Pardon, pardon, dit-elle enfin. Je ne sais pas ce que j'ai à être aussi nerveuse, ce soir... L'orage, sans doute... »

Cette explication suffisait à Catherine. Elle se rappela ce violent chagrin qui l'avait tenue collée au mur de la maison, insensible au vent et à la pluie.

« Elle seule saura me dire ce qu'il faut faire », pensait Annie à propos de Florence. Elle traînait entre la cuisine et le salon, s'attardait dans le vestibule. Le téléphone continuait à l'attirer. Irrésistiblement, fatalement. Elle ne comprenait pas ce que faisaient Catherine et Florence dans la salle de bains. Elle n'osait pas monter à l'étage, cogner à la porte. Le tonnerre, à deux reprises, la fit exagérément sursauter. Elle souhaitait que l'orage dure, que quelque chose éclate, dans la maison, dehors, n'importe où. Mais un lointain grondement lui apprit que l'orage reculait. Bientôt on n'entendit plus que le doux bruit de la pluie sur la prairie et les volets fermés.

Un martèlement de talons annonça la présence de Florence au rez-de-chaussée. Son parfum la précédait, lourd et sophistiqué. Elle passa, sans la voir, devant Annie. Celle-ci la suivit au salon.

— Je me demande s'il faut ou non que je prévienne Jean-Michel !

Comme souvent, elle avait parlé trop fort.

— Tu m'as fait peur, dit Florence. On n'a pas idée d'arriver derrière les gens sur la pointe des pieds !

— Je suis rentrée tout à fait normalement dans le salon !

D'indignation, sa voix grimpa d'au moins deux tons. Mais ce qu'elle avait à dire l'emportait sur tout le reste et Annie répéta sa question. Avec ce que Catherine appelait « sa voix de souris ».

Florence prit une longue respiration.

— Et tu attends de moi un conseil ?

— C'est ça.

Nouvelle respiration, comme si Florence manquait d'air dans ce salon aux volets clos et aux rideaux tirés. Elle traversa la pièce jusqu'à la fenêtre qu'elle ouvrit. Annie l'entendit bredouiller une longue phrase dont elle ne comprit que le début : « Je crains de ne pas être qualifiée... » Puis elle fit face.

— Je pense que tu devrais appeler ton ami et tout lui dire. Je pense que tu as besoin d'un homme à tes côtés et d'un père pour ton enfant. Je pense aussi que cette manie qu'ont certaines femmes, aujourd'hui, de faire des enfants dans le dos de leur partenaire est particulièrement...

Elle cherchait le mot. Il tomba, surprenant dans sa bouche mais définitif.

— Dégueulasse.

Il avait décroché presque aussitôt, elle lui avait immédiatement tout dit. Le silence qui suivit fut de courte durée. « J'ai besoin de la nuit pour réfléchir... Je vous téléphonerai demain matin. » Il semblait ému et Annie le fut aussi. Au point qu'il lui sembla entendre un « Bonsoir, chère Annie... », si timide, si inhabituel, qu'elle se soupçonna de l'avoir inventé. Peu importait, elle avait le sentiment de s'être réconciliée avec l'univers.

La pendulette de la cheminée indiquait plus de dix heures quand Gaétan Chevalier apparut. Il se tenait dans l'ombre du vestibule, près de l'encadrement de la porte, comme quelqu'un qui ne se déciderait pas à entrer. Ce fut Florence qui le découvrit.

— Ton oncle, murmura-t-elle pour prévenir Catherine.

— Tu nous as fait peur, dit celle-ci avec reproche.

Elle feignit de se désintéresser de lui, de se plonger dans la lecture d'un quotidien vieux de plusieurs semaines. Pas longtemps, car cette arrivée silencieuse l'exaspérait.

— A croire que tu nous espionnais !

— Tout de suite les grands mots !

Lui aussi feignait de se désintéresser d'elle. Mais avec plus de succès.

— Je vous dérange ? demanda-t-il à la cantonade.

— Pas du tout. Nous serions ravies que vous vous joigniez à nous.

Florence retrouvait ses réflexes de maîtresse de maison. « Vous avez dîné ? » ajouta-t-elle.

— Fort bien, merci.

A l'aide d'une pincette il rectifiait la position des bûches dans la cheminée. Une grande flamme s'éleva.

— Où as-tu dîné ? demanda Catherine. Avec qui ?

Il bouffonna, très à l'aise, prompt à la riposte.

— Ayez une vie privée...

Il ne s'adressait à personne en particulier, prenait le ciel à témoin.

— Catherine est comme sa grand-mère. Il faut toujours qu'elle sache qui a fait quoi, où et avec qui.

Il la tança du doigt.

— Ma petite fille, sache que si j'ai accepté la tyrannie de Manon, je n'ai aucune raison de supporter la tienne ! Aussi, tes questions, tu peux...

— Te les foutre où je pense, compléta Catherine froidement.

C'est à peine s'il fronça les sourcils ou frémit des moustaches.

— Est-ce vraiment nécessaire, cette grossièreté si...

Il hésitait, amical, paternel et tolérant.

— ... si adolescente ?

Mais une gêne infime perçait dans ses paroles, dans le son de sa voix, et cela suffit à contenter Catherine. Aussitôt après, il ferma les yeux. Dans l'attitude d'un vieil homme fatigué par une journée bien remplie.

Plusieurs minutes passèrent ainsi. Le silence était tel que l'on distinguait le moindre bruit du dehors. Il ne pleuvait plus mais le vent soufflait, irrégulièrement, par à-coups, agitant les branches du noyer, la girouette dont les grincements ressemblaient à des plaintes.

210

— Je n'entends plus la chevêche, dit Gaétan Chevalier.

— Elle est morte, mentit Catherine.

Il ouvrit les yeux, surprit son expression méchante et les referma précipitamment. « Comme quelqu'un qui fait marche arrière », pensa Catherine. Annie, du canapé vert où elle somnolait, prit la nouvelle très à cœur.

— Non ? C'est pas possible !

— Je vous montrerai son cadavre ! dit Catherine avec aplomb.

Son regard passa sur le visage impassible de son oncle pour se concentrer farouchement sur la chatte qui dormait près de la cheminée. « Mon petit puma », murmura-t-elle. Florence fumait. Si distraitement que la cendre tombait sur sa robe bleu marine.

— Vous finirez par vous brûler ! prophétisa Gaétan Chevalier.

Cette remarque accentua l'irritation de Catherine. Comment s'y prenait-il pour suivre les faits et gestes de chacun ? N'avait-il pas les yeux clos ? Jadis elle lui prêtait des pouvoirs surnaturels qui la charmaient autant qu'ils l'effrayaient : son oncle avait le don de voir au-delà des apparences, à travers les portes et les murs ; de se faufiler dans les endroits les plus imprévus. « Je passais », disait-il en guise d'explication.

— Je monte me coucher, annonça Florence.

Gaétan Chevalier se leva plus vite qu'elle et les bras en croix lui barra le passage.

— Vous me feriez beaucoup de peine, dit-il avec chaleur. Me priver de votre présence serait me punir...

Florence chercha du secours du côté de Catherine, mais celle-ci affectait une absolue indifférence. Elle venait de s'étendre sur le tapis et jouait à réveiller les pattes endormies de la chatte. En leur soufflant dessus, en les effleurant de l'ongle. Florence tenta alors un faible : « Je suis fatiguée », suivi d'un inaudible : « J'ai

211

sommeil. » Elle avait les traits tirés, le sourire figé, un air à ne plus savoir ce qu'il convenait de faire. Mais elle se rassit. Juste quand Catherine allait intervenir d'un brutal : « Fiche-lui la paix ! »

Gaétan Chevalier s'adressait maintenant à Annie.

— Je parlais aussi pour vous, mademoiselle...

Annie l'écoutait à moitié, heureuse du calme qui s'était fait en elle et qui durait, sensible au silence de la nuit, à la semi-obscurité du salon. Pour la première fois, elle rêvait d'une maison qui serait à elle.

— C'est un plaisir de vous connaître toutes les deux, poursuivait Gaétan Chevalier. On peut dire ce qu'on veut de Catherine, mais elle sait choisir ses amies !

Et comme personne ne l'approuvait :

— Cette vieille baraque ne commence-t-elle pas à vous oppresser ? Connaissez-vous les environs ? Je suis sûre que Catherine ne vous a pas proposé de sortie !

Il interpella sa nièce.

— Leur as-tu au moins expliqué que nous sommes à une heure en voiture de Saint-Malo ?

« Rien à cirer de Saint-Malo » fut la seule réponse qu'il obtint. Mais il n'avait pas l'intention de se laisser décourager.

— Ah, les remparts ! Le tombeau de Chateaubriand sur le Grand Bé !

Annie parut se réveiller.

— Chateaubriand !

« Allons bon », pensa Catherine. Et parce qu'elle craignait que la conversation ne s'éternise, elle s'en mêla.

— Pourquoi ne les y conduirais-tu pas en voiture ?

— Avec mon vieux tacot ?

— Ton *vieux tacot* t'a bien conduit jusqu'à cette *vieille baraque*, mon *vieil oncle* ?

Elle venait de l'imiter à la perfection. « Très drôle », reconnut-il avec un sourire pincé.

— Vous alliez souvent à Saint-Malo ? demanda Annie.

— Nous y allions une fois par été, répondit Catherine. Nous faisions le tour des remparts et visitions la cathédrale. Il y avait une dalle, au milieu de la nef, qui me faisait rêver. Il y est gravé : « Ici s'est agenouillé Jacques Cartier à son départ pour la découverte du Canada le 16 mai 1535. »

Gaétan Chevalier l'approuvait en hochant la tête. Quand elle se tut, il enchaîna :

— Au fond de la cathédrale repose une petite sainte martyre en cire. J'étais fou d'elle, de son corps supplicié... De son abandon... De sa béatitude...

— Et moi, je l'enviais !

L'oncle et la nièce tournèrent l'un vers l'autre un visage pareillement surpris. « Ils se ressemblent », pensa Annie. Elle le vit qui étendait le bras de façon à ce que sa main effleure l'épaule de Catherine. Un geste inabouti, maladroit, mais qui signifiait quelque chose du genre : « Tu vois, nous avons des amours communes. » Catherine esquissa un sourire incrédule. Elle aurait aimé le croire, elle allait le croire. Exactement comme jadis.

— Nous adorions tous aller à Saint-Malo ou au Mont-Saint-Michel, reprenait Gaétan Chevalier. Ma génération comme celle de Cathie ! Mais Manon était terrible ! Une seule sortie par an, pas plus !

Catherine se rembrunit.

— C'était son droit, de préférer rester chez elle !

— Mais pas de nous l'imposer !

Il se pencha en avant de façon à rencontrer le regard de Florence. La jeune femme ne le fuyait pas mais une partie d'elle-même semblait se dérober. A lui, à Catherine, à ce salon. Dehors il pleuvait de nouveau. Une pluie violente qui frappait les volets et donnait aux uns et aux autres l'envie de se rapprocher de la cheminée. Seule Annie, avec son gros pull-over de ski, n'avait pas froid et demeurait à l'écart.

213

— Pour Manon, le monde n'existait pas au-delà du portail de Marimé, dit Gaétan Chevalier. Elle ne se plaisait qu'ici. L'idée même de voyager lui faisait horreur. Et tant pis pour ses enfants qui souhaitaient connaître d'autres régions, et tant pis pour son mari qui détestait la Bretagne...

— Votre père n'aimait pas venir ici? demanda Florence.

Il eut un bref rire désolé.

— Pauvre père... Non, il n'aimait pas venir ici. C'était un homme du Sud, très raffiné, un spécialiste de la Toscane. Alors vous imaginez... Le transporter dans le Finistère nord !

Catherine en avait assez. De l'entendre se plaindre. De ses confidences. De sa présence. Elle éprouvait une soudaine et très forte envie de boire du vin.

Il frémit quand elle revint quelques minutes après. Elle portait un plateau sur lequel s'équilibraient quatre verres à pied en cristal et deux bouteilles encore poussiéreuses de leur long séjour à la cave.

— Château-lafite 1926, dit-il d'une voix mal assurée. Tu ne prétends tout de même pas...

Une toux providentielle l'empêcha de poursuivre. Catherine avait posé le plateau sur la petite table basse, versé le vin dans les verres. Elle avait aussi retiré ses chaussures de tennis. Maintenant, un verre de vin à la main, elle s'enfonçait dans le fauteuil de Manon, les jambes en l'air, les pieds calés sur le haut de la cheminée. Ses socquettes blanches voisinaient dangereusement avec la pendulette et la deuxième opaline. Elle savait de façon certaine que tout chez elle, à cette minute, choquait son oncle : le vin dont il devait furieusement calculer le prix, le choix des verres en cristal, ses pieds sur la cheminée. « Si après ça, il ne

214

monte pas se coucher... », se disait-elle en reprenant peu à peu confiance. Et pour mieux l'achever, elle proposa :

— On se poivre ?

Il y eut un court silence durant lequel Florence et Annie prirent chacune leur verre. Seul demeurait sur le plateau celui destiné à Gaétan Chevalier. Il le contemplait si fixement que ses lunettes s'embuèrent.

— Je me demande d'où tu tires ce vocabulaire d'avant-guerre, dit-il.

— De mon père.

Ce n'était ni complètement vrai, ni complètement faux. Des mots, parfois des expressions tout entières demeuraient dans un coin de sa mémoire et resurgissaient quand elle se trouvait à Marimé. Cela pouvait provenir de son père, comme du vieux Simon, comme de n'importe qui.

— Ridicule ! Ton pauvre père est mort depuis...

— Depuis longtemps, compléta Catherine. C'est délicat de ta part de me le rappeler !

Il tressauta d'indignation. Là, elle venait de le blesser, elle le savait, s'en réjouissait : voilà qui la vengeait de l'habituel « ton pauvre père ». Elle achevait son verre par petites gorgées. Annie faisait de même. A intervalles réguliers, elle émettait un « eh ! » heureux qui tranchait sur la réserve de Florence. Mais ce fut cette dernière qui resservit leurs trois verres. En s'approchant de Catherine, elle murmura :

— Il va pleuvoir toute la nuit ?

— Bien possible.

Florence dit encore quelque chose que Catherine ne comprit pas. Puis elle se laissa glisser sur le sol, le dos appuyé contre le fauteuil où se trouvait son amie. Elle renversa la tête en arrière et Catherine baissa la sienne. Leurs regards se rencontrèrent. Celui de Catherine interrogeait, celui de Florence implorait. Pour Annie qui les contemplait, elles formaient un tableau idéal,

une sorte d'allégorie de l'amitié et de la confiance.
Elle porta un toast.

— A Marimé !

Florence et Catherine l'imitèrent. Gaétan Chevalier
avait retiré ses lunettes et les astiquait à l'aide de son
mouchoir. Son air concentré ne trompa pas Catherine.

— Tu ne bois pas à Marimé, mon cher oncle ?

— Je bois rarement, et jamais après le dîner.

« Je t'en prie, n'insiste pas », chuchota Florence. Et
sa main chercha celle de Catherine. En vain.

— C'est plutôt que ta conscience te travaille ? C'est
donc qu'elle est bien lourde, ta conscience ? Quel
est le sale coup que tu nous as fait et que tu nous
caches ?

Ses yeux gris devenaient noirs à force de s'attacher
au visage de son oncle. Un visage qui pendant quelques longues secondes parut se décomposer. Pour
virer brusquement au rouge le plus agressif.

— Je ne tolérerai pas plus longtemps que tu me
parles sur ce ton ! hurla-t-il.

C'était si soudain que les trois femmes sursautèrent.
Les oreilles de la chatte s'aplatirent puis se dressèrent
et une onde de contrariété courut sur sa fourrure.
Mais l'éclat de Gaétan Chevalier n'était pas destiné à
durer.

— Tu ne parviendras pas à me mettre en colère !
dit-il. Et levant très haut le verre qui lui était destiné :

— A Marimé !

Dehors le vent soufflait maintenant par rafales.

— L'automne est bien là, dit Gaétan Chevalier. Je
n'accorde pas une semaine au noyer pour perdre
toutes ses feuilles !

Il alla jusqu'à la fenêtre qui donnait en direction de
la baie, l'entrouvrit. L'eau de pluie suintait au travers

des volets. Il voulut les repousser mais le regard furieux de Catherine l'en empêcha.

— Bon, bon... Je n'y toucherai pas, dit-il en imitant un petit garçon sur le point d'être grondé. Mais tu ne me diras pas que tout ça est de la première jeunesse !

— Ça te va bien de parler de première jeunesse, riposta aussitôt Catherine. Pour ce qui est de la fraîcheur, tu repasseras !

Sur la grande table, entre le bouquet de chardons bleus et des revues de jardinage, s'empilaient les quarante-cinq tours. Le Teppaz se trouvait sur une autre table, près du divan vert où reposait Annie.

— Et ça marche ce vieux bidule ? demanda Gaétan Chevalier.

Annie n'avait pas prononcé dix phrases depuis son arrivée. Il y avait là matière à se rattraper.

— Vous voulez que je mette un disque ? proposa-t-elle.

— Mets celui-là.

Florence lui tendait un microsillon. Annie le posa sur le plateau, actionna le bras. L'aiguille eut un sursaut mais retomba sur les premières mesures de l'orchestre. « De la musique dans le salon... », commença Gaétan Chevalier. Mais la voix d'Edith Piaf s'éleva et il se tut.

> *Cet air qui m'obsède jour et nuit*
> *Cet air n'est pas né d'aujourd'hui*
> *Il vient d'aussi loin que je viens*
> *Traîné par cent mille musiciens*

Florence s'était rassise. Ses bras nus reposaient sur les accoudoirs du fauteuil, inertes, pâles, dans la semi-obscurité. Elle avait renversé la tête en arrière, fermé les yeux. On voyait palpiter les artères de son cou. Etait-ce cette chanson ? Etait-ce cette nuit si sombre, battue par les pluies qui ne ressemblait pas aux précédentes ? Catherine eut soudain l'impression

217

qu'un danger rôdait autour de la maison et que ce danger se rapprochait. Quelque chose se faufilait entre les murs, attendait tapi dans les plis du rideau, derrière les bûches de la cheminée, entre les livres.

> *Et moi je revois ce qui reste,*
> *Mes vingt ans font battre tambour*
> *Je vois s'entrebattre des gestes*
> *Toute la comédie des amours*

« Padam, padam, padam », répétait Annie en écho. A l'inverse de Catherine, il lui semblait que la maison tout entière reprenait vie. Le vent s'engouffrait partout. On l'entendait plier la cime des arbres, gronder dans les conduits de cheminée.

A l'étage, quelque part, un volet battait.

— Je ne supporte pas ce volet qui tape! Je vais le fermer, dit Florence.

« Vous ne savez même pas duquel il s'agit... » protesta Gaétan Chevalier. Et son bras se tendit pour l'arrêter. Mais Florence sut l'éviter. « C'est le volet de la salle de bains... J'ai oublié de le fermer. S'il vous plaît, ne vous dérangez pas... », murmurait-elle. Au bruit que firent ses talons sur les dalles du vestibule, puis dans l'escalier et le long du couloir, juste au-dessus du salon, chacun pouvait entendre qu'elle courait. Le bruit tout à coup diminua : Florence avait gagné la salle de bains. « Rien ne pressait, dit Gaétan Chevalier. Vu l'état de cette vieille... » Le regard glacial de Catherine de nouveau fixé sur lui l'arrêta. « Bah!... », dit-il encore. Et il toussa pour s'éclaircir la voix. Annie retourna le quarante-cinq tours.

La chanson s'achevait quand Florence réapparut, un grand chandail enroulé autour des épaules.

Catherine avait fermé les yeux. Un besoin aigu de s'absenter, une envie animale de s'enfuir. Edith Piaf ne chantait plus, le disque continuait de tourner. Quelqu'un enfin le stoppa. Annie? Florence? Catherine n'aurait pas su le dire. Deux mains chaudes se posèrent sur ses épaules, à la naissance du cou. Florence, derrière le fauteuil, se penchait vers elle. « Mon cœur est lourd, chuchota Catherine en retrouvant spontanément les mots de Mowgli. — Je comprends », répondit Florence. Mais cela ne fit qu'ajouter au trouble de Catherine. Que comprenait donc Florence qu'elle-même ne comprenait pas? Elle voulut le lui demander mais déjà Florence l'abandonnait. Pour rejoindre le fauteuil que lui désignait impérativement Gaétan Chevalier.

— Savez-vous que cette charmante soirée me rappelle ma jeunesse? Edith Piaf, bien sûr... Mais surtout la présence d'un électrophone dans le salon. Nous avions un phonographe, avant la guerre! Les soirs d'été nous passions des disques et nous dansions, mes sœurs, mon frère et moi. J'ai même dû faire danser Manon, bien qu'elle préférât de beaucoup danser avec mon frère. Il est vrai que je dansais comme une pantoufle!

Catherine se souvenait. Longtemps l'antique phonographe avait séjourné dans l'armoire de la chambre des enfants, abandonné des adultes, au milieu d'une vingtaine de soixante-dix-huit tours. Elle les avait passés et repassés jusqu'à l'usure totale des aiguilles. Charles Trenet, Stéphane Grappelli, Django Reinhardt, mais d'autres encore dont elle ne se souvenait plus bien. Un jour le phonographe avait disparu et personne n'avait songé à le remplacer.

— Vous écoutiez beaucoup de chansons? demanda Annie.

— Beaucoup. Malgré notre père qui n'aimait pas ce genre-là et qui écoutait Mozart et Schubert. Surtout Schubert...

Une expression coquine passa sur son visage.

— Vous aurez toutes les trois du mal à me croire, mais mes parents ont fait tout un drame d'un disque très en vogue en 37...

Il s'interrompit.

— Ou 36 ? Je ne sais plus... Un disque que nous adorions avec mes sœurs...

Il chantonna en marquant la mesure sur ses genoux.

Couchés dans le foin
Avec le soleil pour témoin..

— J'avais vingt ans et mon frère et mes sœurs entre quatorze et dix-huit ans... Eh bien Manon l'a fait disparaître... Quelle censure ridicule, n'est-ce pas ? Et comme cela doit vous sembler daté !

— Tellement daté, que vous nous avez fait la même chose à moi et à Patricia !

C'était plus fort qu'elle, Catherine ne pouvait s'empêcher de le contredire, de détourner l'attention de Manon en l'accusant lui.

— Patricia adorait Charles Aznavour. Nous écoutions tous ses disques, dans notre chambre, sur le Teppaz. Un jour sa mère — ta sœur, mon cher oncle ! — est entrée sans frapper. Nous écoutions *Après l'amour*. Elle a trouvé cette chanson si scandaleuse qu'elle a confisqué le disque !

Contrarié par cette interruption, Gaétan Chevalier s'empressa de reprendre la parole.

— Je me rappelle vaguement cette histoire. Mais on vous l'a rendu, ce disque, non ?

— Exact. Mais scotché ! Ma tante avait pris la peine de découper des petits bouts de scotch et de les coller sur toute la plage jugée immorale. De cette façon, il devenait impossible d'écouter *Après l'amour*. Et nous avions toutes les deux quinze ans, et cela se passait vers le milieu des années soixante !

— Eh !

Il y avait dans le « Eh ! » d'Annie une indignation vraie qui correspondait précisément à ce que recherchait Catherine. « Je suis certain que tu exagères », maugréa Gaétan Chevalier.

Le vent semblait être tombé. Seule la pluie se faisait entendre. Catherine mit une nouvelle bûche dans la cheminée.

— La dernière, hein, dit son oncle. Il se fait tard et ·.ous devrions monter nous coucher. Non merci !

Il refusait le verre de vin que Florence venait de remplir à son intention.

— Mais prenez le mien, je ne boirai plus, ajouta-t-il, radouci. Et comme elle obéissait et trempait ses lèvres dans le verre : — Comme ça je connaîtrai vos pensées les plus secrètes !

Tous les traits du visage de Florence, en une seconde, se figèrent. On aurait dit que le sang se retirait. Comme il y avait de cela deux jours, quand elle avait failli se noyer. « Mes pensées les plus secrètes ? Vous seriez horrifié ! » dit-elle enfin. « Allons, allons, une femme aussi charmante... », bouffonna Gaétan Chevalier.

Il y eut un silence. Un silence désagréable qui semblait parti pour durer et que Catherine voulut briser en posant la première question qui lui traversa l'esprit.

— Grand-père n'était pas un homme heureux, n'est-ce pas ?

La question choqua Gaétan Chevalier.

— Qui t'a dit ça ? Manon ?

Et comme elle acquiesçait :

— Manon t'a fait beaucoup trop de confidences... On n'a pas idée de se raconter comme elle l'a fait à la fin de sa vie ! A sa petite-fille, en plus ! Je lui en veux beaucoup de tout ce qu'elle a pu te dire ! Il faut mourir dignement, en se taisant, en gardant pour soi ses secrets...

La colère lui venait d'un coup, avec une force qui

221

semblait ébranler la maison, et qui réveilla la chatte, et qui fit reculer Annie.

— Tu es fou, dit Catherine d'une voix faible.

— C'est elle qui était folle! Et toi pareil! Vous avez réussi l'une et l'autre à vous approprier cette maison! Au mépris des autres, de ceux que la vie a placés à vos côtés pour le meilleur et pour le pire!

Il prit un verre de vin au hasard, le vida.

— Mon père ne s'est jamais remis de cette effroyable boucherie qu'a été la guerre de 14! Des tranchées de Verdun! Cette guerre l'a transformé! Il était la proie d'horribles visions! Il était hanté! Pas étonnant qu'il se soit fait tuer dès le début de l'autre guerre! Quel soulagement!

Son ton se durcissait. Il tournait le dos à Catherine mais celle-ci savait que ces mots lui étaient destinés. A elle et à elle seule.

— Je ne pense pas que Manon l'ait aidé. Toute sa vie elle a préféré ignorer sa souffrance! C'était sa maison d'abord, ses enfants ensuite, et lui en dernier. Alors tu comprends bien que ce qu'elle a pu te révéler sur leur vie conjugale, elle-même au seuil de la mort...

Il ramassait le soufflet et les pincettes, installait le pare-feu, éteignait la lampe qui se trouvait sur la cheminée et qui ne dépendait pas du commutateur général.

— Demain matin, je me lèverai tôt et ferai un tour dans la vasière pour voir où en sont les migrations. Ensuite, je regagnerai Paris.

Il s'inclina devant Florence, puis devant Annie, embrassa Catherine sur le front. Un baiser sec et distrait auquel elle ne songea même pas à répondre.

— Ce qui est ennuyeux avec toi, c'est que tu ne comprends rien à rien, que tu ne veux pas comprendre. Et c'est en ça que tu ressembles à Manon. Horriblement!

222

Il avait atteint le vestibule. Une dernière fois, sans se retourner, il répéta : « Il était hanté... Hanté ! »

Elles l'écoutèrent monter l'escalier, regagner sa chambre, au bout du couloir. Ses pas résonnaient lourdement dans le plafond. Quand enfin on ne l'entendit plus, Annie se décida.

— Je vais me coucher.

Une tristesse flottait dans le salon, s'accrochait à Catherine, assombrissait Florence.

— Pas vous ?

— Si.

Catherine à son tour se levait. Elle avait hâte que la nuit finisse, hâte d'être au lendemain. Comme si seule une nouvelle journée pouvait balayer ces obscurs sentiments qui l'agitaient et qui avaient à voir avec la peur, le chagrin, et quelque chose de plus mystérieux. Elle prit dans ses bras la chatte qui se laissa faire, endormie, molle, complètement désarticulée. Une fourrure si chaude, si douce, que c'était déjà un réconfort que de la tenir contre soi.

Florence ne bougeait pas.

— Tu ne viens pas ? demanda Catherine.

— Pas tout de suite.

Elle parlait très bas, sur le souffle, le corps tout entier tourné vers la cheminée où les dernières braises achevaient de se consumer. Parce que Catherine et Annie hésitaient à quitter le salon, parce qu'elles semblaient attendre une explication, Florence précisa.

— Je n'ai pas sommeil. Et plus sèche, tout à coup :

— Bonsoir.

Annie, à reculons, sortait du salon, gagnait le vestibule. Elle chercha en tâtonnant l'interrupteur — Gaétan Chevalier avait tout éteint sur son passage, ne le trouva pas et poursuivit précautionneusement son chemin dans le noir. Pour elle seule et sans même s'en rendre compte, elle chantonnait d'allégresse.

Catherine, au seuil du salon, ne parvenait pas à

l'imiter. Elle fixait la silhouette tassée dans le fauteuil. Florence avait cessé de ressembler à Florence. Dans la pénombre du salon, avec ce chandail sur les épaules qui avait des allures de châle, près de cette cheminée où plus rien ne brûlait, elle devenait n'importe qui, une vieille femme peut-être. Manon, pensa Catherine. Le brusque sentiment de frôler un fantôme lui serrait le cœur. Et sa main retrouva un geste de l'enfance et amorça le signe de la croix.

— Ne t'inquiète pas pour moi, va te coucher.

La voix neutre chassa les fantômes. Catherine crut comprendre.

— Tu comptes sortir?

Florence tourna la tête. L'expression de son visage surprit Catherine. Une sorte d'ironie glacée qu'elle ne lui avait jamais vue, qu'elle ne lui aurait même jamais soupçonnée.

— Sous ce déluge?

Et elle se détourna.

Dehors la pluie redoublait de violence. Des vents fouettaient la maison. « La tempête va durer toute la nuit », pensa Catherine. Elle se retira si troublée, si perdue, que le bonsoir qu'elle souhaitait dire ne franchit pas la barrière de ses lèvres serrées.

Il était à peine huit heures quand Catherine ouvrit les volets de sa chambre, le lendemain matin. Le ciel était gris et bas. Une puissante odeur de terre mouillée montait jusqu'à elle qui faisait oublier les odeurs de mer et de vase. Au-delà de la prairie, il n'y avait plus trace de la petite plage.

La baie s'était vidée. Quelques rares pêcheurs fouillaient le sol. Un cavalier solitaire passa, comme au ralenti, dans un sens puis dans un autre. Deux grands chiens l'accompagnaient.

Il ne pleuvait plus, le vent était tombé mais les arbres et les toits gouttaient toujours. Un bruit ténu et régulier qui évoquait les premières notes d'une berceuse et qui donnait envie de fermer les yeux et de se rendormir. Après la tempête de la nuit, le paysage apaisé semblait hésiter. On avait le sentiment de se trouver à l'intérieur d'une parenthèse, ou d'une pause, ou d'un entre-deux. « Un cessez-le-feu », pensa Catherine.

Elle ne vit pas tout de suite la veste bleu de Chine. « Cathie ! » appela la voix de Simon.

Elle le rejoignit dehors, devant la maison. Elle lui proposa un café, n'importe quoi, pourvu qu'il veuille bien la suivre dans la chaleur rassurante de la cuisine. Mais il s'obstina à décliner son invitation. Il ne voulait pas entrer dans la maison, il ne voulait pas même s'asseoir sur le banc de pierre. Avec son bâton il soulevait ce qui restait des roses blanches déchiquetées par la pluie, désignait les tiges brisées des hortensias. Il se plaignait. Des tempêtes passées, de celles qui allaient venir et qui seraient plus fortes. De la vieillesse des êtres et des plantes. De la solitude. Catherine se forçait à l'écouter. Les plaintes se poursuivaient, monotones, exactement semblables à celles du premier jour, à celles de l'année passée. Si semblables que l'attention de Catherine peu à peu se relâchait et que sans même s'en rendre compte, elle s'était mise à rêver. A ces lointains débuts d'automne, qui annonçaient la fin des vacances et la rentrée des classes. Les allées, alors, étaient sablées, encadrées de bordures de fleurs. Et que restait-il ? Des hortensias démesurément grands, que personne ne venait tailler, quelques dahlias et zinnias qui continuaient de pousser malgré tout.

Catherine et Simon allaient côté prairie, contournant les flaques d'eau et les branches cassées. Les odeurs de terre devenaient si fortes qu'elles donnaient envie à Catherine de se jeter dans l'herbe et de s'y rouler. Comme elle l'avait fait enfant, puis plus tard, adulte, quand elle se savait à l'abri des regards. Une sorte d'euphorie la gagnait. A cause de cette nature gorgée d'eau et qui reprenait vie.

— Une bénédiction, les pluies de cette nuit ! dit-elle.

Il bredouilla une phrase qu'elle ne comprit pas car elle frappait du poing les troncs des premiers pins.

— C'est qu'ils tiennent encore, les bougres !

Des pommes et des poires jonchaient la prairie, les abords du chemin.

— Bon d'accord, il y a toujours un peu de déchet, comme dirait...

Elle n'acheva pas sa phrase, saisie par le silence de

Simon. Des larmes coulaient sur ses joues maigres que ses mains tremblantes essayaient en vain d'arrêter.

— S'il vous plaît... Ne pleurez pas... S'il vous plaît. Marimé n'est plus ce qu'il a été mais vit toujours ! La vie continue... Simon, je vous en prie...

Elle prenait ses mains dans les siennes, les couvrait de baisers comme elle l'aurait fait avec celles de Manon. Il était si vieux, c'était insupportable de le voir pleurer de la sorte, comme le plus démuni des petits enfants. Des larmes coulaient maintenant sur son visage à elle.

— Regardez ce que vous faites... Vous me faites pleurer, moi aussi...

Il sanglotait. Des sanglots qui l'empêchaient de parler distinctement. Alors que les mots se bousculaient. Comme si ce qu'il avait à dire était de la première urgence.

Ça l'était.

Elle ne cria pas, ne protesta pas. Déjà il s'en allait, pressé de rejoindre sa petite maison, de s'éloigner de Marimé dont la vue, disait-il, lui « était souffrance ». A travers ses mots, elle reconstituait l'essentiel des événements. Gaétan Chevalier avait signé, la veille, un protocole d'accord avec la région. Il ne vendait pas la propriété, il en faisait don en son nom et en celui de ses sœurs. En celui de la mère de Catherine, aussi. Une histoire rondement menée. Elle rattrapa Simon. « Comment savez-vous tout ça ? demanda-t-elle. — Ton oncle est passé me voir hier soir. » C'était extravagant, scandaleux, irréel. « Mais ça doit pouvoir s'arranger ! dit-elle tandis qu'il franchissait le portail. — Non ! » fut sa seule réponse. Et il s'engagea sur le chemin en pente, voûté, comme écrasé. Pour lui crier soudain avec une fureur haineuse qu'elle ne lui avait jamais vue : « C'est donc qu'elle est si riche, ta famille, pour donner sa maison ? » Elle regarda, stupide, la veste bleue disparaître derrière les fougères encore luisantes de pluie et qui n'en finissaient pas de s'égoutter. « C'est lui qui vous a chargé de me prévenir ? » cria-t-elle à son tour. Mais le vieil homme avait atteint la route et ne pouvait plus l'entendre.

Plus tard, il lui fut difficile de se souvenir précisément de ce qu'elle avait fait durant l'heure qui avait suivi. Elle était remontée vers la maison, avait évité Florence et Annie attablées dans la cuisine. Au passage, elle avait pris sa carabine qui pendait au portemanteau, entre les vestes et les écharpes. Puis elle avait gagné sa chambre. Il lui sembla qu'elle avait passé un temps infini à contempler ce que Manon appelait « le verre à eau » et qui consistait en un petit plateau avec une carafe, un flacon et un verre. Jadis, le flacon contenait le sirop de fleur d'oranger que Manon buvait avant de s'endormir. Le parfum s'en était évaporé depuis longtemps. Seule subsistait une vague odeur de fleur fanée plus proche de l'eau de rose ou de l'eau de bleuet.

Mais surtout, Catherine guettait. Aucun bruit, dans la maison ou dehors, ne lui échappait. Elle enregistrait tout : les craquements du plancher, les cris des oiseaux, les voix lointaines des promeneurs. C'est pourquoi elle l'entendit.

Elle se posta dans l'encadrement de la fenêtre, la carabine à la main.

La mer en montant avait chassé Gaétan Chevalier de la baie. Catherine le vit surgir d'entre les rochers, s'engager dans la prairie. Il portait un grand imperméable anglais qui ne protégeait plus des pluies ni du vent, des bottes en caoutchouc, une vieille casquette en tweed. La paire de jumelles, rangée dans l'étui en cuir, lui scindait le buste. Il affichait un air heureux, un air à siffloter du Stéphane Grappelli.

Catherine épaula.

— Ne t'approche pas ! hurla-t-elle.

Il la chercha et la découvrit qui se dessinait dans le rectangle de la fenêtre. Remarqua-t-il seulement quelque chose d'anormal ? Qu'imagina-t-il ? Sans doute rien de particulier car il continua d'avancer. Catherine tira, pulvérisant un caillou qui se trouvait à un mètre à peine de lui et qu'il contempla, hébété, ne comprenant pas ou s'y refusant. Des goélands, effrayés par la détonation, tournaient au-dessus de la petite plage. Leurs cris réveillèrent l'autorité défaillante de Gaétan Chevalier. Ceux plus perçants encore d'une grosse corneille, sa colère.

— Tu n'es pas un peu folle ? hurla-t-il à son tour. Je t'interdis de tirer sur ces oiseaux !

— Si tu t'approches de la maison, c'est sur toi que je tire !

Il regarda tout autour de lui, incrédule, puis se fixa sur la corneille comme s'il s'attendait à ce qu'elle lui fournisse un début d'explication. L'oiseau venait de se poser sur un des rochers qui surplombaient la plage et semblait attendre la même chose de lui. « Catherine... » commença Gaétan Chevalier. Elle avait abaissé son arme, il fit un pas en avant.

Elle réépaula aussitôt. Il vit la crosse contre la joue, le canon pointé dans sa direction, la main qui ne tremblait pas.

— Si tu continues d'avancer, c'est sur toi que je tire. Je te le jure, Gaétan... Après ce que tu viens de faire ce serait un extraordinaire soulagement ! Ne t'avance pas !

Catherine savait qu'elle criait comme crient les petites filles. Mais pour une fois elle s'en moquait. Seul comptait pour elle le départ immédiat de son oncle.

Il y eut un bruit de course dans l'allée.

— Qu'est-ce qui se passe ? demanda Florence.

Gaétan Chevalier lui répondit. Une réponse que Catherine n'entendit pas mais qui devait être claire à en croire la réaction de Florence : « Vous avez fait ça ! » Derrière elle arrivait Annie, en pyjama. Un antique pyjama rose en pilou comme Catherine ne savait pas qu'il en existait encore : « Vous avez fait ça ! » répéta Florence. Et comme lui ne disait rien, se contentant d'agiter vaguement les épaules : « Mon Dieu... Pauvre Catherine... Pauvre Marimé... »

Catherine, de la fenêtre, voyait la scène dans ses moindres détails, les moustaches grises de Gaétan Chevalier qui se soulevaient de contrariété, l'imperméable anglais, trop long, qui s'entortillait autour de ses jambes ; les pieds nus d'Annie sur la terre mouillée ; Florence maintenant courbée en deux comme sous l'effet d'un coup de poing et dont les « Mon Dieu, Mon Dieu ! », à peine intelligibles arrivaient pourtant jusqu'à l'étage ; la grosse corneille. Mais aussi le ciel et la mer qui se fondaient dans un même gris, l'herbe, si verte et si luisante qu'on aurait dit une herbe de printemps.

Dix heures sonnèrent aux clochers des trois églises.

— Je ne veux plus te voir ! Jamais ! Fiche le camp, Gaétan !

Peu à peu, Catherine cessait de crier. Il se méprit et amorça un mouvement. Le canon de la carabine qui s'était abaissé, se redressa. Aussitôt, il s'arrêta. Et d'un geste de la main signifia qu'il désirait parler.

— Nous ne pouvions pas faire autrement, Catherine ! Continuer ainsi c'était la fin de Marimé ! C'était l'assassiner à court terme ! Tu ne le souhaitais pas, n'est-ce pas ?

Le canon de la carabine ne déviait pas d'un milli-
mètre.

— Si ton père vivait, il aurait été le premier à se
débarrasser de cette maison !

— C'est pas vrai !

— Si ! Cette maison ne représentait rien pour lui !

— Mais il aurait suffi qu'elle représente quelque
chose pour moi ! Il m'aurait défendue, il n'aurait
jamais accepté qu'on me l'enlève ! Vous avez tous
profité de sa mort ! Comme vous avez profité de celle
de Manon.

— Catherine ! hurla Gaétan Chevalier. Je t'interdis...

Dans sa colère il fit un pas en avant. Le coup partit,
une vieille balle de tennis explosa derrière lui. Il fit un
bond de côté.

— Tu es folle ! Folle à enfermer !

— Ne me parle plus de mon père ! Ne me parle plus
de Manon !

Les goélands recommençaient à tournoyer dans le
ciel. Il sembla à Catherine qu'ils criaient anormale-
ment fort. Durant un court instant elle se dit qu'elle
rêvait, que c'était un cauchemar et que rien de tout
cela n'existait. Elle ferma les yeux, les rouvrit très vite.
Mais rien n'avait bougé. Gaétan Chevalier avait perdu
sa casquette et s'essuyait le front. Il s'adressait à
Florence et Annie. « Il leur demande d'intervenir »,
devina-t-elle. De nouveau elle hurla :

— Fiche le camp d'ici !

— Laisse-moi au moins te décrire comment je vois
l'avenir de Marimé ! Laisse-moi au moins essayer !
cria-t-il en retour.

Une fatigue, un sentiment de déjà vu, de déjà
entendu, tombèrent sur Catherine. Tout ce qu'il allait
dire, à l'avance, elle le savait. « Seule compte la qualité
des souvenirs... Les êtres et les maisons survivent
éternellement dans nos cœurs. » Et de fait :

— Qu'importe que cette maison cesse de nous

appartenir! Qu'importe que d'autres en profitent! D'une certaine façon, elle est à moi pour toujours! Et à toi! Il me suffira de revenir, de traverser la baie tôt le matin, de m'asseoir sur le banc de pierre, avec le parfum des roses et les odeurs de vase, et je serai chez moi, et j'aurai de nouveau dix ans, trente ans! Le temps n'existe pas, Catherine, seule la poésie survit!

Il s'enflammait, se laissait gagner par l'émotion, faisait de grands gestes avec les bras comme s'il prenait à témoin le ciel, la prairie, la mer qui montait et dont le grondement lointain lui servait d'arrière-plan musical.

— Qu'est-ce que vous voulez qu'elle fasse de vos raisonnements à la noix? Elle n'a pas votre âge! Elle ne se prend pas pour un poète!

De stupéfaction, Catherine en abaissa son arme. Annie, sa chère petite Annie, prenait sa défense en hurlant plus fort que personne, jamais, ne pourrait le faire.

— Vous êtes un menteur! Un hypocrite! Nous proposer une promenade à Saint-Malo, quand... Quand...

Elle s'étouffait, aussi rose que son pyjama.

— Allez-vous-en... Rentrez à Paris... Vous n'arriverez à rien, suppliait Florence.

Mais il leur tourna le dos. Une façon de leur signifier qu'elles n'étaient rien, qu'elles n'existaient pas. Seule Catherine comptait.

— J'ai épuisé toutes mes réserves de patience, dit-il d'une voix coupante. Je vais entrer dans la maison prendre mes affaires. Après seulement, je regagnerai Paris. Je suis encore chez moi, ici. Bien plus légitimement que toi, ma pauvre Catherine! Aussi je te conseille de ranger ton fusil d'opérette et de me...

Il n'acheva pas. Un nouveau caillou vola en

éclats à quelques centimètres de la pointe de sa botte droite. Il hurla de peur et porta la main à sa poitrine.

— Je te jure que si tu t'approches de la maison, je te fracasse la cheville! Je te le jure!

Une exaltation dangereuse s'emparait de Catherine, une envie de tirer partout, de vider son chargeur. Elle ne souhaitait pas la mort de Gaétan, mais elle savait que s'il avançait, elle le blesserait, gravement peut-être. Et pour mieux l'en convaincre, elle tira encore deux fois, visant la roche d'où la corneille venait de s'envoler. Il lui sembla entendre le rire triomphant d'Annie et un cri de Florence. Mais elle ne l'aurait pas affirmé, rendue momentanément sourde par les déto-nations. L'odeur âcre de la poudre la grisait. Quand la petite fumée au bout du canon se dissipa, Gaétan Chevalier reculait vers le sentier, comme s'il craignait de lui tourner le dos. Il criait:

— Vous êtes folles! Toutes! J'ai du Valium dans ma trousse de toilette! Prenez du Valium!

Il s'attardait. Catherine ramassa la carabine qu'elle venait de poser sur le rebord de la fenêtre et tira. En l'air, comme elle le faisait pour effrayer les goélands quand ceux-ci envahissaient en trop grand nombre la petite plage.

Annie, les mains en porte-voix, hurlait:

— Mauvais poète!

Des oiseaux affolés traversaient dans tous les sens le ciel gris et bas. Sur l'herbe verte, la casquette en tweed oubliée faisait une tache claire.

— Donne-moi cette arme!

Depuis quand Florence se trouvait-elle dans la chambre? Elle avait dû entrer au moment des détona-tions, profiter des oreilles bouchées de Catherine. Celle-ci haussa les épaules.

— Je ne sais même pas s'il reste des balles. De toutes les façons, je ne m'en servirai plus.

— Donne-moi cette arme!

233

Catherine résistait. Par principe, parce que Florence s'adressait à elle comme à une enfant. Sa robe bleu marine faisait ressortir la blancheur de ses bras nus qui, à l'inverse de ceux de Catherine, ne tremblaient pas. Car Catherine, maintenant, tremblait. Cela avait commencé dans les jambes, cela gagnait le haut de son corps. Lui enlever la carabine ne fut pas difficile.

Sur le seuil de la chambre, Florence s'arrêta. Catherine voyait ses épaules voûtées, sa nuque ployée, la carabine qui se balançait au bout de son bras. Une lassitude de toujours émanait d'elle, comme chez ces femmes que le travail use trop tôt, que la vie casse trop vite. Quand elle parla, ce fut d'une voix sourde, sans se retourner, sans même bouger.

— Tu ne peux pas savoir à quel point je partage ton chagrin. Je crois que j'aime Marimé autant que toi... C'est comme si j'y avais grandi... J'ai l'impression qu'on m'arrache une partie de moi. Pour la deuxième fois...

Catherine continuait de trembler. Si fort qu'elle se laissa glisser dans le fauteuil en peluche rouge. « Oh Florence ! Florence ! Qu'est-ce que je vais devenir ! » gémit-elle.

Mais Florence venait de quitter la chambre.

Annie s'effaça pour la laisser passer. Depuis quelques minutes elle attendait devant la porte, hésitant à entrer, hésitant à intervenir. Elle débordait d'envie d'aider Catherine. « Florence sait mieux que moi ce qu'il convient de faire », pensait-elle sincèrement. Mais Florence la frôla sans paraître s'apercevoir de sa présence et cette façon d'être, distraite, presque lunaire, la carabine qu'elle tenait à la main, la plainte de Catherine, l'amenèrent à envisager que Florence ignorait « ce qu'il convenait de faire ». Annie alors se décida à annoncer ce que, depuis plus d'une heure, elle taisait : Jean-Michel venait de prendre la route, il serait là en début de soirée.

— Tant mieux pour toi, Annie, tant mieux.
La voix de Catherine était atone. Elle se trouvait toujours dans le fauteuil en peluche rouge, les jambes repliées sous elle, les mains rentrées dans les manches de son pull-over comme quelqu'un de frigorifié. Le lit n'avait pas été fait. D'entre les draps émergeait une touffe de poils gris.
— La Mouffette hiberne, expliqua Catherine.
Elle se força à considérer Annie.
— Alors, comme ça, vous vous êtes réconciliés, Jean-Michel et toi ?
— Que je sois enceinte de lui le bouleverse ! Il n'avait pas dormi de toute la nuit ! Il m'a dit des choses si belles... Si profondes... Si généreuses...
Parce qu'elle arpentait la pièce et qu'elle risquait de renverser les délicats bibelots de Manon — sa hanche, à deux reprises, avait frôlé le précieux « verre à eau », Catherine lui fit signe de s'asseoir. Annie se jeta sur le lit défait. La chatte eut un miaulement furieux et disparut entièrement sous les draps.
— J'ai une idée, annonça Annie. Ça te concerne. Ou plus exactement ça concerne Marimé. Jean-Michel est un bon avocat... Non, un excellent avocat...
Elle s'interrompit. Catherine souriait à demi et elle trouvait à ce sourire quelque chose de moqueur. « Bon avocat, mon œil ! Si j'en crois ce que tu me disais il y a quatre jours... », pensait Catherine. Mais le visage chiffonné d'Annie, son air de moineau contrarié l'émurent. « Continue... », murmura-t-elle.
— Voilà. Je voulais demander à Jean-Michel d'étudier si on pouvait attaquer ta famille pour détourne-

235

ment d'héritage ! C'est vrai, si ton père vivait encore, il n'aurait jamais laissé faire ton oncle et tes tantes. Tu me disais que tes cousines aussi souhaiteraient garder Marimé. C'est une génération contre une autre ! Ça doit pouvoir se plaider !

Catherine restait sceptique.

— Je ne l'imagine pas s'engager dans ce type d'histoire. Ça ne ressemble pas aux causes qu'il a l'air d'aimer défendre !

Annie balaya l'argument d'un grand geste et son poing retomba sur la chatte endormie. Malgré les draps et les couvertures, on l'entendit distinctement cracher de haine.

— Marimé est une cause humanitaire, je saurai l'en convaincre ! Crois-moi !

Plus tard, dans la cuisine, Annie poursuivait son idée, acharnée et fiévreuse. Catherine se taisait, bercée par ces paroles d'espoir, fatiguée comme elle ne se rappelait pas l'avoir été. Machinalement elle jouait avec la bille en terre cuite.

Florence écoutait en silence. Par instants son visage se colorait, elle semblait sur le point d'intervenir, puis sa tête faisait non. Elle fumait en prenant soin de déposer les cendres sur une soucoupe. Un soin maniaque qui l'occupait tout entière. Son assiette, comme celle de Catherine, restait pleine. Seule Annie mangeait. En s'excusant d'avoir autant d'appétit.

L'humidité du dehors commençait à imprégner la maison et Catherine avait fouillé les armoires à la recherche de chandails pour elle et Florence. Elle en avait trouvé deux, d'un bleu marine presque noir, épais, râpeux et qui dégageaient une tenace odeur de naphtaline. La pluie cessait et reprenait avec une égale monotonie. « Ça peut encore se lever », disait Catherine. Et comme on ne lui répondait pas : « Le ciel devrait se dégager en fin de journée. » Soudain, à force d'être frottée sur la laine, la bille cessa d'être ce qu'on croyait qu'elle était pour apparaître dans toute sa splendeur, polie, jaspée. « Oh ! fit Catherine émerveillée, une agate ! »

— Montre ! réclama Annie.

Catherine la lui tendit.

— Mon père adorait les billes. Il m'en offrait souvent. Grâce à lui, je connaissais toute la hiérarchie : les billes en terre cuite vernissées, les billes en verre, plus chères, les calots...

— Les calots ? répéta Annie.

— Le calot, c'est une grosse bille qu'on lance sur les autres, les petites, pour les capturer. Tu as des calots en terre cuite, en verre, et une catégorie très redoutable, en acier, qui brise toutes les autres. Mon père me racontait que c'était considéré comme des billes de voyou et que dans certaines cours de récréation, on les interdisait...

Tout à coup, elle porta la main à son front. « Pourquoi est-ce que je parle de ça ? Quand je suis en train de perdre ma maison ? »

Il y eut un bruit de chaise repoussée : Florence quittait la table, la cuisine. Sans rien dire, avec l'agilité et la hâte de quelqu'un qui aurait prémédité cette fuite depuis longtemps. Milou, surgi de derrière le noyer, marchait à sa rencontre. De là où se trouvaient Catherine et Annie, on ne pouvait savoir ce qu'ils se disaient et même s'ils se parlaient. Ils se tenaient sous la pluie, proches mais ne se touchant pas. Malgré la porte vitrée, malgré la pluie qui coulait sur les carreaux, on ne pouvait pas ne pas remarquer l'expression éblouie du jeune homme. De temps en temps, il hochait la tête. Très vite, Florence se détourna. Il n'eut pas un geste pour la retenir. Il la regarda encore un moment, intensément, tranquillement, puis il disparut à son tour. En direction du poulailler, ou du cimetière des animaux, ou de ce qui restait du jardin potager, Catherine n'aurait pas su le dire. Mais ce dont elle était sûre, c'est que pas une seule fois leurs mains, le bout de leurs doigts ne s'étaient effleurés.

— Tu y comprends quelque chose, toi ? demanda Annie à voix basse.

— Non, répondit sèchement Catherine.

De retour dans la cuisine, Florence ne donna aucune explication. Indifférente et lointaine, elle surveillait la bouilloire sur le réchaud à gaz. Ses cheveux mouillés gouttaient. Elle essuyait son front d'un mouvement du coude, machinal et agacé. Quand elle versa l'eau bouillante dans la théière, quand s'éleva le délicat parfum du thé de Chine, son expression changea.

— Qu'est-ce qu'il y a ? demanda Catherine.

— C'est stupide..., commença Florence.

Elle contemplait la théière d'un air hébété, comme si elle se trouvait devant un problème difficile à ré-soudre.

— Je fais toujours du thé à cinq heures et il n'est que deux heures ! C'est comme si je n'avais pas remarqué que nous étions en train de déjeuner...

Elle eut un petit rire gêné, et repoussa à l'autre bout de la table la théière.

— Quelle importance ? dit Annie.

Mais Florence était catégorique. « Non, non. Pas avant cinq heures. » Et à sa façon de se renverser sur sa chaise, d'allumer une cigarette et de se mettre à regarder la fumée, la pluie qui battait les carreaux, un calendrier des postes vieux de dix ans, tout sauf Catherine et Annie, on comprenait qu'elle souhaitait ne rien ajouter. Peu après, elle monta dans sa chambre.

La pluie retenait Catherine et Annie dans le salon où brûlait un grand feu. Il faisait si sombre dehors qu'il avait fallu allumer les lampes. Le vent s'était levé et soufflait par rafales. La maison tout entière grinçait et gémissait. Craquements des planchers et des armoires, de la charpente, des arbres les plus proches ; grondements du vent dans les cheminées, sous les portes, partout ; bruits plus étranges encore, qu'Annie ne parvenait pas à identifier et qu'elle assimilait à des plaintes ou à des claquements de fouet.

Du divan vert où elle feignait de lire, elle surveillait Catherine. Celle-ci ne faisait rien, ne disait rien. Ses seuls mouvements consistaient à rajouter de temps à autre une nouvelle bûche. Annie se rappelait avec quelle vigueur elle avait interdit l'accès de la maison à son oncle. C'est comme ça qu'Annie l'aimait : farouche et fière, maîtresse absolue de Marimé. Quelqu'un lui aurait expliqué que Catherine était folle, qu'on ne tirait pas sur les gens, qu'Annie sincèrement, aurait demandé pourquoi. Et c'est à cette image — Catherine à sa fenêtre, tirant et pulvérisant une vieille balle de tennis, qu'elle se rattachait face à cette autre Catherine, amorphe, vaincue, indifférente à la chaleur du feu qui lui brûlait les joues, comme aux volets de la salle à manger qui s'étaient détachés et qui battaient.

N'y tenant plus, Annie se leva et rejoignit Catherine près de la cheminée.

— Je suis là, dit-elle simplement.

— Je sais, répondit Catherine dans un souffle.

Sa main esquissa le geste d'une caresse, au-dessus des cheveux emmêlés d'Annie.

— Petite Annie... Qui n'est plus la petite-Annie-sans-son-chien-Zéro mais la petite-Annie-avec..., récita-t-elle avec une voix volontairement idiote.

Annie souriait. Si Catherine bêtifiait, c'est qu'elle reprenait goût à la vie. Elle mit un doigt devant sa bouche.

— Chut! Ecoute... On dirait que la tempête s'éloigne!

Elle ne se trompait pas, Annie, qui ne connaissait bien que les montagnes : le vent venait de changer de direction. La tempête ferait rage ailleurs, au-dessus de la Manche ou vers les côtes Atlantiques, de toute façon au-delà du cap Bathurst.

Peu à peu les craquements diminuèrent. Les volets de la salle à manger ne battaient plus, la girouette, sur le toit, avait cessé de tourner. La maison retrouvait sa respiration habituelle, ses bruits de tous les jours. La lumière entrait de nouveau dans le salon. Côté plage, à l'est, le ciel se dégageait; côté prairie, à l'ouest, quelques nuages stagnaient encore, sombres et bas. « Il va faire beau! » annonça Annie.

La sonnerie du téléphone retentit.

— J'irai pas, dit Catherine.

— Moi non plus, approuva Annie. C'est sûrement ton oncle qui vient aux nouvelles.

A l'étage une porte s'ouvrit et une course ébranla le plafond. Florence décrocha, se servant du deuxième poste qui se trouvait en haut de l'escalier, posé sur un coffre à linge. Immédiatement, on l'entendit appeler : « Catherine! C'est pour toi! — J'irai pas », répéta Catherine en s'enfonçant dans le fauteuil. Comme les petits enfants qui ne veulent pas quitter leur maison pour l'école, elle s'agrippait aux accoudoirs, aux coussins. Florence continuait à l'appeler et à la chercher. Elle descendait l'escalier quand Catherine se décida. Un peu de sa colère revenait. « Il n'a pas eu son compte d'injures? Il va l'avoir! » Et pour Annie qui la regarda traverser en ligne droite le salon, le vestibule et la salle à manger, elle avait retrouvé son air à se battre contre la terre entière.

C'est ce que dut aussi penser Florence quand Catherine apparut au bas des marches. « Ce n'est pas ton oncle », précisa-t-elle aussitôt.

Catherine prit le combiné qu'on lui tendait. Plus tard, elle admit qu'une fraction de seconde avant que ne retentisse sa voix, elle avait pensé : « C'est lui. » Comme si elle savait, depuis des semaines, depuis leur première rencontre, qu'il apparaîtrait au moment où elle serait le plus démunie, au moment où elle perdrait ce qui était son axe, son refuge, sa cachette et tellement plus encore.

— La licorne ?

L'émotion lui serrait la gorge. « Oui », murmura-t-elle en glissant lentement à même le sol. Elle tenait le téléphone serré, elle sentait dans son dos les arêtes du coffre à linge. Les mots, leur sens, n'arrivaient pas tous jusqu'à elle tant elle était sensible au son de cette voix. Une voix calme, posée, qui n'affirmait rien de particulier, mais si chaleureuse, si présente, qu'on ne pouvait que dire oui à tout ce qu'elle demandait.

Quand les questions se firent plus précises, Catherine sut y répondre et raconta l'oncle Gaétan, la perte de Marimé. Une curieuse faiblesse s'emparait d'elle au fur et à mesure qu'elle se confiait. Son regard s'attachait à n'importe quoi : aux reflets de sa bague ; au ciel qui s'éclaircissait de minute en minute ; au linoléum bleu marbré de blanc. « Je vais rentrer à Paris, dit-elle soudain. Je ne peux plus rester ici. — Je viens vous chercher, dit-il. Je quitterai Paris en début de soirée. Je serai là dans la nuit. » Et il lui demanda où se trouvait la propriété. Et elle le lui expliqua. Brièvement. Tranquillement.

En même temps ils raccrochèrent.

Quelques secondes encore, Catherine demeura immobile, hébétée, le téléphone contre son ventre. Les mots n'en finissaient pas de résonner autour d'elle.

Une porte se referma dans le couloir, celle de Florence. « Pourquoi tu t'en vas ? » murmura Catherine. Elle aurait aimé la retenir, lui parler. Florence avait assisté au coup de téléphone, elle avait entendu les dernières paroles, le surprenant : « A tout à l'heure. » Mais elle avait regagné sa chambre. Comme si ce que vivait Catherine ne la concernait pas. Catherine la revit telle qu'elle l'avait croisée dans l'escalier. Elle n'avait guère fait attention, elle se souvenait mal. Plus tard, elle se rappellerait quelque chose de saccadé dans ses gestes et d'incertain dans son regard.

Des bruits de vaisselle heurtée montaient de la cuisine. Annie, désœuvrée, s'activait.

« Florence... Annie, dit doucement Catherine en se relevant. Si vous saviez... » Mais elle éprouvait surtout maintenant un besoin aigu de solitude.

L'odeur de terre persistait plus forte que toutes les autres. Même au-dessus de la petite plage où Catherine s'arrêta.

La mer s'était retirée très loin. Les nuages roses se reflétaient dans les grandes flaques d'eau et plus loin, de l'autre côté de la baie vidée, les flèches des trois églises. Le soleil commençait sa descente. Les oiseaux sortaient de leurs abris et fouillaient les bancs de sable. Des goélands, bien sûr, mais aussi des mouettes, des passereaux, des corneilles et des sternes. Les martinets fendaient l'air de leurs cris délirants. Bientôt ce serait l'heure lisse chère à Florence. « Je suis de cet endroit pour toujours », articula lentement Catherine. Son regard embrassait la baie, la plage et les prairies, éperdu d'amour et de reconnaissance.

Cela dura de longues minutes durant lesquelles elle oublia tout. Puis un klaxon de voiture, quelque part dans la campagne, la fit se souvenir. Au téléphone, Catherine avait précisé : « Quand vous arriverez au petit port de pêche, vous n'aurez qu'à regarder en face. C'est la dernière maison de la baie... La dernière avant la fougeraie. » Elle allumerait toutes les lampes au rez-de-chaussée et à l'étage. Il fallait que la maison resplendisse dans la nuit, qu'il la trouve sans la chercher. Le jour déjà baissait. Son cœur alors se serra d'effroi. Elle avait accepté qu'il vienne la rejoindre. « Il faut que je quitte Marimé », se dit-elle pour la deuxième fois.

Le chant d'un merle, flûté, presque triste, s'éleva dans son dos.

Elle fit quelques pas dans la prairie, cherchant à repérer où il se trouvait.

Le merle chantait dans le noyer, à gauche de la cuisine. La masse de l'arbre se découpait dans le ciel encore clair. Comme par miracle tout se taisait : les cris des martinets, les moteurs des voitures. Il n'y avait plus qu'un faible et continu bruit d'eau et ce merle qui chantait. Une goutte, puis deux se détachèrent d'une branche et tombèrent sur sa nuque, entre les cheveux et le col de la chemise. Une caresse froide qui la fit frissonner.

Et soudain il y eut un coup de feu. Le merle s'enfuit. Il passa si près que Catherine vit nettement son bec jaune. Les martinets sortirent en criant de dessous les toits. D'autres arrivaient de la remise et du poulailler, plus nombreux, plus bruyants. Catherine crut deviner. Quelqu'un s'était introduit dans la propriété et venait de tirer. Un chasseur égaré, un mauvais plaisant, un rôdeur, peut-être.

A l'étage, une fenêtre s'ouvrit. Annie apparut, éclairée en contre-jour.

— Catherine ?

Sa voix était inquiète.

— On a tiré, c'est toi ?

— Non.

— C'est qui, alors ?

Mais Catherine ne l'écoutait plus. Une pensée

s'imposait, évidente, indiscutable : le coup de feu avait été tiré avec sa propre carabine. C'était incroyable qu'elle n'ait pas reconnu tout de suite la détonation.

En haut, Annie s'affolait.

— C'est Florence ! Je l'ai vue sortir de la maison avec ton fusil. Elle allait par là...

Son bras se tendit et retomba. Catherine déjà courait dans la direction indiquée.

Florence gisait affaissée sous l'auvent de la remise. Elle se tenait comme agenouillée, les jambes repliées sous elle, les épaules appuyées contre la porte de bois. Les plis de sa robe foncée dégageaient ses genoux, le début de ses cuisses. Sa peau avait la blancheur lisse de l'ivoire. Une de ses mains tenait encore la carabine ; l'autre disparaissait entièrement dans la manche trop longue du pull-over marin. Elle était scandaleusement gracieuse, familière et anodine. A croire que surprise par la pluie, elle s'était abritée là puis endormie. Mais sous la poitrine, près du cœur, il y avait ce trou, aux contours brûlés, qu'on pouvait tout aussi bien ne pas voir et d'où pas une goutte de sang ne s'écoulait. Malgré la semi-pénombre du crépuscule, il sembla à Catherine qu'un souffle léger, minuscule, s'échappait de sa bouche entrouverte.

Quand elle sortit de la gendarmerie, Catherine titubait un peu. Elle s'adossa au mur du bâtiment. Le ciel était immense, sans l'ombre d'un nuage, criblé d'étoiles ; la nuit si accueillante. Les mots résonnaient dans sa tête, lui martelaient le cerveau : « Suicide », « Accident », « Dépression ». A plusieurs reprises, on lui avait demandé son avis. « Je ne sais pas », avait à chaque fois répondu Catherine. Et pourtant...

Elle voyait le taxi qu'on lui avait commandé, garé de l'autre côté de la rue, le chauffeur qui fumait une cigarette. Mais elle ne pouvait encore franchir les cinq mètres qui la séparaient de cette voiture. « Votre amie vit toujours », lui avait-on dit. Puis, plus tard : « La balle s'est logée trop près du cœur, on ne peut pas l'opérer. »

Elle pensait à la maison éteinte dont elle n'avait pas fermé les portes. A cet homme qui peut-être déjà l'attendait. A leur rendez-vous dans la nuit. Comme tout cela était irréel. Comment trouver la force de le rejoindre ?

Un gendarme toussa, pas loin. Une façon de lui signifier qu'il fallait qu'elle s'en aille, qu'elle n'avait plus rien à faire là, collée contre ce mur. Elle leva la tête. Dans le ciel, les étoiles étincelaient comme au plus fort de l'été. Elle vit la Grande Ourse, Arcturus, et à gauche, plus haut, les sept étoiles qui constituaient la Couronne Boréale et qui semblaient lui ouvrir le chemin.

DU MÊME AUTEUR

Aux Éditions Gallimard

DES FILLES BIEN ÉLEVÉES

MON BEAU NAVIRE

MARIMÉ

CANINES

COLLECTION FOLIO

2453.	Jacques Tournier	*Jeanne de Luynes, comtesse de Verue.*
2454.	Mikhaïl Boulgakov	*Le roman de monsieur de Molière.*
2455.	Jacques Almira	*Le bal de la guerre.*
2456.	René Depestre	*Éros dans un train chinois.*
2457.	Réjean Ducharme	*Le nez qui voque.*
2458.	Jack Kerouac	*Satori à Paris.*
2459.	Pierre Mac Orlan	*Le camp Domineau.*
2460.	Naguib Mahfouz	*Miramar.*
2461.	Patrick Mosconi	*Louise Brooks est morte.*
2462.	Arto Paasilinna	*Le lièvre de Vatanen.*
2463.	Philippe Sollers	*La Fête à Venise.*
2464.	Donald E. Westlake	*Pierre qui brûle.*
2465.	Saint Augustin	*Confessions.*
2466.	Christian Bobin	*Une petite robe de fête.*
2467.	Robin Cook	*Le soleil qui s'éteint.*
2468.	Roald Dahl	*L'homme au parapluie et autres nouvelles.*
2469.	Marguerite Duras	*La douleur.*
2470.	Michel Foucault	*Herculine Barbin dite Alexina B.*
2471.	Carlos Fuentes	*Christophe et son œuf.*
2472.	J.M.G. Le Clézio	*Onitsha.*
2473.	Lao She	*Gens de Pékin.*
2474.	David McNeil	*Lettres à Mademoiselle Blumenfeld.*
2475.	Gilbert Sinoué	*L'Égyptienne.*
2476.	John Updike	*Rabbit est riche.*
2477.	Émile Zola	*Le Docteur Pascal.*
2478.	Boileau-Narcejac	*…Et mon tout est un homme.*
2479.	Nina Bouraoui	*La voyeuse interdite.*
2480.	William Faulkner	*Requiem pour une nonne.*
2482.	Peter Handke	*L'absence.*
2483.	Hervé Jaouen	*Connemara Queen.*
2484.	Ed McBain	*Le sonneur.*
2485.	Susan Minot	*Mouflets.*
2486.	Guy Rachet	*Le signe du taureau (La vie de César Borgia).*
2487.	Isaac Bashevis Singer	*Le petit monde de la rue Krochmalna.*

Composition Bussière.
Impression S.E.P.C. à Saint-Amand (Cher),
le 18 août 1993.
Dépôt légal : août 1993.
1er dépôt légal dans la collection : août 1993.
Numéro d'imprimeur : 2030.
ISBN 2-07-038797-6./Imprimé en France.

66555